OS VESTÍGIOS DO DIA

KAZUO ISHIGURO

Os vestígios do dia
Seguido de "Depois do anoitecer"

Tradução
José Rubens Siqueira

2ª edição
8ª reimpressão

Copyright de *Os vestígios do dia* © 1989 by Kazuo Ishiguro
Copyright de "Depois do anoitecer" © 2001 by Kazuo Ishiguro
"A Village After Dark" publicado originalmente em *The New Yorker*
Proibida a venda em Portugal

Este livro foi publicado em 2003 pela Companhia das Letras com o título Os *resíduos do dia*.

Grafia atualizada segundo o Acordo Ortográfico da Língua Portuguesa de 1990, que entrou em vigor no Brasil em 2009.

Títulos originais
The Remains of the Day
"A Village After Dark"

Capa
Alceu Chiesorin Nunes

Ilustração de capa
Pedro De Kastro

Preparação
Regina Giannetti

Revisão
Carmen T. S. Costa
Isabel Jorge Cury

Atualização ortográfica
Ana Maria Barbosa

Dados Internacionais de Catalogação na Publicação (CIP)
(Câmara Brasileira do Livro, SP, Brasil)

Ishiguro, Kazuo
    Os vestígios do dia, seguido de "Depois do anoitecer" / Kazuo
Ishiguro ; tradução de José Rubens Siqueira. — 2ª ed. — São Paulo :
Companhia das Letras, 2016.

    Títulos originais: The Remains of the Day; "A Village After Dark".
    ISBN 978-85-359-2641-5

    1. Ficção inglesa — Escritores japoneses
    I. Título. II. Título: Depois do anoitecer

03-4983   CDD-823.91

Índice para catálogo sistemático:
1. Ficção : Literatura japonesa em inglês   823.91

Todos os direitos desta edição reservados à
EDITORA SCHWARCZ S.A.
Rua Bandeira Paulista, 702, cj. 32
04532-002 — São Paulo — SP
Telefone: (11) 3707-3500
www.companhiadasletras.com.br
www.blogdacompanhia.com.br
facebook.com/companhiadasletras
instagram.com/companhiadasletras
twitter.com/cialetras

Os vestígios do dia

Em memória de Mrs. Lenore Marshall

PRÓLOGO: JULHO DE 1956
Darlington Hall

Parece cada vez mais provável que eu realmente faça a expedição que vem me preocupando já há alguns dias. Uma expedição, devo dizer, que empreenderei sozinho, no conforto do Ford de Mr. Farraday, expedição que, é de se prever, me fará passar pelo que há de melhor na paisagem campestre da Inglaterra, até a região Oeste, e que pode manter-me afastado de Darlington Hall até por cinco ou seis dias. A ideia dessa viagem surgiu, devo confessar, de uma gentil sugestão que me foi feita pelo próprio Mr. Farraday uma tarde, faz quase quinze dias, enquanto eu estava tirando a poeira dos retratos da biblioteca. Na verdade, lembro bem, estava em cima da escadinha, espanando o retrato do visconde Wetherby, quando meu patrão entrou, trazendo alguns volumes que, provavelmente, pretendia devolver às estantes. Ao ver a minha pessoa, aproveitou a oportunidade para me informar que, naquele instante, havia acabado de concluir seu plano de voltar aos Estados Unidos por um período de cinco semanas, entre agosto e setembro. Feito esse anúncio, meu patrão colocou os volumes na mesa, sentou-se na chaise longue e esticou as pernas. Foi então que, levantando os olhos para mim, disse:

"Você sabe, Stevens, que não tenho a expectativa de que fique trancado aqui nesta casa o tempo todo que vou estar fora. Por que não pega o carro e vai passar uns dias em algum lugar? Parece estar precisando de uma boa folga."

Vindo assim, do nada, como veio, eu não soube direito o que responder à sugestão. Lembro-me de ter agradecido a consideração, mas, provavelmente, não disse nada muito definido, porque meu patrão continuou:

"Estou falando sério, Stevens. Acho mesmo que devia tirar uma folga. Eu banco a conta da gasolina. Vocês vivem trancados nessas casas enormes, trabalhando para os outros; quando é que conseguem ver um pouco desse lindo campo que possuem?"

Não era a primeira vez que meu patrão trazia à baila o assunto. Na verdade, isso parece ser uma coisa que realmente o incomoda. Nessa ocasião, de fato, um arremedo de resposta realmente me ocorreu, ali, de pé em cima da escada; uma resposta dizendo que as pessoas de nossa profissão, embora não vejam muito o campo no sentido de viajar pelo interior e visitar locais pitorescos, na verdade "veem" mais da Inglaterra que a maioria, empregados como estávamos em casas onde se reuniam grandes damas e cavalheiros. Evidentemente, não podia dizer uma coisa dessas a Mr. Farraday sem enveredar por um discurso que poderia parecer presunçoso. Então, me contentei em responder apenas:

"Meu senhor, ao longo dos anos tive o privilégio de ver o melhor da Inglaterra entre estas paredes, mesmo."

Mr. Farraday pareceu não entender o que eu disse, pois limitou-se a prosseguir:

"Estou falando sério, Stevens. Está errado um homem não poder conhecer sua própria terra. Aceite o meu conselho e saia desta casa por uns dias."

Como você deve saber, não levei nada a sério a sugestão de Mr. Farraday naquela tarde, achando que era só mais um exemplo do desconhecimento de um cavalheiro americano sobre o que normalmente se pratica ou não na Inglaterra. O fato de minha reação a essa mesma sugestão ter se transformado ao longo dos dias seguintes (na verdade, a ideia de uma viagem à região Oeste foi dominando cada vez mais meus pensamentos) deve, sem dúvida, ser atribuído (por que negar?) à chegada da carta de Miss Kenton, a primeira em quase sete anos, descontando os cartões de Natal. Mas permita que eu esclareça já o que quero dizer com isso; o que quero dizer é que a carta de Miss Kenton despertou uma certa cadeia de ideias referentes a questões profissionais aqui em Darlington Hall, e quero deixar bem claro que foi minha preocupação com essas questões profissionais que me levou a reconsiderar a gentil sugestão de meu patrão. Mas permita que explique ainda mais.

O fato é que, ao longo dos últimos meses, fui responsável por uma série de pequenos erros no desempenho de meus deveres. Devo dizer que esses erros foram todos, sem exceção, bastante corriqueiros em si. Mesmo assim, acho que vai entender que, para alguém não acostumado a cometer esses erros, sua progressão foi bastante perturbadora, e cheguei mesmo a cogitar todo tipo de teorias alarmistas como causa disso. Como acontece quase sempre nessas situações, eu estava cego para o óbvio. Ou seja, até minha ponderação sobre as implicações da carta de Miss Kenton finalmente me abrir os olhos para a pura verdade: que esses pequenos erros nos meses recentes resultavam de nada mais assustador que um planejamento inadequado de pessoal.

Evidentemente, é responsabilidade de todo mordomo dedicar o máximo cuidado na elaboração do planejamento de pessoal. Quem sabe quantas brigas, acusações falsas, dispensas desnecessárias, quantas carreiras promissoras abortadas podem ser atribuídas ao desleixo de um mordomo no momento de elaborar o planejamento de pessoal? Na verdade, devo dizer que concordo com aqueles que afirmam que a capacidade de elaborar um bom planejamento de pessoal é a base do talento de qualquer mordomo decente. Eu próprio elaborei muitos planejamentos de pessoal ao longo dos anos, e não creio estar me gabando indevidamente se disser que poucos precisaram ser modificados. E se neste caso o planejamento de pessoal está deficiente, a culpa por isso não deve ser atribuída a ninguém além de mim. Ao mesmo tempo, seria justo afirmar que a tarefa, nesse caso, foi de caráter excepcionalmente difícil.

O que aconteceu foi o seguinte. Quando as transações foram concluídas (transações que, depois de dois séculos, removeram esta casa das mãos da família Darlington), Mr. Farraday comunicou que não iria residir aqui imediatamente, mas sim passaria mais quatro meses concluindo alguns assuntos nos Estados Unidos. Nesse período, porém, ele gostaria muito que o pessoal de seu predecessor — pessoal que tinha ouvido ser altamente recomendado — permanecesse em Darlington Hall. Esse "pessoal" a que se referia era, evidentemente, nada mais que o grupo de seis que constituía o esqueleto mantido pelos parentes de Lord Darlington para administrar a casa durante as transações e até sua conclusão. E lamento informar que, assim que se completou a compra, pouco pude fazer em prol de Mr. Farraday para evitar que todos, menos Mrs. Clements, partissem para outro emprego. Quando escrevi a meu novo patrão expressando quanto lamentava a situação, recebi da América como resposta a instrução de recrutar novo pessoal, "digno de uma grandiosa casa inglesa". Dediquei-me imediatamente a atender os desejos de Mr. Farraday, mas, como você sabe, encontrar funcionários de padrão satisfatório não é coisa fácil hoje em dia e, embora estivesse satisfeito de contratar Rosemary e Agnes por recomendação de Mrs. Clements, não tinha ido além disso quando vim a ter minha primeira reunião de negócios com Mr. Farraday, na breve visita preliminar que ele fez a nossas plagas, na primavera do ano passado. Foi nessa ocasião, no estúdio estranhamente vazio de Darlington Hall, que Mr. Farraday apertou minha mão pela primeira vez, mas então já não se podia dizer que fôssemos estranhos um para o outro. Em áreas bem diferentes dessa questão do pessoal, meu novo patrão tivera oportunidade, em diversas outras situações, de recorrer a qualidades que eu eventualmente pudesse possuir, constatando que elas eram, arrisco-me a dizer, confiáveis. Foi assim que, suponho, ele sentiu desde o início que podia falar comigo de maneira objetiva e confiante e, ao final de nossa reunião, deixara-me encarregado de administrar uma soma bastante considerável, suficiente para atender aos custos de uma ampla gama de preparativos para sua futura residência. Seja como for, o que quero dizer é que foi durante essa entrevista, quando levantei a questão da dificuldade, hoje em dia, de encontrar pessoal adequado, que Mr. Farraday, depois de refletir um momento, pediu-me que eu fizesse o possível para elaborar um planejamento de pessoal ("uma espécie de rotina escrita para cada empregado", nas palavras dele) que permitisse que a casa funcionasse com a equipe atual de quatro empregados, ou seja, Mrs. Clements, as duas meninas e eu. Talvez isso significasse, ele ponderou, deixar algumas alas da casa "fora de uso", mas será que eu poderia empenhar toda a minha experiência e todo o meu conhecimento no sentido de garantir que esses prejuízos fossem reduzidos ao mínimo? Evocando a época em que comandara uma equipe de dezessete pessoas e consciente do fato de que não tanto tempo antes havia vinte e oito empregados aqui em Darlington Hall, a ideia de elaborar um planejamento de pessoal que possibilitasse à mesma casa ser tocada por quatro empregados me pareceu, no mínimo, desalentadora. Embora eu tenha feito o possível para não demonstrá-lo, parte de meu ceticismo deve ter se revelado, porque

Mr. Farraday acrescentou, tentando ser animador, que, caso fosse realmente necessário seria possível contratarmos mais um membro para a equipe. Mas que agradeceria muito, repetiu, se eu "fizesse uma tentativa com quatro". Naturalmente, como muita gente na minha profissão, tenho certa relutância em mudar demais os hábitos antigos. Mas não há virtude nenhuma em se apegar à tradição só pela tradição, como fazem alguns. Nesta era de eletricidade, de modernos sistemas de aquecimento, não há nenhuma necessidade de empregar o mesmo número de pessoas de uma geração atrás. Na verdade, já faz algum tempo que acho que manter um número desnecessário de empregados apenas por tradição — com a consequência de os empregados terem nas mãos uma quantidade nada propícia de tempo livre — constitui um importante fator no grande declínio dos padrões profissionais. Além disso, Mr. Farraday deixou bem claro que só muito raramente planejava promover grandes ocasiões sociais do tipo que Darlington Hall havia visto no passado. Empenhei, então, certa dedicação à tarefa que Mr. Farraday solicitara de mim; passei muitas horas trabalhando no planejamento de pessoal e pelo menos outras tantas pensando a respeito enquanto realizava diversas tarefas ou no período em que permanecia desperto, depois de me retirar. Sempre que imaginava ter chegado a uma conclusão, eu examinava cada possível lapso, testava a solução de todos os ângulos. Acabei chegando a um planejamento que, embora não fosse exatamente aquilo que Mr. Farraday havia solicitado, era, eu tinha certeza, humanamente o melhor possível. Quase todas as partes mais atraentes da casa continuariam em uso. As numerosas acomodações de criados — inclusive o corredor dos fundos, as duas despensas e a lavanderia velha — e o corredor de hóspedes do segundo piso teriam os móveis cobertos, deixando livres todos os cômodos principais do térreo e um número generoso de quartos de hóspedes. Evidentemente, nossa atual equipe de quatro só daria conta desse programa com o reforço de alguns diaristas; meu planejamento, portanto, previa os serviços de um jardineiro uma vez por semana — duas no verão — e de duas faxineiras, ambas duas vezes por semana. O planejamento, além disso, significaria para todos os quatro empregados residentes uma alteração radical de nossas respectivas rotinas. Eu previa que as duas meninas não achariam tão difícil adaptar-se às mudanças, mas fiz todo o possível para que as tarefas de Mrs. Clements sofressem um mínimo de adaptações — isso a ponto de assumir eu mesmo uma quantidade de tarefas que talvez pareçam excessivamente amplas para um mordomo.

Ainda hoje eu não chegaria a dizer que é um mau planejamento. Afinal, permite que uma equipe de quatro dê conta de um volume inesperado de trabalho. Mas sem dúvida você há de concordar que os melhores planejamentos de pessoal são os que permitem uma margem de erro para os dias em que um empregado fica doente ou, por uma ou outra razão, vê-se abaixo do seu rendimento normal. Nesse caso particular, é claro, minha tarefa era ligeiramente excepcional, mas mesmo assim não deixei de incorporar certas "margens" sempre que possível. Estava particularmente consciente de que qualquer resistência da parte de Mrs. Clements ou das duas meninas quanto a assumir tarefas além de seus limites tradicionais traria implícita a ideia de que sua carga de trabalho havia aumentado muito. Despendi, então, naqueles dias de batalha com o planejamento do pessoal, uma soma significativa de reflexão para garantir que Mrs. Clements e as meninas, uma vez vencida a aversão em assumir papéis mais "ecléticos", achassem a divisão de tarefas estimulante e tolerável.

Temo, porém, que, na minha ansiedade de conquistar o apoio de Mrs. Clements e das meninas, eu não tenha talvez avaliado tão precisamente minhas próprias limitações. E, embora minha experiência e habitual cautela em tais assuntos tenham me impedido de assumir mais do que posso efetivamente realizar, fui talvez negligente ao não conceder margem alguma a mim mesmo. Não é de surpreender, portanto, que ao longo dos meses essa negligência tenha se manifestado em coisas pequenas, mas reveladoras. Enfim, acho que o assunto não é mais complicado que o seguinte: atribuí a mim mesmo coisas demais.

Deve lhe parecer surpreendente que uma limitação tão óbvia em um planejamento de pessoal tenha insistentemente escapado a meus olhos, mas você há também de concordar que isso acontece muitas vezes com assuntos a que se dedicou muita ponderação ao longo de certo período de tempo. Só se percebe a verdade quando se é instigado acidentalmente por algum acontecimento exterior. Foi assim nesse caso. Quer dizer, a chegada da carta de Miss Kenton, contendo como continha, ao lado de longas passagens nada reveladoras, uma inconfundível saudade de Darlington Hall e, com toda a certeza, nítidas insinuações de seu desejo de voltar para cá, me obrigou a rever uma vez mais o meu planejamento de pessoal. Só então me ocorreu que havia de fato um papel que um membro a mais na equipe poderia desempenhar de maneira decisiva; que, na verdade, essa falta estava no cerne de todos os meus recentes problemas. E quanto mais eu ponderava sobre isso, mais óbvio ficava que Miss Kenton, com seu grande carinho por esta casa, seu exemplar profissionalismo (do tipo que hoje em dia é quase impossível de encontrar), era exatamente o fator necessário para me permitir completar de maneira plenamente satisfatória o meu planejamento de pessoal para Darlington Hall.

Uma vez feita essa análise da situação, não demorou muito para que me visse reconsiderando a gentil sugestão feita por Mr. Farraday dias atrás. Pois me ocorreu que a proposta viagem de carro poderia servir a um bom propósito profissional, ou seja, eu poderia viajar até a região Oeste e, de passagem, visitar Miss Kenton, investigando assim em pessoa a consistência de seu desejo de voltar a trabalhar aqui em Darlington Hall. Devo esclarecer que reli diversas vezes a carta recente de Miss Kenton, e não há a menor possibilidade de eu estar apenas imaginando a existência dessas insinuações de sua parte.

Mesmo com isso tudo, passaram-se alguns dias até eu conseguir retomar o assunto com Mr. Farraday. Fosse como fosse, havia diversos aspectos da questão que eu precisava esclarecer comigo mesmo antes de prosseguir. Por exemplo, a questão do custo. Pois mesmo levando em conta a generosa oferta de meu patrão de "bancar a conta da gasolina", o custo de uma viagem dessas podia chegar a uma soma surpreendente, considerando coisas como acomodação, refeições e qualquer lanche que precisasse fazer no caminho. Havia também a questão de que tipo de roupa seria adequado para uma viagem dessas, e se valeria ou não a pena investir em um traje novo. Possuo muitos ternos esplêndidos, gentilmente ofertados ao longo dos anos por Lord Darlington em pessoa e por diversos convidados que se hospedaram na casa e tiveram motivos para ficar satisfeitos com os serviços daqui. Muitos desses ternos são, talvez, formais demais para a finalidade dessa viagem, ou, talvez, antiquados demais para os dias de hoje. Mas há um traje de passeio que me foi dado em 1931 ou 1932 por Sir Edward Blair, praticamente novo na época e quase perfeito no corpo, que poderá ser apropriado para a noite em qualquer salão ou sala de jantar de qualquer hospedaria onde eu venha a me alojar. O que eu não tenho, porém, é roupa adequada para viajar, quer dizer, uma roupa para usar enquanto dirijo o carro, a menos que use o terno que me foi dado pelo jovem Lord Chalmers durante a guerra, um traje que, embora evidentemente pequeno para mim, pode ser considerado ideal em termos de tom. Enfim, calculei que minhas economias poderiam cobrir todos os custos que eu pudesse ter e, além disso, talvez pudessem ainda permitir a compra de um terno novo. Espero que não me considere indevidamente vaidoso quanto a essa última questão, mas é que nunca se sabe quando será preciso revelar que se faz parte de Darlington Hall, e é importante, num momento desses, estar vestido de acordo com a posição que se ocupa.

Durante esse período, passei também muitos minutos examinando os mapas rodoviários e folheando os volumes relevantes de *The Wonder of England*, de Mrs. Jane Symons. Se ainda não conhece os livros de Mrs. Symons — uma série de sete volumes, cada um dedicado a uma região das Ilhas Britânicas —, eu os recomendo com entusiasmo. Foram escritos durante os anos 30, mas grande parte ainda está atual. Afinal, não creio que as bombas alemãs tenham alterado tão significativamente o nosso campo. Mrs. Symons era, na verdade, visitante frequente de nossa casa antes da guerra. Realmente, estava entre as mais populares junto aos empregados, devido ao tipo de reconhecimento que nunca se furtou em demonstrar. Foi nessa época, portanto, que, levado por minha natural admiração por essa senhora, comecei a folhear seus livros na biblioteca sempre que tinha um momento livre. Na verdade, lembro-me de, logo depois que Miss Kenton partiu para a Cornualha, em 1936, e não tendo estado pessoalmente naquela parte do país, ter muitas vezes consultado o volume III da obra de Mrs. Symons, o qual descreve aos leitores os deleites de Devon e Cornualha, com fotografias e — o que é para mim ainda mais evocativo — desenhos da região feitos por uma variedade de artistas. Foi assim que consegui adquirir alguma noção do tipo de lugar onde Miss Kenton foi viver a sua vida de casada. Mas isso aconteceu, como disse, nos anos 30, quando, pelo que sei, os livros de Mrs. Symons eram admirados em casas por todo o país. Fazia muitos anos que eu não olhava aqueles volumes, até os acontecimentos recentes me levarem a tirar mais uma vez da estante o volume dedicado a Devon e Cornualha. Estudei de novo todas aquelas maravilhosas descrições e ilustrações, e você pode imaginar como crescia minha excitação diante da ideia de que poderia agora efetivamente realizar uma viagem de carro exatamente por aquela parte do país.

Por fim, parecia não haver nada mais a fazer senão voltar ao assunto com Mr. Farraday. Evidentemente, havia sempre a possibilidade de sua sugestão de quinze dias antes ter sido um capricho momentâneo, e de ele não mais aprovar a ideia. Mas, pelo que observei de Mr. Farraday ao longo destes meses, ele não é daqueles cavalheiros que tendem a um dos traços mais irritantes em um patrão: a incongruência. Não havia razão para supor que fosse demonstrar menor entusiasmo que antes diante de minha planejada viagem de carro — ou mesmo que não fosse repetir a gentil oferta de "bancar a conta da gasolina". Mesmo assim, ponderei com todo o cuidado qual seria a ocasião mais oportuna para tocar no assunto com ele, pois, embora eu não suspeitasse, como disse, que Mr. Farraday viesse a ser incongruente, fazia todo o sentido não abordar o tema quando do ele estivesse preocupado ou distraído. Uma recusa, nas circunstâncias, talvez não expressasse os verdadeiros sentimentos de meu amo sobre a questão; porém, caso eu viesse a enfrentar esse tipo de dispensa, seria muito difícil que voltasse a tocar no assunto. Estava claro, portanto, que deveria ser muito judicioso na escolha do momento adequado para a conversa.

Por fim, concluí que o momento mais prudente do dia seria ao servir o chá da tarde na saleta de estar. É a hora em que, habitualmente, Mr. Farraday acaba de voltar de sua breve caminhada pelas colinas, de forma que raramente se dedica à leitura ou à escrita, como tende a fazer à noite. Na verdade, quando sirvo o chá da tarde, Mr. Farraday tende a fechar seja qual for o livro ou jornal que estiver lendo, levantando e esticando os braços diante da janela, como que à espera da conversa comigo.

Resultado: acredito que minha avaliação foi bem acertada quanto ao momento. O fato de as coisas terem acontecido como aconteceram se deve a um erro de julgamento de natureza inteiramente diversa. Quer dizer, não levei suficientemente em conta o fato de que, àquela hora do dia, Mr. Farraday aprecia uma conversa de tipo mais leve e bem-humorada. Sabendo que esse seria o seu provável estado de espírito ao levar o chá da tarde ontem, e sabendo de sua tendência usual a conversar comigo num tom brincalhão em tais momentos, certamente teria sido mais hábil nem sequer mencionar Miss Kenton. Mas você haverá de entender, talvez, que havia de minha parte uma tendência geral — ao solicitar uma coisa que era, afinal, um generoso favor de meu patrão — a insinuar a existência de uma boa razão profissional por trás do meu pedido. E assim foi que, ao indicar as razões de minha preferência pela região Oeste para a viagem de carro, em vez de me limitar a mencionar alguns dos detalhes sedutores que constam do livro de Mrs. Symons, cometi o erro de declarar que uma antiga governanta de Darlington Hall residia naquela região. Acho que estava querendo explicar a Mr. Farraday que pretendia, assim, investigar uma opção que poderia resultar na solução ideal para nossos pequenos problemas atuais nesta casa. Só depois de mencionar Miss Kenton foi que percebi, de repente, como seria completamente inadequado continuar. Eu não só era incapaz de ter certeza do desejo de Miss Kenton de voltar a ser funcionária aqui como, evidentemente, não havia discutido com Mr. Farraday a questão de contratar um membro a mais para nossa equipe desde aquela primeira reunião preliminar, mais de um ano antes. Continuar enunciando em voz alta minhas ideias sobre o futuro de Darlington Hall teria sido, no mínimo, presunçoso. Desconfio, então, que parei um tanto repentinamente, parecendo um pouco desajeitado. De qualquer forma, Mr. Farraday aproveitou a oportunidade para me abrir um grande sorriso e dizer com certa determinação:

"Ora, ora, Stevens. Uma amiguinha. Na sua idade."

Era uma situação das mais embaraçosas, na qual Lord Darlington jamais colocaria um empregado. Mas não pretendo com isso insinuar nada de depreciativo a respeito de Mr. Farraday. Ele é, afinal de contas, um cavalheiro americano, e suas maneiras são sempre muito diferentes. Não resta a menor dúvida de que não tinha nenhuma má intenção, mas você há de calcular como a situação ficou incômoda para mim.

"Nunca pensei que você fosse um namorador, Stevens", continuou. "Conserva a juventude do espírito, acho. Mas não sei se está certo eu ficar ajudando você num plano assim, duvidoso."

Evidentemente, senti a tentação de negar imediata e definitivamente as motivações que meu patrão estava me imputando, mas percebi a tempo que, se fizesse isso, estaria mordendo a isca de Mr. Farraday, e a situação só ficaria ainda mais embaraçosa. Portanto, continuei ali parado, sem jeito, esperando meu patrão me dar permissão para realizar a viagem de carro.

Por mais embaraçosos que tenham sido para mim esses momentos, não gostaria de insinuar nenhuma culpa de Mr. Farraday, que não é, de forma alguma, uma pessoa desatenciosa. Tenho certeza de que estava apenas fazendo o tipo de brincadeira que, nos Estados Unidos, deve ser, sem dúvida, sinal de bom entendimento e amizade entre empregado e empregador, praticado como uma espécie de esporte carinhoso. Na verdade, para colocar as coisas em seu devido lugar, devo dizer que essas brincadeiras da parte de meu patrão vêm caracterizando boa parte de nosso relacionamento ao longo dos últimos meses, embora deva confessar que nunca sei ao certo como devo reagir. De fato, durante meus primeiros dias com Mr. Farraday, uma ou duas vezes fiquei bastante perplexo com algumas coisas que me disse. Por exemplo, uma vez tive ocasião de lhe perguntar se certo cavalheiro esperado na casa viria acompanhado da esposa. "Deus nos acuda se ela vier", respondeu Mr. Farraday. "Quem sabe você podia tirá-la das nossas mãos, Stevens. Quem sabe podia levá-la para um dos estábulos perto da fazenda de Mr. Morgan. Mantê-la entretida em cima de todo aquele feno. Ela deve ser bem o seu tipo." Durante um ou dois minutos, não fiz ideia do que meu patrão estava dizendo. Então percebi que estava fazendo alguma piada e me esforcei para sorrir como era devido, embora desconfie que algum resto de confusão, para não dizer choque, deva ter continuado visível na minha expressão.

Ao longo dos dias seguintes, porém, aprendi a não mais me surpreender com tais observações de meu patrão, e sorria do jeito certo sempre que detectava aquele tom de brincadeira em sua voz. Mesmo assim, nunca tenho muita certeza do que ele espera de mim nessas ocasiões. Talvez eu devesse rir com gosto, ou até responder com alguma observação minha. Esta última possibilidade tem me ocupado durante estes meses, e é algo que ainda me deixa indeciso. Porque pode muito bem ser que na América inventar brincadeiras divertidas faça parte daquilo que se consideram bons serviços profissionais. De fato, me lembro de Mr. Simpson, dono do Ploughman's Arms, dizer certa vez que, se fosse um *bartender* americano, não estaria ali conversando com a gente daquele seu jeito amigo e sempre cortês, e sim nos atacando com referências diretas a nossos vícios e defeitos, nos chamando de bêbados e uma porção de outros nomes desse tipo, no esforço de desempenhar o papel que os fregueses esperariam dele. E me lembro também, faz alguns anos, de Mr. Rayne, que viajou para a América como valete de Sir Reginald Mauvis, dizendo que um motorista de táxi de Nova York regularmente mencionava o preço da corrida de um jeito que, repetido em Londres, era capaz de provocar uma desordem ou, pelo menos, a condução forçada do sujeito até a delegacia mais próxima.

É muito possível, portanto, que meu patrão realmente espere que eu responda às suas brincadeiras da mesma maneira, e considere uma forma de negligência o fato de eu não fazê-lo. Esse é um assunto, como eu disse, que tem me preocupado muito. Mas devo dizer que brincadeiras não são uma tarefa que eu me sinta capaz de realizar com entusiasmo. Está muito bem, em nossos tempos de transformação, adaptar o trabalho de uma pessoa para abranger tarefas não tradicionalmente pertencentes ao seu âmbito, mas o gracejo pertence a uma outra dimensão inteiramente diferente. Por um lado, como saber com certeza se, em determinado momento, o que se espera de fato é uma reação do tipo brincadeira? Não é preciso nem se deter muito na possibilidade catastrófica de fazer uma observação brincalhona e descobrir que ela é totalmente inadequada.

Em determinada ocasião, há não muito tempo, tomei coragem para tentar o tipo solicitado de resposta. Estava servindo o café da manhã de Mr. Farraday na saleta de desjejum quando ele me disse:

"Não era você, não, cacarejando hoje cedo, era, Stevens?".

Meu patrão estava se referindo, entendi, a uma dupla de ciganos que havia passado antes, com seus gritos habituais, à procura de ferro-velho. Por acaso, naquela mesma manhã, estivera pensando no dilema de saber se era esperado de mim que retribuísse as brincadeiras de meu patrão, e estava bem preocupado com a maneira como ele poderia estar vendo minha insistente negativa em responder a tais aproximações. Pus-me então a pensar em alguma resposta inteligente, alguma declaração que fosse seguramente inofensiva, no caso de eu ter interpretado mal a situação. Depois de um ou dois minutos, respondi:

"Eu diria que mais parecia andorinha que galinha, senhor. A julgar pelo aspecto migratório." E dei um sorriso convenientemente discreto para indicar, sem nenhuma ambiguidade, que havia feito um chiste, uma vez que não queria que Mr. Farraday reprimisse uma possível manifestação de alegria em razão de um respeito deslocado.

Porém, Mr. Farraday simplesmente olhou para mim e disse: "Como é, Stevens?"

Só então me ocorreu que, evidentemente, o meu chiste não poderia ser compreendido com facilidade por alguém que não soubesse que os ciganos é que haviam passado. Então, me vi sem saber como continuar com a brincadeira. Na verdade, resolvi que o melhor era interromper o assunto e, fingindo lembrar de alguma coisa de que tinha de cuidar com urgência, pedi licença e deixei meu patrão parecendo bastante perplexo.

Foi, portanto, um começo muito desanimador para uma coisa que pode, de fato, constituir um tipo de tarefa inteiramente novo para mim. Tão desanimador, devo admitir, que não fiz mais nenhuma tentativa nessa direção. Mas, ao mesmo tempo, não consigo deixar de pensar que Mr. Farraday não está satisfeito com minha reação a suas diversas brincadeiras. Na verdade, ultimamente sua insistência pode bem ser o jeito de meu patrão me provocar ainda mais, para que eu reaja no mesmo tom. Seja como for, desde esse meu primeiro chiste relativo aos ciganos, não fui capaz de pensar em nenhum outro chiste desse tipo com a rapidez necessária.

Dificuldades assim tendem a ser ainda mais preocupantes hoje em dia, porque não dispomos dos meios para discutir e confirmar essas questões com colegas de profissão, como acontecia antigamente. Há não muito tempo, se surgissem questões ambíguas relacionadas à prática da profissão, era reconfortante saber que não demoraria muito para algum colega cuja opinião se respeita vir à casa como acompanhante de seu patrão, e haveria ampla oportunidade de discutir o assunto. E evidentemente, nos dias de Lord Darlington, quando damas e cavalheiros chegavam a passar muitos dias hospedados aqui, era possível desenvolver um bom entendimento com colegas visitantes. Na verdade, naqueles dias movimentados, a ala de criados muitas vezes assistia à reunião de alguns dos melhores profissionais da Inglaterra, conversando até tarde da noite ao calor do fogo. E permita que lhe conte: se você tivesse estado na ala dos criados em qualquer dessas noites, não teria ouvido apenas mexericos; o mais provável é que ouvisse debates sobre as grandes questões que preocupavam nossos patrões ali nos andares de cima, ou sobre assuntos importantes noticiados pelos jornais; e, evidentemente, como colegas de profissão de todas as áreas tendem a fazer quando se reúnem, estaríamos discutindo todos os aspectos da nossa vocação. Às vezes, como é natural, haveria fortes desentendimentos, mas o mais das vezes a atmosfera era dominada por um sentimento de respeito mútuo. Talvez possa dar uma ideia melhor do tom dessas noites se disser que, entre nossos visitantes regulares, estava gente como Mr. Harry Graham, valete-mordomo de Sir James Chambers, e Mr. John Donalds, valete de Mr. Sydney Dickenson. E havia outros, menos notáveis talvez, mas cuja presença viva tornava qualquer visita memorável; por exemplo, Mr. Wilkinson, valete-mordomo de Mr. John Campbell, com seu reconhecido repertório de imitações de proeminentes cavalheiros; Mr. Davidson de Easterly House, cuja paixão pela discussão de um assunto podia às vezes ser tão alarmante para um estranho como a simplicidade de sua gentileza era enternecedora em todos os momentos; Mr. Herman, valete de Mr. John Henry Peters, cujas posições extremas ninguém conseguia escutar passivamente, mas de cuja gostosa risada característica, ao lado do charme de Yorkshire, era impossível desgostar. Eu podia continuar enumerando. Havia, naqueles dias, uma verdadeira camaradagem em nossa profissão, independentemente das pequenas diferenças de posição. Éramos todos cortados no mesmo molde, por assim dizer. Não como é hoje, quando, nas raras ocasiões em que um empregado acompanha um hóspede aqui da casa, o mais provável é que seja algum novato, com pouco a dizer a não ser sobre futebol e que prefere passar a noite não em volta da lareira da ala dos criados, mas bebendo no Ploughman's Arms, ou então, como parece ser cada vez mais frequente hoje em dia, no Star Inn.

Há pouco mencionei Mr. Graham, o valete-mordomo de Sir James Chambers. Na verdade, faz uns dois meses, tive a satisfação de saber que Sir James vinha visitar Darlington Hall. Esperei ansiosamente pela ocasião, não só porque visitantes da época de Lord Darlington são agora raros — visto que o círculo de Mr. Farraday é, naturalmente, muito diferente do de meu antigo patrão —, mas também porque achei que Mr. Graham acompanharia Sir James, como antigamente, e eu poderia assim perguntar sua opinião sobre o problema dos gracejos. Fiquei, portanto, bastante surpreso e decepcionado ao descobrir, na véspera da visita, que Sir James viria sozinho. Além disso, durante a subsequente estada dele, descobri que Mr. Graham não trabalhava mais para Sir James; que, na verdade, Sir James não tinha mais nenhum empregado de tempo integral. Eu gostaria de descobrir o que aconteceu com Mr. Graham, pois, embora nós dois não nos conhecêssemos a fundo, diria que nos demos muito bem nas ocasiões em que nos encontramos. Não surgiu, porém, nenhuma oportunidade para eu obter essa informação. Devo dizer que fiquei bastante decepcionado, pois gostaria de ter discutido com ele a questão dos gracejos.

No entanto, devo retomar o fio da minha história. Como estava dizendo, ontem à tarde fui obrigado a passar longos minutos incômodos parado na sala de estar, enquanto Mr. Farraday fazia a sua brincadeira. Reagi como sempre, com um ligeiro sorriso, o suficiente para indicar que eu estava participando em alguma medida do bom humor que ele manifestava, e esperei para ver se meu patrão iria me dar a permissão para a viagem que eu estava esperando. Conforme previa, ele me concedeu sua gentil permissão depois de certo tempo, e, além do mais, Mr. Faraday teve a gentileza de lembrar e reiterar a generosa oferta de "bancar a conta da gasolina".

Portanto, parece não haver razão para eu não realizar minha viagem de carro pela região Oeste. Evidentemente, tenho de escrever a Miss Kenton contando que talvez passe por lá. É preciso ver também a questão das roupas. Várias outras providências referentes aos arranjos aqui da casa durante minha ausência terão de ser tomadas. Mas, no final das contas, não vejo nenhuma razão genuína para não fazer minha viagem.

PRIMEIRO DIA — NOITE

Salisbury

Encontro-me esta noite numa hospedaria na cidade de Salisbury. O primeiro dia de viagem agora terminou, e, no fim das contas, devo dizer que estou bem satisfeito. A expedição começou hoje de manhã, quase uma hora mais tarde do que o planejado, apesar de eu ter terminado de fazer as malas e carregar o Ford com todas as coisas necessárias bem antes das oito da manhã. Pois como Mrs. Clements e as meninas também tiraram uma semana de folga, acho que estava muito consciente do fato de que, assim que eu partisse, Darlington Hall iria ficar vazia, quem sabe, pela primeira vez neste século — ou pela primeira vez desde que foi construída. Era uma sensação estranha e talvez por isso eu tenha demorado tanto para partir, vagando pela casa muitas vezes, certificando-me uma última vez de que estava tudo em ordem.

É difícil explicar os meus sentimentos quando finalmente parti. Durante os primeiros vinte e poucos minutos de viagem, não posso dizer que tenha sido tomado por nenhuma excitação ou expectativa. Isso se deve, sem dúvida, ao fato de que, embora eu rodasse para cada vez mais longe da casa, continuava a me ver em locais com os quais tinha ao menos uma passageira familiaridade. Ora, sempre achei que havia viajado muito pouco, tolhido como sou por minhas responsabilidades na casa, mas evidentemente, ao longo do tempo, a gente faz diversas excursões por uma ou outra razão profissional, e, ao que parecia, eu estava muito mais familiarizado com aquelas localidades vizinhas do que imaginava. Pois, como estava dizendo, ao rodar ao sol na direção da divisa de Berkshire, continuei me surpreendendo com quanto a paisagem me era familiar.

Mas então a paisagem acabou ficando irreconhecível, e entendi que havia ultrapassado todos os limites anteriores. Já ouvi pessoas descreverem o momento em que o barco abre as velas, o momento em que finalmente se perde a visão da terra. Imagino que a experiência de inquietação misturada com alegria que sempre acompanha a descrição desse momento seja muito semelhante ao que senti no Ford, quando a paisagem em torno ficou estranha para mim. Isso aconteceu logo depois que fiz uma curva e me encontrei em uma estrada que circundava a encosta de uma colina. Dava para sentir o íngreme precipício à minha esquerda, embora não pudesse vê-lo por causa das árvores e da densa folhagem que ladeava a estrada. Fui dominado pela sensação de que havia realmente deixado Darlington Hall para trás e devo confessar que senti um ligeiro sobressalto — sensação agravada pela desconfiança de que talvez não estivesse na estrada certa, e sim correndo na direção errada, para algum ermo. Foi só uma sensação momentânea, mas me fez reduzir a marcha. E, mesmo depois de ter me certificado de que estava no caminho certo, me vi compelido a parar o carro um momento para fazer um balanço, por assim dizer.

Resolvi descer e esticar um pouco as pernas, e quando fiz isso tive a sensação ainda mais forte de que estava empoleirado na encosta de uma colina. De um lado da estrada, moitas e pequenas árvores subiam íngremes, enquanto do outro conseguia agora entrever na folhagem os campos distantes.

Acredito que havia caminhado uma pequena distância à beira da estrada, olhando pelo meio da folhagem, tentando uma vista melhor, quando ouvi uma voz atrás de mim. Até aquele momento, evidentemente, acreditava-me completamente sozinho, e virei-me um tanto surpreso. Um pouco adiante na estrada, do lado oposto, vi o começo de uma trilha que desaparecia, íngreme, pelo meio do mato. Sentado em uma grande pedra que marcava esse ponto, havia um homem magro, de cabelos brancos e boné de pano, fumando cachimbo. Ele tornou a me chamar e, embora eu não entendesse bem suas palavras, vi que estava acenando para que me aproximasse. Durante um momento, tomei-o por um vagabundo, mas, depois, percebi que era apenas algum morador local aproveitando a fresca e o sol do verão, e não vi razão para não atender seu convite.

"Estava aqui, pensando", disse ele, quando me aproximei, "se o senhor é bom de pernas."

"Como é?"

O sujeito apontou a trilha. "Tem de ser bom de pernas e de pulmão para subir aí. Eu, como não tenho nada disso, fico sentado aqui. Se estivesse em boa forma, estaria sentado lá em cima. Tem um lugarzinho muito bonito lá, com banco e tudo. E não tem vista mais bonita na Inglaterra inteira."

"Se é verdade o que está dizendo", respondi, "acho que prefiro ficar aqui. Por acaso estou começando uma viagem de carro, durante a qual espero ver muitas vistas bonitas. Ver a melhor delas antes de ter começado de fato seria um tanto prematuro."

O sujeito pareceu não me entender, porque disse apenas:

"Não vai ver vista melhor na Inglaterra inteira. Mas o que estou dizendo é que precisa ser bom de pernas e de pulmão." E acrescentou: "Estou vendo que está em boa forma para a sua idade. Aposto que é capaz de subir isto aí sem nenhum problema. Quero dizer, até eu consigo num dia bom".

Olhei a trilha, que realmente parecia íngreme e bastante acidentada.

"Estou dizendo que o senhor vai se arrepender se não subir lá em cima. Além disso, nunca se sabe. Mais uns dois anos e pode ser tarde demais", deu uma risada bastante vulgar. "Melhor subir enquanto pode."

Acaba de me ocorrer que o homem podia estar dizendo aquilo talvez de um jeito bem-humorado, ou seja, apenas como um gracejo. Mas devo confessar que, pela manhã, achei aquilo bem ofensivo, e pode muito bem ter sido a necessidade de provar como era boba a sua insinuação o que me fez começar a subir a trilha.

De qualquer forma, fico muito contente de ter feito isso. Foi, por certo, uma caminhada bastante cansativa — embora possa dizer que não chegou a me causar nenhuma dificuldade real —, a trilha subindo em zigue-zague pela encosta por uns cem metros, mais ou menos. Cheguei, então, a uma pequena clareira — sem dúvida, o local a que o homem havia se referido. Aí deparei com um banco, e, de fato, com uma vista das mais maravilhosas, dominando quilômetros e quilômetros de campos em torno.

O que se via era sobretudo campo sobre campo, rolando até a distância. A terra subia e descia suavemente, e os prados eram delimitados por moitas e árvores. Em alguns lugares distantes havia pontos que supus que fossem carneiros. À direita, quase no horizonte, achei ter visto a torre quadrada de uma igreja.

Era uma sensação de fato agradável estar ali, parado assim, com os ruídos do verão à minha volta e uma suave brisa no rosto. E acredito que foi então, diante daquela vista, que comecei a adotar uma atitude adequada para a jornada que tinha por diante. Porque foi então que senti o primeiro saudável arroubo de expectativa pelas muitas experiências interessantes que, bem sei, os dias vindouros reservam para mim. E, de fato, foi então que senti uma nova determinação em não me intimidar diante da tarefa profissional que confiei a mim mesmo nesta viagem, ou seja, aquela relacionada a Miss Kenton e a nossos atuais problemas de pessoal.

Mas isso foi hoje de manhã. À noite, me vi instalado nesta confortável hospedaria, em uma rua não muito distante do centro de Salisbury. Trata-se, acho, de um estabelecimento relativamente modesto, mas muito limpo e perfeitamente adequado a minha necessidade. A dona, uma mulher de seus quarenta anos, parece me considerar um visitante importante, por causa do Ford de Mr. Farraday e pela alta qualidade do meu terno. Esta tarde, quando cheguei a Salisbury por volta das três e meia, escrevi no livro de hóspedes que meu endereço era "Darlington Hall" e vi a agitação com que ela me olhou, pensando, sem dúvida, que eu era algum cavalheiro acostumado a lugares como o Ritz ou o Dorchester, e que sairia batendo os pés da sua hospedaria quando me mostrasse as acomodações. Ela me informou que o quarto de casal da frente estava disponível e que eu podia ficar nele pelo preço de um quarto simples.

Fui então conduzido a esse quarto, em que, àquela hora do dia, o sol iluminava de um jeito muito agradável o papel florido das paredes. Havia duas camas, lado a lado, e um par de janelas de bom tamanho dando para a rua. Ao perguntar onde ficava o banheiro, a mulher me disse com voz tímida que era a porta na frente da minha, porém que só haveria água quente depois do jantar. Pedi que me trouxesse um bule de chá, e quando ela saiu examinei melhor o quarto. As camas estavam perfeitamente limpas e tinham sido bem-arrumadas. A pia, no canto, também estava muito limpa. Olhando pelas janelas, via-se, do lado oposto da rua, a vitrina de uma padaria com uma variedade de doces, uma farmácia e um barbeiro. Mais adiante, dava para ver a ponte em arco por onde seguia a rua, em direção a paisagens mais rurais. Lavei o rosto e as mãos com água fria na pia, depois sentei-me numa cadeira de encosto reto junto de uma janela, esperando meu chá.

Eu diria que foi pouco depois das quatro da tarde que saí da hospedaria e me aventurei pelas ruas de Salisbury. O jeito amplo, arejado das ruas daqui atribui à cidade uma maravilhosa sensação de amplidão, de forma que achei muito fácil passar algumas horas apenas passeando ao sol agradavelmente cálido. Além disso, descobri que se trata de uma cidade de muitos encantos. Vez por outra, me vi passando por deliciosas fileiras de casas com fachadas de madeira, ou atravessando pequenas pontes de pedra sobre os muitos regatos que correm pela cidade. E, evidentemente, não deixei de visitar a bonita catedral, muito elogiada por Mrs. Symons em seu livro. Esse augusto edifício não me foi nada difícil localizar, com a ponta da alta torre sempre visível aonde quer que se vá em Salisbury. Na verdade, quando estava voltando para essa hospedaria, ao anoitecer, em várias ocasiões olhei para trás, por cima do ombro, e a cada vez me deparei com uma vista do sol se pondo atrás da grande torre.

E, no entanto, agora à noite, no sossego deste quarto, descubro que o que realmente permaneceu em mim desse primeiro dia de viagem não foi a catedral de Salisbury nem nenhum dos encantadores recantos desta cidade, e sim a maravilhosa vista dos ondulantes campos ingleses que encontrei esta manhã. Agora, estou pronto a acreditar que outros países podem apresentar paisagens mais obviamente espetaculares. Na verdade, vi, em enciclopédias e na *National Geographic Magazine*, fotos empolgantes de paisagens dos vários cantos da Terra, cânions e cachoeiras magníficas, belas montanhas recortadas. Claro que nunca tive o privilégio de ver essas coisas em pessoa, mas, mesmo assim, me arrisco a dizer com alguma convicção: a paisagem inglesa em sua plenitude, tal como a vi hoje de manhã, possui uma qualidade que as paisagens de outras nações, por mais fabulosas que pareçam à primeira vista, decerto não possuem. Trata-se, acredito, de uma qualidade que, para qualquer observador objetivo, irá caracterizar a paisagem inglesa como a mais profundamente satisfatória do mundo, e essa qualidade será provavelmente mais bem definida pelo termo "grandeza". Porque a verdade é que, do alto daquela colina esta manhã, olhando a terra à minha frente, tive a rara, inconfundível sensação de estar em presença da grandeza. Chamamos esta nossa terra de *Grã* Bretanha, e talvez haja gente que considera tal prática um tanto imodesta. Porém, arrisco afirmar que já a paisagem de nosso país justificaria o uso desse imponente adjetivo.

E, no entanto, o que é exatamente essa "grandeza"? Onde, exatamente, ou em que ela reside? Tenho plena consciência de que seria preciso uma cabeça muito mais sábia do que a minha para responder a essa pergunta, mas, se fosse forçado a arriscar uma resposta, diria que é a própria *ausência* de drama ou espetaculosidade óbvios que distingue a beleza de nossa terra. O que é perfeito é a calma dessa beleza, a sensação de contenção. Como se o país soubesse de sua própria beleza, de sua própria grandeza, e não sentisse nenhuma necessidade de proclamá-la. Comparativamente, o tipo de paisagem com que nos brindam a África e a América, embora sem dúvida mais excitante, por certo pareceria inferior ao observador objetivo, devido a seu indecoroso exibicionismo.

Toda essa questão é muito próxima da que tem provocado vários debates em nossa profissão ao longo dos anos: o que é um "grande" mordomo? Lembro-me de muitas horas de agradáveis discussões sobre esse assunto em torno do fogo, na ala dos criados, ao final do dia. Você deve ter notado que eu disse "o que", em lugar de "quem", é um grande mordomo, porque, na verdade, não havia nenhuma séria controvérsia quanto às identidades dos homens que estabeleciam o padrão para a nossa geração. Estou falando de gente como Mr. Marshall, da Charleville House, ou Mr. Lane, de Bridewood. Se você já teve o privilégio de conhecer esses homens, sem dúvida saberá a que qualidade deles estou me referindo. Mas entenderá também, sem dúvida, quando afirmo que não é nada fácil definir o que é essa qualidade.

A propósito, pensando melhor sobre o assunto, não é bem verdade que não havia controvérsia sobre *quem* eram os grandes mordomos. O que eu deveria ter dito é que não havia nenhuma controvérsia séria entre os profissionais de qualidade e discernimento. Evidentemente, a ala de criados de Darlington Hall, como muitas alas de criados por toda parte, foi obrigada a receber empregados de graus de intelecto e percepção diversos, e recordo ter precisado, muitas vezes, morder a língua quando algum empregado — e, às vezes, lamento dizer, membros do meu próprio pessoal — elogiava acaloradamente gente como, digamos, Mr. Jack Neighbours.

Não tenho nada contra Mr. Jack Neighbours, que, pelo que sei, foi morto na guerra, o que é triste. Menciono seu nome apenas porque era um caso típico. Durante dois ou três anos em meados da década de 30, o nome de Mr. Neighbours parecia dominar todas as conversas nas alas de criados do país inteiro. Como disse, em Darlington Hall também, muitos empregados visitantes traziam as últimas novidades sobre as façanhas de Mr. Neighbours, de forma que eu e gente como Mr. Graham tínhamos de passar pela frustrante experiência de ouvir histórias e mais histórias a respeito dele. E o mais frustrante era ver, ao fim de cada história dessas, empregados decentes sacudirem a cabeça deslumbrados, dizendo coisas como: "Esse Mr. Neighbours é mesmo o máximo".

Ora, não duvido que Mr. Neighbours tivesse boa capacidade de organização. Pelo que sei, ele efetivamente organizou um bom número de grandes eventos com seu estilo vistoso. Mas, em nenhum momento, chegou sequer perto do status de grande mordomo. Eu podia ter lhe dito isso quando ele estava no ápice de sua reputação, assim como podia ter previsto a sua queda, depois de alguns breves anos sob a luz dos refletores.

Quantas vezes já não se ouviu falar de um mordomo que está, um dia, na boca de todo mundo como o melhor de sua geração e, poucos anos depois, se comprova que não era nada daquilo? E, no entanto, os mesmos empregados que empilhavam elogios sobre ele estarão, então, ocupados demais elogiando alguma nova figura, incapazes de parar e examinar sua própria capacidade de julgamento. O objeto desse tipo de conversa na ala dos criados é, invariavelmente, algum mordomo que apareceu de repente, por ter sido contratado por alguma casa importante, e que talvez tenha conseguido realizar dois ou três grandes eventos com certo sucesso. Surge então todo tipo de mexerico, zunindo pelas alas de criados de uma ponta a outra do país, dizendo que ele foi procurado por este ou aquele personagem ou que diversas casas das mais importantes estão disputando seus serviços com salários desvairadamente altos. E o que acontece depois de passados alguns anos? Essa mesma figura invencível é responsabilizada por algum grave erro ou, por outra razão qualquer, perde os favores de seus patrões, deixa a casa onde se alçou à fama e nunca mais se ouve falar dela. No entanto, aqueles mesmos mexeriqueiros terão encontrado algum outro novato com o qual se entusiasmar. Descobri que os valetes em visita eram sempre os piores sob esse aspecto, aspirando, como quase sempre aspiram, à posição de mordomo com alguma pressa. São eles que tendem a estar sempre insistindo em que esta ou aquela figura deve ser imitada, ou então a repetir o que algum herói deve ter pronunciado sobre questões profissionais.

Mas existem também, me apresso a acrescentar, muitos valetes que nunca sequer sonham em se permitir tal tipo de loucura; que são, de fato, profissionais do mais alto discernimento. Quando duas ou três pessoas como essas se reuniam em nossa ala de criados — quero dizer, gente do calibre de, digamos, Mr. Graham, com quem infelizmente perdi contato —, tínhamos alguns debates dos mais estimulantes e inteligentes sobre todos os aspectos de nossa vocação. Na verdade, hoje aquelas noites estão entre as minhas lembranças mais queridas dos velhos tempos.

Mas deixe-me voltar à questão que é de genuíno interesse, essa que tanto gostávamos de debater quando nossas noites não eram estragadas pela tagarelice daqueles que prescindiam de qualquer entendimento básico da profissão: a questão "o *que* é um grande mordomo?".

Pelo que sei, apesar de todo o falatório que essa questão provocou ao longo dos anos, poucas tentativas foram feitas dentro da profissão para formular uma resposta oficial. O único exemplo que me vem à mente é a experiência feita pela Sociedade Hayes de estabelecer um critério para quem pretendesse a ela se associar. Você talvez não conheça a Sociedade Hayes, porque pouca gente fala dela hoje em dia. Mas, nos anos 20 e começo dos 30, ela exerceu considerável influência sobre boa parte de Londres e dos condados adjacentes. Na verdade, muita gente sentiu seu poder quando ela ficou grande demais e não achou ruim que fosse forçada a fechar, creio que em 1932 ou 1933.

A Sociedade Hayes dizia só admitir mordomos "de primeiríssima linha". Muito do poder e do prestígio que veio a conquistar advinha do fato de — ao contrário de outras organizações desse tipo que surgiram e sumiram — ter conseguido manter seu número de membros extremamente baixo, conferindo assim credibilidade ao que prometia. Diz-se que a sociedade nunca passou de trinta integrantes e, durante a maior parte do tempo, ficou mais

42

perto de nove ou dez. Isso, e o fato de a Sociedade Hayes tender a ser uma entidade bastante secreta, emprestaram a ela uma grande mística por algum tempo, garantindo que os pronunciamentos que ocasionalmente emitia sobre questões profissionais fossem recebidos como se tivessem sido gravados em tábuas de pedra.

Mas uma questão sobre a qual a Sociedade resistiu em se pronunciar durante algum tempo foi a de seus próprios critérios de admissão. A pressão para que fossem divulgados foi crescendo e, em resposta a uma série de cartas publicadas em *A Quarterly for the Gentleman's Gentleman*, a Sociedade admitiu que o pré-requisito para a admissão de novos membros era que "o pretendente estivesse ligado a uma casa de distinção". "Embora, evidentemente", continuava a Sociedade, "isso esteja longe de ser suficiente para satisfazer as exigências." E esclareceu também que não considerava as casas de homens de negócios ou dos "novos-ricos" como casas "de distinção". Na minha opinião, esse pensamento superado foi decisivo para minar qualquer autoridade que a Sociedade pudesse ter tido para arbitrar os padrões de nossa profissão. Respondendo a outras cartas de *A Quarterly*, a Hayes justificou sua posição dizendo ainda que, embora aceitasse o argumento de alguns missivistas, de que alguns mordomos de excelente qualidade se encontravam em casas de homens de negócios, "o que se devia pensar era que as casas de damas e cavalheiros *verdadeiros* não demorariam muito para requisitar os serviços de tais pessoas". Era preciso se nortear pelas opiniões de "damas e cavalheiros de verdade", dizia a Sociedade, ou então era "melhor adotar logo as maneiras da Rússia bolchevique". Isso provocou ainda mais controvérsia, e a pressão das cartas continuou a aumentar, exigindo que a entidade declarasse com maior clareza seus critérios de admissão. Por fim, foi revelado em uma breve carta ao *A Quarterly* que, no entender da Sociedade — tentarei aqui citar de memória e com exatidão —, "o critério mais decisivo é que o pretendente possua uma dignidade adequada à sua posição. Nenhum candidato satisfará as exigências, seja qual for o nível de suas outras qualificações, se considerado deficiente nesse aspecto".

Apesar de todo o meu desinteresse pela Sociedade Hayes, acredito que esse pronunciamento, ao menos, tinha por fundamento uma verdade significativa. Quando se olha para as pessoas que concordamos serem "grandes" mordomos — quando olhamos, digamos, para Mr. Marshall ou Mr. Lane —, parece-me que o fator que os distingue daqueles mordomos que são considerados apenas de elevada competência é muito precisamente expresso pela palavra "dignidade".

Evidentemente, isso impõe a questão de se saber em que consiste a "dignidade"? E sobre isso é que gente como Mr. Graham e eu tivemos alguns de nossos mais interessantes debates. Na opinião de Mr. Graham, essa "dignidade" era sempre algo assim como a beleza de uma mulher, e portanto não havia como analisá-la. Eu, por outro lado, tinha a opinião de que fazer tal paralelo tendia a rebaixar a "dignidade" de gente como Mr. Marshall. Além disso, minha maior objeção à analogia de Mr. Graham era a insinuação de que "dignidade" era coisa que se possuía ou não por capricho da natureza; se o sujeito não a possuísse por si mesmo, seria inútil tentar adquiri-la, assim como era inútil uma mulher feia tentar se fazer bonita. Ora, mesmo aceitando que a maioria dos mordomos pode muito bem acabar descobrindo que não tem capacidade para tal, acredito firmemente que essa "dignidade" é algo que se pode conquistar com empenho ao longo de toda uma carreira. Os "grandes" mordomos que a possuem, como Mr. Marshall, tenho certeza de que a adquiriram em muitos anos de autoeducação e cuidadosa assimilação de experiência. Na minha opinião, portanto, de um ponto de vista vocacional, era bastante derrotista assumir a posição de Mr. Graham.

De qualquer forma, apesar do ceticismo de Mr. Graham, lembro-me de que ele e eu passamos muitas noites tentando apreender o que constituía essa "dignidade". Nunca chegamos a um acordo, mas posso dizer, de minha parte, que adquiri ideias próprias bastante sólidas sobre o assunto ao longo de nossas discussões, convicções que, em geral, mantenho ainda hoje. Gostaria de tentar dizer aqui o que considero ser essa "dignidade". Você não discorda, acredito, de que Mr. Marshall, de Charleville House, e Mr. Lane, de Bridewood, foram os dois grandes mordomos de tempos recentes. Talvez possa achar que Mr. Henderson, de Branbury Castle, também integra essa rara categoria. Mas poderá me achar meramente tendencioso se eu disser que meu pai podia em muitas coisas ser considerado do mesmo nível desses homens, e que foi a carreira dele que sempre examinei em busca de uma definição de "dignidade". Porém, tenho a firme convicção de que, no auge de sua carreira em Loughborough House, meu pai era realmente a encarnação da "dignidade".

Sei muito bem que, examinando o assunto com objetividade, é forçoso admitir que meu pai não tinha diversos atributos que normalmente se espera encontrar em um grande mordomo. Mas esses mesmos atributos ausentes, eu diria, são sempre de uma ordem superficial e decorativa — atraentes, sem dúvida, como o glacê em um bolo, mas longe de pertencer àquilo que é de fato essencial. Refiro-me a coisas como uma boa pronúncia, o domínio da linguagem e o conhecimento geral sobre uma ampla gama de assuntos como a falcoaria ou o acasalamento de salamandras — atributos que meu pai não podia gabar-se de possuir. Além disso, deve-se lembrar que ele era um mordomo de outra geração, que começou a carreira numa época em que tais qualidades não eram consideradas adequadas, muito menos desejáveis, em um mordomo. A obsessão pela eloquência e por conhecimentos gerais parece ter emergido com a nossa geração, provavelmente na trilha de

Mr. Marshall, quando homens inferiores, tentando imitar-lhe a grandeza, tomaram o superficial pela essência. No meu entender, a nossa geração tem andado preocupada demais com os "enfeites". Sabe-se lá quanto tempo e energia se perdem no aprimoramento da pronúncia e do domínio da linguagem, quantas horas no estudo de enciclopédias e volumes de *Teste seus conhecimentos*, tempo que devia ser empregado no domínio dos fundamentos básicos.

Embora devamos ser cautelosos para não tentar negar a responsabilidade que, em última análise, é nossa, é preciso dizer que certos patrões muito fizeram para estimular esse tipo de moda. Sinto muito dizer isso, mas, em tempos recentes, parece ter havido um grande número de casas, algumas da mais alta classe, que tendem a competir umas com as outras, chegando a "exibir" aos convidados o domínio de seus mordomos sobre esses dotes triviais. Ouvi diversos exemplos de colegas sendo exibidos em festas como se fossem macacos de circo. Em um caso lamentável, que vi com meus próprios olhos, tornara-se esporte costumeiro da casa os hóspedes chamarem o mordomo pela campainha, para lhe fazer perguntas sobre, digamos, quem havia ganho o *derby* de tal ou tal ano, do mesmo jeito que se faz com algum sr. Memória num show de variedades.

Meu pai, como eu dizia, veio de uma geração felizmente imune a essas confusões de nossos valores profissionais. E afirmo que, apesar de todo o seu limitado domínio do inglês e de seus parcos conhecimentos gerais, ele não só sabia tudo o que havia para saber sobre a administração de uma casa como também, no auge da carreira, veio a adquirir aquela "dignidade adequada à posição" de que falava a Sociedade Hayes. Se eu tentar, então, lhe descrever o que, acredito, conferia distinção a meu pai, talvez consiga passar a ideia do que considero "dignidade".

Havia uma história que, ao longo dos anos, meu pai gostava de repetir. Lembro-me de tê-lo ouvido contá-la a visitantes quando eu era criança e, depois, quando eu estava começando como lacaio sob sua supervisão. Lembro-me dele contando de novo a história na primeira vez em que voltei para visitá-lo, depois de obter meu primeiro posto de mordomo, na casa relativamente modesta de Mr. e Mrs. Muggeridge, em Allshot, Oxfordshire. Evidentemente, essa história era importante para ele. A geração de meu pai não tinha por costume discutir e analisar as coisas como hoje fazemos; e acho que contar e recontar aquela história era o mais próximo que ele chegava da reflexão crítica sobre a profissão que praticava. Ela em si nos dá uma pista vital sobre o seu pensamento.

A história era aparentemente verdadeira, referente a certo mordomo que viajara com seu patrão para a Índia e lá servira durante muitos anos, cobrando dos empregados indianos o mesmo alto padrão que exigia na Inglaterra. Certa tarde, ele entrou na sala de jantar para conferir se estava tudo em ordem para a refeição e notou um tigre deitado debaixo da mesa. Com muita cautela, o mordomo deixou o recinto, tomando o cuidado de fechar as portas, e foi calmamente para a sala de estar, onde seu patrão tomava chá com um grupo de visitantes. Com um pigarro polido, chamou a atenção do patrão, depois sussurrou em seu ouvido: "Sinto muito, senhor, mas parece que há um tigre na sala de jantar. O senhor talvez permita que a calibre doze seja utilizada?".

Segundo a lenda, minutos depois, o anfitrião e seus convidados ouviram três tiros de espingarda. Quando o mordomo reapareceu na sala algum tempo depois, para completar os bules de chá, o patrão perguntou se estava tudo bem.

"Muito bem, obrigado, senhor", foi a resposta. "O jantar será servido na hora de sempre e tenho o prazer de informar que não haverá mais nenhum vestígio dos acontecimentos recentes."

Essa última frase, "não haverá mais nenhum vestígio dos acontecimentos recentes", meu pai repetia com uma risada, sacudindo a cabeça com admiração. Ele não afirmava saber o nome do mordomo, nem saber de ninguém que o conhecesse, mas insistia sempre que o caso acontecera exatamente como contara. De qualquer forma, não era importante a história ser ou não verdadeira. O que importava, claro, era o que ela revelava sobre os ideais de meu pai. Pois quando recordo sua carreira, entendo que ele deve ter lutado a vida toda para, de alguma forma, "ser" o mordomo da história. E, no meu entender, no auge de sua carreira, meu pai realizou essa ambição. Pois embora eu tenha a certeza de que ele nunca encontrou um tigre debaixo da mesa de jantar, quando penso sobre tudo o que sei ou que ouvi a respeito dele, sou capaz de lembrar algumas ocasiões em que foi pródigo em demonstrar aquela mesma qualidade que tanto admirava no mordomo da história.

Um desses exemplos me foi relatado por Mr. David Charles, da Companhia Charles e Redding, que visitava Darlington Hall de tempos em tempos na época de Lord Darlington. Numa noite em que eu o estava servindo como valete, Mr. Charles me contou que havia encontrado meu pai anos antes, ao se hospedar em Loughborough, residência de Mr. John Silvers, o industrial, e casa onde meu pai trabalhou durante quinze anos, no auge de sua carreira. Ele nunca esquecera meu pai, Mr. Charles me disse, devido a um incidente ocorrido durante aquela visita.

Certa tarde, para sua própria tristeza e vergonha, Mr. Charles permitiu-se ficar bêbado na companhia de dois outros hóspedes, cavalheiros que chamarei apenas de Mr. Smith e Mr. Jones, uma vez que é possível que ainda sejam lembrados em certos círculos. Depois de uma hora e tanto bebendo, os dois cavalheiros resolveram dar um passeio de carro por algumas aldeias vizinhas. O automóvel ainda era uma espécie de curiosidade à época. Con-

48

venceram Mr. Charles a acompanhá-los e, como seu chofer estava de folga naquele momento, convocaram meu pai para dirigir o carro.

Assim que partiram, Mr. Smith e Mr. Jones, embora de meia-idade, começaram a se comportar como escolares, cantando canções grosseiras e dirigindo comentários ainda mais grosseiros a todos que passavam por suas janelas. Além disso, esses cavalheiros tinham visto no mapa local três aldeias vizinhas chamadas Molphy, Saltash e Brigoon. Não tenho bem certeza de que fossem esses os nomes exatos, mas o fato é que recordaram a Mr. Smith e Mr. Jones o número de teatro de variedades *Murphy, Saltman e Brigid, o Gato*, de que você talvez já tenha ouvido falar. Ao notar essa curiosa coincidência, os cavalheiros ficaram com vontade de visitar as três aldeias em questão, em honra, por assim dizer, dos artistas do teatro de variedades. Segundo Mr. Charles, meu pai havia atravessado a primeira aldeia e estava a ponto de entrar na segunda quando Mr. Smith ou Mr. Jones observou que se tratava de Brigoon — ou seja, a terceira, e não a segunda, da sequência de nomes. Agressivos, os dois exigiram que meu pai virasse o carro de imediato, de forma que as aldeias fossem visitadas na "ordem certa". Acontece que isso implicava encompridar consideravelmente o caminho, mas, garantiu-me Mr. Charles, meu pai acatou o pedido como se fosse perfeitamente razoável e continuou a se comportar, no geral, com imaculada cortesia.

Porém, a atenção de Mr. Smith e Mr. Jones havia se voltado então para meu pai e, sem dúvida entediados pela vista que o local tinha a oferecer, passaram a se divertir gritando observações desagradáveis sobre o "erro" do motorista. Mr. Charles ficou deslumbrado com a maneira como meu pai não demonstrou nenhum indício de raiva ou desconforto, continuando a dirigir com uma expressão em perfeito equilíbrio entre a dignidade pessoal e a prontidão para obsequiar. A serenidade dele, porém, não haveria de durar muito. Pois quando se cansaram de lançar insultos sobre meu pai, os dois cavalheiros começaram a falar sobre o dono da casa que os hospedava, ou seja, o patrão de meu pai, Mr. John Silvers. Os comentários foram ficando cada vez mais depreciativos e desleais, a ponto de Mr. Charles — ou assim contou-me ele — ser obrigado a intervir com a sugestão de que aquilo era falta de educação. Sua opinião foi refutada com tal energia que Mr. Charles, além de achar que seria o próximo foco de atenção dos cavalheiros, chegou mesmo a pensar que corria o risco de ser fisicamente agredido. Então, de súbito, diante de uma insinuação especialmente abominável, meu pai freou o carro de repente. E foi o que aconteceu em seguida que causou impressão tão indelével em Mr. Charles.

A porta de trás do carro se abriu e meu pai ali apareceu, postado a poucos passos do veículo, olhando com firmeza para o interior. Na descrição de Mr. Charles, os três passageiros pareceram paralisados ao mesmo tempo diante da impositiva força física do mordomo. Ele era, de fato, um homem de quase dois metros e seu semblante, embora tranquilizador enquanto se dedicava a servir, podia ser extremamente ameaçador em outros contextos. Segundo Mr. Charles, meu pai não deu nenhuma demonstração óbvia de raiva. Ao que parece, apenas abriu a porta. E, mesmo assim, havia algo a um só tempo tão poderosamente reprovador e tão inatingível em sua figura pairando sobre eles que os dois companheiros bêbados de Mr. Charles pareceram se acovardar, como meninos pegos por um fazendeiro no ato de roubar maçãs.

Meu pai continuou ali parado por alguns momentos, sem dizer nada, apenas segurando a porta aberta. Por fim, ou Mr. Smith ou Mr. Jones manifestou-se:

"Não vamos continuar o passeio?"

Meu pai não respondeu, mas continuou ali parado, em silêncio, sem exigir que desembarcassem nem dar nenhuma pista de seus desejos ou intenções. Posso bem imaginar o aspecto que ele deve ter tido naquele dia, emoldurado pela porta do veículo; a presença sombria e severa bloqueando boa parte do efeito do suave cenário de Hertfordshire atrás de si. Foram momentos, segundo Mr. Charles relembra, estranhamente enervantes, durante os quais ele próprio, embora não tivesse participado das atitudes anteriores, sentiu-se tomado de culpa. O silêncio pareceu continuar, interminável, antes que Mr. Smith ou Mr. Jones conseguisse murmurar:

"Acho que estávamos falando um pouco fora de tom por aqui. Não vai acontecer de novo."

Depois de um momento para ponderar sobre aquilo, meu pai fechou a porta com suavidade, voltou para a direção e continuou o passeio pelas três aldeias — passeio que, garantiu-me Mr. Charles, foi concluído quase em silêncio.

Agora que relembrei esse episódio, um outro acontecimento na carreira de meu pai, mais ou menos da mesma época, me vem à mente, o qual demonstra, talvez de forma ainda mais notável, a especial qualidade que ele veio a possuir. Devo explicar que sou o mais novo de dois irmãos, e que meu irmão mais velho, Leonard, foi morto durante a Guerra Sul-Africana quando eu ainda era menino. Naturalmente, meu pai sentiu muitíssimo essa perda. Mas, para piorar as coisas, o consolo que um pai costuma ter nessas situações — isto é, a ideia de que o filho deu a vida gloriosamente pelo rei e pela pátria — foi maculado pelo fato de meu irmão ter perecido em uma manobra particularmente infame. A manobra, pelo que se disse, não apenas constituiu um ataque absolutamente indigno dos britânicos a acampamentos bôeres, como também vieram à tona provas irrefutáveis de que ela foi comandada de forma irresponsável, com diversos descuidos das mais básicas precauções militares, de modo que os homens que nela morreram — meu irmão entre eles — pereceram desnecessariamente. Em vista do que estou para relatar, seria mais adequado não identificar tal manobra com maior precisão, embora você possa muito bem identificá-la se eu disser que o fato provocou uma agitação e tanto na época, aumentando bastante a controvérsia que o conflito como um todo vinha despertando. Pediu-se a remoção do general em questão, e até mesmo corte marcial, mas o Exército o defendeu, permitindo que completasse a campanha. O menos sabido é que, ao se encerrar o conflito sul-africano, esse mesmo general foi discretamente aposentado e entrou depois para os negócios, indo trabalhar com carregamentos provenientes da África do Sul. Menciono isso porque, uns dez anos depois do conflito — ou seja, quando as feridas da perda haviam cicatrizado de maneira apenas superficial —, meu pai foi chamado ao estúdio de Mr. John Silvers para ser informado de que aquele mesmo personagem (vou chamá-lo simplesmente de "General") viria passar alguns dias na casa, convidado a participar de festividade durante a qual o patrão de meu pai esperava lançar as bases de uma lucrativa transação. Mr. Silvers, porém, lembrou-se do significado que a visita poderia ter para meu pai e, por isso, o chamou para lhe oferecer a opção de tirar uma licença de alguns dias, enquanto durasse a estada do General.

Os sentimentos de meu pai pelo General eram, naturalmente, da mais absoluta aversão, mas ele se deu conta, ao mesmo tempo, de que as aspirações empresariais de seu patrão dependiam do bom andamento da festividade, que, com as dezoito ou mais pessoas esperadas, não era coisa pouca. Meu pai respondeu então que ficava muito grato pela consideração para com seus sentimentos, mas que Mr. Silvers podia ter certeza de que os serviços seriam prestados com o padrão de sempre.

Com o desenvolvimento das coisas, a provação de meu pai resultou ainda pior do que se podia prever. Por um lado, resultou infundada qualquer esperança que pudesse ter de que o encontro em pessoa com o General viesse a dar origem a algum sentimento de respeito ou simpatia que aliviasse sua aversão por aquele homem. O General era um homem corpulento, feio, de maneiras nada refinadas, e seu discurso não escondia a propensão a traçar paralelos militares em relação a uma ampla variedade de assuntos. O pior veio com a notícia de que o cavalheiro não trouxera valete, tendo o seu criado usual caído doente. Aquilo representou um problema delicado, pois, como um dos outros convidados também estava sem valete, surgiu a questão de qual dos hóspedes receberia o mordomo como valete, e qual o lacaio. Meu pai, avaliando a posição de seu patrão, ofereceu-se de imediato para cuidar do General, e foi, assim, obrigado a conviver por quatro dias em íntima proximidade com o homem que detestava. Durante esse período, o visitante, não fazendo a menor ideia dos sentimentos de meu pai, aproveitava todas as oportunidades para relatar seus feitos militares, conforme, evidentemente, muitos cavalheiros militares tendem a fazer com seus valetes na privacidade dos aposentos. Meu pai, no entanto, escondeu tão bem seus sentimentos, cumpriu com tal profissionalismo seus deveres que, ao partir, o General chegou efetivamente a cumprimentar Mr. John Silvers pela excelência de seu mordomo e a deixar-lhe gorjeta excepcionalmente alta como sinal de gratidão — a qual meu pai pediu, sem hesitar, que seu patrão doasse a uma instituição de caridade.

Espero que concorde que, nesses dois exemplos que citei de sua carreira — dos quais obtive confirmação e que acredito serem exatos —, meu pai não só manifestou, como também chegou muito perto de ser a própria personificação do que a Sociedade Hayes chama de "dignidade adequada à sua posição". Se se levar em conta a diferença entre meu pai, num momento como esse, e uma figura como Mr. Jack Neighbours — mesmo com o melhor de seus floreios técnicos —, acredito que se pode começar a distinguir o que separa um "grande" mordomo de outro meramente competente. Podemos entender melhor, também, por que meu pai tanto gostava da história do mordomo que não entrou em pânico ao descobrir um tigre debaixo da mesa de jantar. Ele a apreciava porque sabia instintivamente que, em algum ponto da história, estava o cerne da verdadeira "dignidade". E permita que eu coloque o seguinte: "dignidade" tem a ver essencialmente com a capacidade de um mordomo de não abandonar o ser profissional que ele habita. Mordomos menores abandonam seus seres profissionais em prol da vida pessoal à menor oportunidade. Para essas pessoas, ser mordomo é como desempenhar um papel numa pantomima; um pequeno empurrão, um ligeiro tropeço e a fachada despenca, revelando o ator que há por baixo dela. O grande mordomo é grande em virtude de sua capacidade de habitar seu papel profissional — e de habitá-lo até o fim. Não se deixa abalar por acontecimentos externos, por mais surpreendentes, alarmantes ou constrangedores que sejam. Veste seu profissionalismo como um cavalheiro decente veste seu terno: não permitirá que baderneiros ou circunstâncias o arranquem dele em público; só se desfará do traje quando — e apenas quando — quiser fazê-lo, e isso será decerto quando estiver inteiramente sozinho. Trata-se, como disse, de uma questão de "dignidade".

Já se disse que só existem mordomos de verdade na Inglaterra. Outros países, independentemente do título que usem, têm apenas serviçais. Tendo a acreditar que seja verdade. Os continentais são incapazes para o ofício porque sua linhagem não convém à contenção emocional de que só a raça inglesa é capaz. Os continentais — e os celtas em geral, como você haverá de concordar — habitualmente são incapazes de se controlar em momentos de emoção forte, sendo assim incapazes de manter a conduta profissional, senão nas situações menos desafiantes. Se posso retomar a metáfora anterior — e me perdoe expressá-lo de forma tão grosseira —, eles são como um homem que, à menor provocação, arranca terno e camisa e sai correndo e gritando. Em uma palavra, a "dignidade" é inacessível a essas pessoas. Nesse aspecto, nós, ingleses, temos uma importante vantagem sobre os estrangeiros, e por essa razão é que, quando se pensa em um grande mordomo, o mais provável é que ele seja, quase por definição, inglês.

Evidentemente, você pode retrucar, como fazia Mr. Graham sempre que eu lhe expunha esse meu ponto de vista naquelas agradáveis discussões em torno do fogo, que, se eu tiver razão no que digo, só se poderá reconhecer um grande mordomo depois de vê-lo superar severa provação. E no entanto a verdade é que aceitamos Mr. Marshall e Mr. Lane como grandes figuras, embora a maior parte de nós não possa afirmar tê-los examinado sob tais condições. Tenho de admitir que Mr. Graham tem razão nesse ponto, mas tudo o que posso dizer é que, depois de estar na profissão há tanto tempo, é possível julgar intuitivamente a profundidade do profissionalismo de um homem sem precisar vê-lo sob pressão. Na verdade, no momento em que se tem a sorte de encontrar um grande mordomo, longe de se experimentar qualquer impulso cético de pedir um "teste", o que ocorre é que não se é capaz de imaginar nenhuma situação que possa abalar um profissionalismo exercido com tamanha autoridade. De fato, tenho certeza de que foi uma tal percepção, capaz de penetrar até mesmo a espessa neblina criada pelo álcool, que reduziu os passageiros de meu pai a um envergonhado silêncio naquele domingo, muitos anos atrás. Acontece com os grandes mordomos a mesma coisa que com a paisagem inglesa em seus melhores momentos, como os que vi esta manhã: quando se encontra um deles, simplesmente se *sabe* estar em presença da grandeza.

Sempre haverá, eu sei, aqueles que dirão que é bastante inútil qualquer tentativa de analisar a grandeza como a que venho fazendo. "Você sabe quando alguém tem e sabe quando alguém não tem", era o que sempre dizia Mr. Graham. "Não há muito a dizer além disso." Mas acredito que é meu dever não ser tão derrotista nesse assunto. Trata-se, sem dúvida, da responsabilidade profissional de todos nós pensar profundamente sobre tais coisas, de forma que cada um possa lutar para conquistar sua própria "dignidade".

SEGUNDO DIA — MANHÃ
Salisbury

Camas desconhecidas raramente se dão bem comigo, e, depois de breve período de cochilo um tanto agitado, acordei faz uma hora mais ou menos. Ainda estava escuro, e sabendo que tinha à minha espera uma manhã inteira ao volante, fiz uma tentativa de voltar a dormir. Isso se mostrou inútil, e, quando por fim resolvi me levantar, ainda estava tão escuro que fui obrigado a acender a luz elétrica para poder me barbear na pia a um canto. Mas quando a apaguei, ao terminar, podia ver a luz do amanhecer pelas bordas das cortinas.

Quando as abri, agora há pouco, a luz lá fora ainda estava muito pálida e uma certa névoa comprometia minha visão da padaria e da farmácia em frente. De fato, mais adiante na rua, no ponto em que ela atravessa a ponte em arco, dava para ver a névoa subindo do rio, escondendo quase por completo uma das pilastras. Não havia vivalma à vista e, além do barulho de marteladas ecoando de algum ponto distante, e de uma tosse ocasional em um quarto dos fundos da casa, não se ouve som algum. É claro que a gerente ainda não está de pé, o que sugere haver pouca chance de ela servir o café da manhã antes do horário estabelecido das sete e meia.

Agora, nesses momentos de sossego enquanto espero o mundo em torno acordar, me vejo repassando na cabeça trechos da carta de Miss Kenton. A propósito, eu devia ter me explicado antes quanto a essa minha referência a "Miss Kenton". "Miss Kenton", falando com propriedade, é "Mrs. Benn", e isso faz vinte anos. Porém, como a conheci de perto apenas durante seus anos de solteira e não a vejo desde que foi para a região Oeste, para se tornar "Mrs. Benn", você talvez me perdoe por me referir a ela como a conheci e continuei mentalmente a chamá-la por todos esses anos. É óbvio que sua carta me deu mais razões para continuar a pensar nela como "Miss Kenton", visto que, ao que parece, e isto é triste, seu casamento está enfim por terminar. A carta não dá detalhes específicos do assunto, o que não seria mesmo de se esperar, mas Miss Kenton afirma sem sombra de dúvida que deu, de fato, o passo de mudar-se da casa de Mr. Benn em Helston e, atualmente, está hospedada com uma conhecida, na aldeia vizinha de Little Compton.

Evidentemente, é trágico que seu casamento esteja agora acabando em fracasso. Neste exato momento, sem dúvida, ela deve estar ponderando com tristeza decisões tomadas num passado distante e que a deixaram agora, em plena meia-idade, tão sozinha e desolada. E é fácil entender como, nesse estado de espírito, a ideia de voltar a Darlington Hall seria grande consolo para ela. Em nenhum ponto da carta ela formula de maneira explícita o desejo de voltar, mas essa é a inegável mensagem transmitida pelo tom geral de muitas passagens, imbuídas como estão de uma profunda nostalgia por seus dias em Darlington Hall. É claro que, com sua volta neste momento, Miss Kenton não pode esperar recuperar aqueles anos perdidos, e fazer com que ela entenda isso será minha primeira tarefa quando nos encontrarmos. Terei de lhe revelar como as coisas agora são diferentes, e que provavelmente os dias de trabalho com um grande número de empregados à disposição não voltarão jamais. Mas Miss Kenton é uma mulher inteligente e já deve ter percebido essas coisas. Na verdade, e no fim das contas, não vejo por que a opção de voltar a Darlington Hall para lá passar seus últimos anos de trabalho não possa proporcionar genuíno consolo a uma vida que veio a ser tão dominada pela sensação de desperdício.

E, evidentemente, de meu ponto de vista profissional, está claro que, mesmo depois de uma pausa de tantos anos, Miss Kenton seria a solução perfeita para o problema que vem nos incomodando em Darlington Hall. Na verdade, ao usar o termo "problema", eu talvez esteja exagerando. Refiro-me, afinal, a uma série de erros muito pequenos da minha parte, e o curso de ação que estou tomando é simplesmente uma forma de solucionar por antecipação quaisquer "problemas", antes mesmo que surjam. É verdade, esses mesmos erros triviais sem dúvida me causaram certa aflição no início, mas, assim que tive tempo para diagnosticá-los corretamente como sintomas de nada mais que uma simples insuficiência de pessoal, me controlei para não pensar demais neles. A chegada de Miss Kenton, como digo, colocará um fim permanente nisso.

Mas, voltando à carta. Ela revela em alguns pontos certo desespero sobre a situação atual, fato que é bastante preocupante. Miss Kenton começa assim uma frase: "Embora eu não faça ideia de como preencher de forma útil o resto de minha vida...". E em outro momento escreve: "O resto de minha vida se estende como um vazio à minha frente". Na maior parte, porém, como já disse, o tom é de nostalgia. Em certo ponto, por exemplo, ela escreve:

"Todo esse incidente me fez lembrar de Alice White. Lembra-se dela? É difícil imaginar que a tenha esquecido. De minha parte, ainda hoje me assombram aquelas vogais e aquelas frases tão pouco gramaticais que só Alice era capaz de inventar! Faz alguma ideia do que possa ter acontecido com ela?"

Eu não faço, na realidade, embora deva dizer que me divertiu bastante lembrar daquela irritante arrumadeira, que acabou sendo das mais devotadas. Em outro ponto da carta, Miss Kenton escreve:

"Eu gostava tanto daquela vista dos quartos do segundo pavimento, dando para o gramado, com as colinas visíveis ao longe. Ainda é assim? Nas noites de verão, havia uma certa qualidade mágica naquela vista, e confesso agora que costumava perder muitos minutos preciosos parada ali, diante de uma daquelas janelas, simplesmente encantada."

E prossegue, acrescentando:

"Se essa lembrança é dolorosa, desculpe-me. Mas nunca esquecerei os momentos que passamos juntos, observando seu pai andar para a frente e para trás diante da casa de verão, olhando o chão como se esperasse encontrar alguma joia preciosa que derrubara ali."

É algo como uma revelação essa lembrança de quase trinta anos atrás ter permanecido viva para Miss Kenton assim como permaneceu para mim. Na verdade, isso deve ter acontecido exatamente numa daquelas noites de verão que ela menciona, pois me lembro muito bem de subir até o segundo pavimento e ver diante de mim uma série de raios alaranjados do pôr do sol rompendo a escuridão do corredor através das portas entreabertas dos quartos. Ao passar pelos quartos, vira além de uma porta a figura de Miss Kenton silhuetada contra a janela, virando-se e chamando delicadamente: "Mr. Stevens, o senhor tem um minuto?". Quando entrei, Miss Kenton tinha se voltado de novo para a janela. Lá embaixo, as sombras dos álamos atravessavam o gramado. À direita, a relva subia em direção à suave elevação onde ficava a casa de verão, e era ali que se via a figura de meu pai andando lentamente com ar de preocupação e, de fato, da forma que Miss Kenton formula tão bem: "como se esperasse encontrar alguma joia preciosa que derrubara ali".

Essa lembrança permaneceu comigo por razões muito pertinentes, que desejo explicar. Ademais, quando penso nisso agora, talvez não seja surpreendente que tenha causado também uma impressão profunda em Miss Kenton, considerando-se certos aspectos do relacionamento dela com meu pai em seus primeiros anos em Darlington Hall.

Miss Kenton e meu pai chegaram à casa mais ou menos ao mesmo tempo, isto é, na primavera de 1922, como consequência de eu ter perdido de uma só vez a governanta e o submordomo anteriores. Isso ocorreu porque essas duas pessoas resolveram se casar uma com a outra e abandonar a profissão. Sempre achei tais ligações uma séria ameaça à ordem de uma casa. Desde então, perdi diversos empregados nas mesmas circunstâncias. Evidentemente, é de se esperar que coisas assim aconteçam entre criadas e lacaios, e um bom mordomo deve sempre levar isso em conta em seu planejamento; porém, um casamento entre empregados mais maduros de uma casa pode ter um efeito extremamente desagregador no trabalho. Evidentemente, se dois membros do pessoal se apaixonam e resolvem se casar, seria grosseiro ficar atribuindo culpas, mas o que acho extremamente irritante são aquelas pessoas — e governantas são aí um caso típico — que não se comprometem de fato com a profissão, mas vão de casa em casa à cata de romance. Esse tipo de pessoa é um entrave ao bom profissionalismo.

Mas permita que eu afirme logo que não tenho Miss Kenton em mente quando digo isso. Evidentemente, ela também acabou deixando o meu pessoal para se casar, mas posso garantir que, durante o período em que trabalhou como governanta sob minhas ordens, nunca foi senão dedicada nem permitiu que se dispersassem suas prioridades profissionais.

Mas estou divagando. Explicava que passamos a carecer de uma governanta e de um submordomo ao mesmo tempo, e que Miss Kenton chegara, com referências excepcionalmente boas, eu me lembro, para assumir o primeiro posto. Ocorreu que meu pai, por volta dessa época, havia encerrado sua honrosa carreira em Loughborough House com a morte de seu patrão, Mr. John Silvers, e ficou um tanto perdido com relação a trabalho e acomodações. Embora fosse ainda, evidentemente, um profissional da mais alta classe, estava agora nos seus setenta anos, sofrendo de forte artrite e outras indisposições. Não havia nenhuma certeza quanto a suas possibilidades diante da nova geração de mordomos altamente profissionalizados à procura de emprego. Em vista disso, pareceu uma solução razoável pedir a meu pai que trouxesse sua grande experiência e distinção para Darlington Hall.

Lembro-me de que certa manhã, pouco depois de meu pai e Miss Kenton terem se juntado ao pessoal, eu estava sentado à mesa em minha sala, repassando umas contas, quando ouvi uma batida na porta. Recordo ter ficado um pouco surpreso ao ver Miss Kenton abri-la e entrar, antes que eu a convidasse. Entrou trazendo um grande vaso de flores e disse com um sorriso:

"Mr. Stevens, achei que isto aqui poderia alegrar um pouco a sua sala."

"Como disse, Miss Kenton?"

"É uma pena sua sala ser tão escura e fria, Mr. Stevens, quando está fazendo tanto sol lá fora. Achei que estas flores poderiam melhorar um pouco as coisas."

"Muita gentileza sua, Miss Kenton."

"É pena não bater mais sol aqui dentro. As paredes estão até um pouco úmidas, não estão, Mr. Stevens?"

Voltei às minhas contas, dizendo:

"É só a condensação do ar, eu acho, Miss Kenton."

Ela colocou o vaso em cima da mesa à minha frente e, olhando em torno, tornou a falar:

"Se quiser, Mr. Stevens, posso trazer mais algumas flores."

"Miss Kenton, agradeço a gentileza. Mas esta sala não é para divertimento. Prefiro reduzir ao mínimo qualquer distração."

"Mas não há por que manter sua sala tão severa e sem cor, Mr. Stevens."

"Tem me servido perfeitamente bem assim até hoje, Miss Kenton, embora eu agradeça a sua consideração. Realmente, já que está aqui, tem uma coisa que gostaria de discutir com a senhorita."

"Ah, claro, Mr. Stevens."

"Miss Kenton, é uma coisa simples. Aconteceu de eu estar passando ontem pela cozinha quando a ouvi chamar alguém pelo nome de William."

"É mesmo, Mr. Stevens?"

"É, sim, Miss Kenton. Eu a ouvi chamar diversas vezes por 'William'. Posso saber a quem a senhorita estava se dirigindo?"

"Ora, Mr. Stevens, acho que estava me dirigindo a seu pai. Não tem nenhum outro William na casa, pelo que sei."

"É um erro fácil de cometer", disse eu, com um pequeno sorriso. "Posso pedir que, no futuro, Miss Kenton, a senhorita se dirija a meu pai como 'Mr. Stevens'? Se estiver falando dele a uma terceira pessoa, talvez prefira chamá-lo 'Mr. Stevens pai', para diferenciá-lo de mim. Fico muito agradecido, Miss Kenton."

Com isso, voltei aos meus papéis. Mas, para minha surpresa, Miss Kenton não se retirou. "Desculpe, Mr. Stevens", disse ela depois de um momento.

"Sim, Miss Kenton."

"Temo não ter entendido bem o que o senhor está dizendo. Até hoje, sempre tive o costume de me dirigir aos criados subal-

65

ternos por seus nomes de batismo e não vi razão para fazer diferente nesta casa."

"Um erro muito compreensível, Miss Kenton. Porém, se pensar um pouquinho na situação, vai ver como é inadequado uma pessoa como a senhorita se dirigir a alguém como meu pai como a um subalterno."

"Continuo sem entender o que quer dizer, Mr. Stevens. O senhor disse 'alguém como a senhorita', mas, pelo que sei, sou a governanta desta casa, enquanto seu pai é o submordomo."

"Ele é sim, nominalmente, o submordomo, como diz a senhorita. Mas fico surpreso que sua capacidade de observação não lhe tenha ainda deixado claro que, na realidade, ele é muito mais do que isso. Muitíssimo mais."

"Eu, sem dúvida, fui extremamente desatenta, Mr. Stevens. Notei apenas que seu pai é um submordomo capacitado, e assim me dirigi a ele. De fato, deve ter sido muito irritante para ele ser tratado dessa maneira por alguém como eu."

"Miss Kenton, pelo seu tom, fica claro que a senhorita pouco observou de meu pai. Se o tivesse observado, teria ficado evidente por si quanto é inadequado para alguém de sua idade e posição se dirigir a ele como 'William'."

"Mr. Stevens, posso não ser governanta há muito tempo, mas devo dizer que, desde que comecei, minhas capacidades me valeram referências muito generosas."

"Não duvido nem por um momento da sua competência, Miss Kenton. Mas centenas de indícios deveriam ter lhe mostrado que meu pai é uma figura de excepcional distinção, com quem a senhorita poderia aprender um sem-número de coisas, se estivesse disposta a ser mais observadora."

"Fico muito grata pelo conselho, Mr. Stevens. Mas, por favor, me diga apenas que coisas maravilhosas poderia aprender observando seu pai."

"Achei que isso deveria ser óbvio para qualquer pessoa que tenha olhos, Miss Kenton."

"Mas acabamos de decidir que não tenho, que sou particularmente deficiente nesse aspecto."

"Miss Kenton, se na sua idade a senhorita crê já ter se aperfeiçoado, nunca chegará à excelência de que sem dúvida é capaz. Eu poderia observar, por exemplo, que ainda fica muitas vezes incerta sobre o que vai onde, ou o que é o quê."

Aquilo pareceu abaixar um pouco a crista de Miss Kenton. Realmente, durante um momento, ela pareceu um pouco incomodada. Depois, disse:

"Tive uma certa dificuldade ao chegar, mas isso, sem dúvida, é normal."

"Ah, pois aí está, Miss Kenton. Se tivesse observado meu pai, que chegou a esta casa uma semana depois, teria visto que o conhecimento que ele já tem da casa é perfeito, e assim é desde que pisou em Darlington Hall."

Miss Kenton pareceu pensar a respeito antes de responder, um pouco amuada:

"Com toda a certeza, Mr. Stevens pai é muito bom no seu trabalho, mas posso garantir, Mr. Stevens, que sou muito boa no meu. Vou me lembrar de me dirigir a seu pai por seu título completo de hoje em diante. Agora, se me der licença..."

Depois desse encontro, Miss Kenton não tentou mais introduzir flores nos meus aposentos, e, no geral, tive o prazer de observar, sua adaptação foi impressionante. Ficou muito claro, além disso, que era uma governanta que levava muito a sério seu serviço e que, apesar da juventude, parecia não ter dificuldades para conquistar o respeito de seu pessoal.

Notei também que passou de fato a se dirigir a meu pai como "Mr. Stevens". Porém, uma tarde — talvez duas semanas depois de nossa conversa em minha sala — eu estava ocupado na biblioteca quando Miss Kenton entrou e disse:

"Desculpe, Mr. Stevens. Mas, se o senhor está procurando a sua pá de lixo, ela está ali no hall."

"Como foi que disse, Miss Kenton?"

"Sua pá, Mr. Stevens. O senhor a deixou ali fora. Quer que traga para o senhor?"

"Miss Kenton, eu não estava usando a pá de lixo."

"Ah, muito bem, então me desculpe, Mr. Stevens. Naturalmente, eu apenas concluí que o senhor estava usando a pá de lixo e a havia deixado ali fora, no hall. Desculpe ter incomodado o senhor."

Ela já ia se retirando, mas, na porta, virou-se e disse:

"Ah, Mr. Stevens. Eu poderia recolher a pá, mas tenho de subir agora. Será que o senhor vai se lembrar?."

"Claro, Miss Kenton. Obrigado por chamar minha atenção para isso."

"Perfeitamente, Mr. Stevens."

Ouvi seus passos atravessarem o hall e subirem a grande escadaria, depois fui eu próprio até a porta. Da porta da biblioteca, pode-se ver todo o hall de entrada da casa, até as portas principais. Bastante visível, praticamente no centro do assoalho vazio e muito brilhante, estava a pá de lixo a que Miss Kenton havia se referido.

Pareceu-me um erro trivial, mas irritante. A pá seria visível não apenas das cinco portas do andar térreo que dão para o hall, mas também da escada e dos balcões do pavimento superior. Atravessei o hall e já havia pegado a peça transgressora quando me dei conta do significado daquilo: meu pai, lembrei-me, estivera varrendo o hall de entrada meia hora antes ou pouco mais. Inicialmente, achei difícil atribuir tal erro a ele. Mas logo recordei-me que deslizes triviais são passíveis de ocorrer de quando em quando, e minha irritação voltou-se contra Miss Kenton, por tentar criar uma confusão injustificada sobre o incidente.

Porém, não mais de uma semana depois, eu voltava da cozinha pelo corredor dos fundos quando Miss Kenton saiu de seus aposentos e pronunciou um discurso evidentemente ensaiado. Afirmava que, embora se sentisse muito incomodada de chamar minha atenção para erros cometidos por meu pessoal, ela e eu tínhamos de trabalhar como uma equipe, e esperava que eu não hesitasse em fazer o mesmo, caso notasse erros cometidos pelo pessoal feminino. E continuou, observando que diversas peças de prata haviam sido colocadas na sala de jantar com claros resquícios de polidor. A ponta de um garfo estava praticamente preta. Agradeci, e Miss Kenton se retirou para seus aposentos. Evidentemente, não era necessário ela mencionar que a prataria era uma das principais responsabilidades de meu pai, da qual ele muito se orgulhava.

É possível que tenha havido outros casos desse tipo, dos quais me esqueci. De qualquer forma, lembro-me de as coisas atingirem um clímax certa tarde cinzenta de chuva, quando eu estava na sala de bilhar, cuidando dos troféus esportivos de Lord Darlington. Miss Kenton entrou e disse da porta:

"Mr. Stevens, acabo de ver aqui fora uma coisa que me intrigou."

"O que foi, Miss Kenton?"

"Foi Lord Darlington que pediu para trocar a estatueta chinesa do patamar de cima pela que ficava ao lado desta porta?"

"Estatueta, Miss Kenton?"

"É, Mr. Stevens. A estatueta que ficava lá em cima, o senhor vai ver que ela está agora aqui, do lado de fora desta porta."

"Acho que a senhorita está um pouco confusa, Miss Kenton."

"Não creio que esteja nada confusa, Mr. Stevens. Tomo todo o cuidado para me familiarizar com os devidos lugares dos objetos de uma casa. As estatuetas, imagino, foram limpas por alguém e depois recolocadas incorretamente. Se não acredita, Mr. Stevens, talvez pudesse dar um pulinho aqui e ver por si mesmo."

"Miss Kenton, estou ocupado no momento."

"Mas, Mr. Stevens, parece que o senhor não acredita no que estou dizendo. Por isso, estou pedindo ao senhor que venha até aqui e veja por si mesmo."

"Miss Kenton, estou ocupado agora, cuido disso em seguida. Não é nada urgente."

"Então o senhor admite, Mr. Stevens, que não estou errada neste caso?"

"Não admito nada, Miss Kenton, enquanto não tiver a oportunidade de tratar do assunto. Porém, estou ocupado no momento."

Voltei ao que estava fazendo, mas Miss Kenton continuou na porta, me observando. Por fim, disse:

"Pelo que vejo, o senhor vai terminar logo, Mr. Stevens. Vou esperar aqui fora, para encerrar esse assunto quando o senhor sair."

"Miss Kenton, acho que está dando à questão uma urgência que ela não merece."

Mas Miss Kenton já havia saído e, quando retomei meu trabalho, claro, um passo ocasional ou algum outro som servia para me lembrar que ela ainda estava diante da porta. Resolvi, portanto, me ocupar de outras tarefas na sala de bilhar, supondo que, depois de alguns instantes, ela iria perceber o ridículo de sua posição e se retirar. Porém, passado um bom tempo, e tendo eu esgotado as tarefas que podiam ser realizadas com os implementos que tinha em mãos, Miss Kenton seguia à espera do lado de fora. Decidido a não me delongar naquela questão infantil, cheguei a pensar em sair pela porta de vidro do jardim. Uma desvantagem desse plano era o tempo ruim — ou seja, podiam-se ver diversas poças grandes de água e trechos de lama lá fora —, além do fato de ser depois necessário voltar à sala de bilhar para fechar por dentro a porta de vidro. Por fim, decidi que a melhor estratégia seria sair da sala de repente, a passos furiosos. Encaminhei-me então o mais silenciosamente possível para uma posição da qual poderia executar tal marcha e, agarrando com firmeza meus implementos, consegui me lançar pela porta e dar diversos passos corredor adiante, antes que uma Miss Kenton um tanto atônita conseguisse se recuperar. Mas foi o que ela fez, e bem depressa. No momento seguinte, já havia me alcançado e estava parada na minha frente, barrando com eficiência o meu caminho.

"Mr. Stevens, aquela não é a estatueta certa, o senhor não concorda?"

"Miss Kenton, estou muito ocupado. Fico surpreso que não tenha mais nada a fazer além de ficar parada no corredor o dia inteiro."

"Mr. Stevens, aquela é a estatueta certa ou não?"

"Miss Kenton, gostaria que não levantasse a voz."

"E eu gostaria, Mr. Stevens, que o senhor se virasse e olhasse a estatueta."

"Miss Kenton, por favor, não levante a voz. O que os empregados lá embaixo não vão pensar, ouvindo nós dois gritando sobre qual é ou deixa de ser a estatueta certa?"

"O fato é, Mr. Stevens, que todas as estatuetas de porcelana desta casa estavam bem sujas fazia bastante tempo! E, agora, estão nos lugares errados!"

"Miss Kenton, a senhorita está sendo bastante ridícula. Agora, se tiver a bondade de me deixar passar."

"Mr. Stevens, o senhor poderia me fazer a gentileza de olhar a estatueta atrás do senhor?"

"Se é tão importante, Miss Kenton, vou admitir que a estatueta atrás de mim está no local errado. Mas devo confessar que fico um tanto surpreso de ver que se preocupa tanto com esses erros tão triviais."

"Os erros podem ser triviais em si, Mr. Stevens, mas o senhor deve se dar conta de seu significado maior."

"Miss Kenton, não estou entendendo. Agora, se pudesse fazer a gentileza de me deixar passar..."

"O fato é, Mr. Stevens, que seu pai está encarregado de muito mais coisas do que um homem da idade dele é capaz de fazer."

"Miss Kenton, evidentemente a senhora não faz ideia do que está dizendo."

"Seja lá o que for que seu pai tenha sido um dia, Mr. Stevens, a capacidade dele está hoje muito menor. É isso que querem dizer de fato esses 'erros triviais', como o senhor diz, e, se o senhor não der atenção a eles, não vai demorar muito para que seu pai cometa um erro de grandes proporções."

"Miss Kenton, a senhorita está simplesmente fazendo papel de boba."

"Desculpe, Mr. Stevens, mas tenho de continuar. Acredito que seu pai deveria ser poupado de diversos deveres. Para começar, não se pode mais pedir que carregue bandejas muito pesadas. O jeito como as mãos dele tremem ao levar as bandejas para a mesa do jantar não é nada menos que alarmante. É só uma questão de tempo até uma delas cair no colo de uma dama ou um cavalheiro. E além disso, Mr. Stevens, sinto muito dizer isso, mas já notei o nariz de seu pai."

"É mesmo, Miss Kenton?"

"Lamento dizer que sim, Mr. Stevens. Anteontem à noite fiquei olhando seu pai caminhar com bastante vagar para a sala de jantar com a bandeja, e temo ter visto claramente uma grande gota na ponta do nariz dele, oscilando acima das tigelas de sopa. Não acho que esse estilo de servir seja um grande estimulante para o apetite."

Mas agora, pensando melhor, não tenho certeza de Miss Kenton ter falado com tanta audácia naquele dia. Evidentemente, chegamos, ao longo de anos trabalhando com grande proximidade, a trocar observações muito francas, mas a tarde de que me lembro agora ocorreu ainda no começo de nosso relacionamento, época em que nem mesmo Miss Kenton há de ter sido tão direta. Não tenho certeza se realmente chegou a dizer coisas como: "Os erros podem ser triviais em si, mas o senhor deve se dar conta de seu significado maior". De fato, pensando melhor, tenho a impressão de que pode ter sido o próprio Lord Darlington quem me disse isso, naquela vez em que me chamou a seu escritório, uns dois meses depois de minha conversa com Miss Kenton na porta da sala de bilhar. Naquela época, a situação de meu pai havia mudado significativamente, depois de sua queda.

As portas do estúdio são as que ficam de frente para quem desce a grande escadaria. Hoje, diante da porta do estúdio há um gabinete de vidro com vários ornamentos de Mr. Farraday, mas, à época de Lord Darlington, ali ficava uma estante contendo muitos volumes de enciclopédia, inclusive uma coleção completa da *Britannica*. Um dos estratagemas de Lord Darlington era ficar parado diante da estante, estudando as lombadas das enciclopédias, quando eu descia a escada. Às vezes, para aumentar o efeito de um encontro acidental, ele chegava a puxar um volume e fingir que estava concentrado nele, enquanto eu completava minha descida. Então, ao passar diante dele, Lord Darlington me dizia: "Ah, Stevens, tem uma coisa que eu queria lhe dizer". E, com isso, voltava para seu estúdio — para todos os efeitos, ainda inteiramente concentrado no volume aberto em suas mãos. Era invariavelmente a timidez em relação ao que estava a ponto de comunicar que levava Lord Darlington a assumir aquela atitude, e, mesmo depois de fechada a porta do estúdio, muitas vezes ele ficava parado diante da janela, fingindo consultar a enciclopédia ao longo de toda a nossa conversa.

O que estou descrevendo agora, por sinal, é um dos muitos exemplos que poderia lhe dar para mostrar a natureza essencialmente tímida e reservada de Lord Darlington. Em anos recentes, falou-se e escreveu-se muita bobagem sobre ele e o importante papel que veio a desempenhar em grandes questões, e algumas reportagens inteiramente ignorantes afirmaram que egoísmo ou arrogância o teriam motivado. Quero dizer aqui que nada pode estar mais distante da verdade. Era inteiramente contrário às tendências naturais de Lord Darlington assumir as posturas públicas que veio a assumir, e posso dizer com toda a convicção que ele foi levado a superar seu lado mais reservado apenas por um profundo sentido de dever moral. A maior parte de tudo o que se possa dizer sobre ele hoje em dia é, como afirmei, uma bobagem completa; posso declarar que era um homem verdadeiramente bom de coração, um cavalheiro completo, ao qual hoje me orgulho muito de ter dedicado meus melhores anos de serviço.

Naquela tarde específica a que me referia, Lord Darlington estava ainda com seus cinquenta e poucos anos, mas, pelo que me lembro, seus cabelos já estavam completamente grisalhos e a figura esguia e alta dava sinais das costas curvadas que viriam a ser tão pronunciadas em seus últimos anos. Ele mal levantou os olhos do livro ao perguntar:

"Seu pai está se sentindo melhor, Stevens?"

"Me alegro em dizer que está totalmente recuperado, senhor."

"Que bom ouvir isso. Que bom."

"Obrigado, senhor."

"Olhe aqui, Stevens, será que houve algum, bem, *sinal*? Quero dizer, algum sinal de que seu pai poderia estar querendo algum alívio de seus encargos? Além dessa história da queda, quero dizer."

"Como eu estava dizendo, senhor, meu pai parece ter se recuperado por completo e acredito que ainda seja uma pessoa em quem se pode confiar plenamente. É verdade que, em tempos recentes, observaram-se um ou dois erros no desempenho de seus deveres, mas foram, em todos os casos, de natureza muito trivial."

"Mas ninguém aqui quer ver uma coisa daquelas acontecer de novo, não é mesmo? Quero dizer, seu pai desmaiando e tudo o mais."

"Claro que não, senhor."

"E é claro que, se aconteceu no gramado, pode acontecer em qualquer lugar. E a qualquer momento."

"Sim, senhor."

"Poderia acontecer, digamos, durante o jantar, quando seu pai está servindo a mesa."

"É possível, sim, senhor."

"Olhe aqui, Stevens, o primeiro dos delegados deverá chegar em menos de quinze dias."

"Vamos estar bem preparados, senhor."

"O que vai acontecer dentro desta casa, depois, pode ter consideráveis repercussões."

"Sim, senhor."

"Estou dizendo *consideráveis* repercussões. Em todo o rumo que a Europa está tomando. Em vista das pessoas que estarão presentes, não creio que esteja exagerando."

"Não, senhor."

"Não é o momento de assumir riscos que podem ser evitados."

"Não mesmo, senhor."

"Olhe aqui, Stevens, ninguém está falando de seu pai deixar a casa. O que está sendo solicitado a você, simplesmente, é que reconsidere os deveres dele." E foi aí, acho, que Lord Darlington disse, olhando de novo para sua enciclopédia e marcando desajeitadamente um verbete com o dedo: "Esses erros podem ser triviais em si, Stevens, mas você deve entender o significado maior deles. Os dias em que merecia confiança absoluta já estão passando para seu pai. Não se deve dar a ele nenhuma tarefa em áreas onde um erro possa comprometer o sucesso da conferência".

"É verdade, senhor. Eu entendo."

"Bom. Vou deixar que você pense sobre o assunto, Stevens."

Devo revelar que Lord Darlington tinha efetivamente assistido à queda de meu pai uma semana e pouco antes. Estava recebendo dois hóspedes na casa de verão, uma jovem dama e um cavalheiro, quando viu meu pai aproximar-se pelo gramado trazendo uma bem-vinda bandeja de chá. O gramado sobe por vários metros de aclive defronte à casa de verão e naquela época, como hoje, quatro lajes incrustadas na grama serviam de degraus para auxiliar na subida. Foi junto desses degraus que meu pai caiu, espalhando o que havia na bandeja — bule de chá, xícaras, pires, sanduíches, bolos — por toda a área de grama no alto dos degraus. Quando, depois de avisado, parti para lá, Lord Darlington e seus convidados haviam deitado meu pai de lado, uma almofada e um tapete da casa de verão servindo-lhe de travesseiro e cobertor. Estava inconsciente e seu rosto tinha uma estranha cor acinzentada. Já haviam mandado chamar o dr. Meredith, mas meu patrão achou que meu pai tinha de ser retirado do sol antes da chegada do doutor. Assim, chegou uma cadeira de rodas e, com não pouca dificuldade, meu pai foi transportado para dentro da casa. Quando o dr. Meredith chegou, já havia se reanimado consideravelmente, e o médico logo se retirou, dizendo apenas frases vagas sobre meu pai estar talvez "trabalhando demais".

Todo o episódio constituiu, é claro, um grande constrangimento para meu pai, que, à época da conversa no estúdio de Lord Darlington, já havia voltado a se ocupar tanto quanto antes. Como abordar a redução de suas responsabilidade não era, portanto, uma questão fácil. Minha dificuldade aumentava ainda mais pelo fato de, havia alguns anos, meu pai e eu tendermos a conversar cada vez menos, por alguma razão com que nunca atinei. A tal ponto que, depois de sua chegada a Darlington Hall, mesmo as breves frases necessárias para comunicar informações relativas ao trabalho ocorriam em uma atmosfera de mútuo acanhamento.

Por fim, julguei que a melhor opção seria conversar na privacidade de seus aposentos, dando-lhe assim a oportunidade de ponderar sobre a nova situação em particular, quando eu tivesse saído. Os únicos momentos em que meu pai podia ser encontrado em seu quarto eram logo ao se levantar e pouco antes de dormir. Tendo escolhido o primeiro, subi, numa manhã bem cedo, ao seu quartinho no sótão, no alto da ala de criados, e bati de leve na porta.

Poucas vezes eu tivera motivo para entrar no quarto de meu pai antes dessa ocasião e fiquei chocado por sua pequenez e austeridade. Realmente, lembro que minha impressão naquele momento foi a de estar entrando numa cela de prisão, porém isso podia tanto se dever à pálida luz matinal quanto ao tamanho do quarto ou às paredes despidas. Pois meu pai tinha aberto as cortinas e estava barbeado e envergando uniforme completo, sentado na beira da cama, de onde evidentemente olhava o amanhecer. Deduzia-se, ao menos, que estivera olhando o céu, uma vez que havia pouco mais a se ver de sua janelinha, além das telhas e das calhas. A lamparina ao lado da cama estava apagada, e, quando vi o olhar reprovador que dirigiu à lâmpada que eu trazia para me orientar na escada instável, rapidamente baixei a chama. Feito isso, observei ainda melhor o efeito da luz pálida que invadia o quarto, e a maneira como iluminava os contornos das feições irregulares, marcadas, ainda impressionantes de meu pai.

"Ah", disse, e dei uma risadinha, "eu deveria saber que o pai já estaria de pé e pronto para começar o dia."

"Estou de pé faz três horas", disse ele, me olhando de cima a baixo um tanto friamente.

"Espero que o pai não tenha ficado acordado por causa da dor da artrite."

"Dormi quanto precisava."

Ele inclinou-se para pegar a única cadeira do quarto, pequena, de madeira, e, apoiando as mãos no encosto, pôs-se de pé. Quando o vi ereto à minha frente, não soube dizer ao certo se estava curvado devido à enfermidade ou até que ponto aquilo se devia ao hábito de se adaptar ao teto inclinado do quarto.

"Vim até aqui para comunicar uma coisa ao senhor, pai."

"Então comunique com brevidade e concisão. Não tenho a manhã inteira para ficar ouvindo você."

"Nesse caso, pai, vou direto ao ponto."

"Vá logo e acabe com isso de uma vez. Tem gente aqui que tem trabalho para fazer."

"Muito bem. Já que o senhor quer que eu seja breve, vou fazer o possível para obedecer. O fato é que o pai está ficando cada vez mais enfermo. A tal ponto que até as tarefas de um submordomo estão além de suas capacidades. Lord Darlington acha, e eu também, que enquanto o pai continuar com sua atual lista de tarefas, vai representar uma ameaça permanente aos bons cuidados desta casa, particularmente durante a importante reunião internacional da próxima semana."

O rosto de meu pai a meia-luz não traía nenhuma emoção.

"Principalmente", continuei, "o que foi resolvido é que o pai não sirva mais a mesa, haja ou não hóspedes presentes."

"Eu venho servindo a mesa todos os dias faz cinquenta e quatro anos", disse meu pai, com a voz perfeitamente serena. "Além disso, foi decidido que o pai não deve mais carregar bandejas pesadas de nenhum tipo, nem por distâncias muito curtas. Em vista dessas limitações, e sabendo da estima do pai pela concisão, fiz aqui uma lista revisada das tarefas que o pai deverá desempenhar de hoje em diante." Não me senti capaz de entregar na mão dele o papel que estava segurando e coloquei-o na ponta da cama. Meu pai olhou para o papel, depois voltou o olhar para mim. Não havia nenhum traço de emoção perceptível em sua expressão, e as mãos nas costas da cadeira pareciam perfeitamente relaxadas. Curvado ou não, era impossível não notar o impacto de sua presença física, aquele mesmo impacto que havia reduzido dois cavalheiros bêbados à sobriedade dentro de um carro. Por fim, ele disse:

"Só caí daquela vez por causa dos degraus. São tortos. Deveriam mandar Seamus endireitar aquilo antes que aconteça o mesmo a outra pessoa."

"É verdade. De qualquer forma, posso ter a certeza de que o pai vai estudar este papel?"

"Deveriam mandar Seamus endireitar aqueles degraus. Antes que os cavalheiros comecem a chegar da Europa."

"É verdade. Bem, pai, bom dia."

Aquela noite de verão que Miss Kenton menciona em sua carta aconteceu logo depois desse encontro. Na verdade, pode ter sido a noite daquele mesmo dia. Não consigo me lembrar do que possa ter me levado ao andar de cima da casa, onde os quartos de hóspedes se alinham ao longo do corredor. Mas como acho que já disse, lembro-me com clareza do jeito como o restinho da luz diurna entrava de cada porta aberta, atravessando o corredor em raios alaranjados. E quando passava pelos quartos desocupados, a figura de Miss Kenton, silhuetada contra uma janela, chamou-me a atenção.

Pensando bem, lembrando a maneira insistente como Miss Kenton falava-me de meu pai nos primeiros tempos de sua estada em Darlington Hall, não é de admirar que ela tenha guardado a lembrança daquela noite por todos esses anos. Sem dúvida, ela devia estar com uma certa sensação de culpa enquanto nós dois observávamos a figura de meu pai lá embaixo. As sombras dos álamos cobriam boa parte do gramado, mas o sol ainda iluminava o canto mais afastado, onde o relvado subia em direção à casa de verão. Meu pai estava parado diante dos quatro degraus de pedra, imerso em pensamentos. Uma brisa agitava-lhe ligeiramente os cabelos. Então, enquanto o observávamos, ele subiu os degraus com grande vagar. No alto, virou-se e desceu um pouco mais depressa. Virando ainda uma vez, meu pai tornou a se deter por alguns segundos, observando os degraus à sua frente. Por fim, subiu uma segunda vez, muito decidido. Dessa vez, seguiu atravessando o gramado até quase chegar à casa de verão, depois virou-se e foi voltando devagar, sem nunca tirar os olhos do chão. Realmente, não consigo descrever seu jeito naquele momento melhor do que Miss Kenton o faz em sua carta: era, de fato, "como se esperasse encontrar alguma joia preciosa derrubada ali".

Mas vejo que estou ficando preocupado com essas lembranças, o que talvez seja um pouco tolo. Esta viagem de agora representa, afinal, uma rara oportunidade de saborear por inteiro os muitos esplendores do campo inglês, e sei que vou lamentar muito depois, se permitir que me desvie indevidamente disso. Na verdade, noto que ainda tenho de registrar aqui algo de minha viagem a esta cidade, à parte a breve menção da parada na estrada da colina, no começo da jornada. Não fazê-lo constituiria realmente uma omissão, dado quanto me diverti com a viagem de carro de ontem.

Planejei a jornada até Salisbury com muito cuidado, evitando quase que por completo as estradas principais. O trajeto poderia parecer desnecessariamente longo para alguns, mas me permitiria desfrutar de um bom número de paisagens recomendadas por Mrs. J. Symons em seus excelentes livros, e devo dizer que fiquei muito satisfeito. Durante a maior parte do tempo, atravessei fazendas, em meio ao agradável aroma dos prados, e me vi muitas vezes reduzindo a velocidade do Ford a um quase rastejar, para melhor apreciar um ribeirão ou um vale pelo qual passava. Mas, pelo que me lembro, não tornei a desembarcar de fato até estar bem perto de Salisbury.

Nessa ocasião, estava descendo por uma estrada longa e reta, margeada por amplas pradarias. Com efeito, a paisagem fizera-se bastante aberta e plana naquele ponto, permitindo enxergar até uma distância considerável em todas as direções, e a torre da catedral de Salisbury já era visível no horizonte adiante. Uma grande tranquilidade me inundou e por essa razão, creio, estava dirigindo muito devagar, talvez a não mais que vinte e cinco quilômetros por hora. O que foi muito bom, pois, em cima da hora, vi uma galinha atravessando meu caminho com muita calma. Parei o Ford a meio metro da ave, que, por sua vez, deteve sua travessia bem à minha frente na estrada. Depois de um momento, como ela ainda não havia se mexido, recorri à buzina do carro, o que não teve nenhum efeito senão fazer a criatura começar a bicar alguma coisa no chão. Bastante exasperado, comecei a desembarcar e estava com um pé ainda no estribo quando ouvi uma voz de mulher dizendo:

"Ah, me desculpe, senhor."

Olhando em torno, vi que havia acabado de passar um chalezinho de fazenda à beira da estrada, do qual uma jovem de avental vinha correndo, sem dúvida alertada pela buzina. Passando por mim, ela pegou a galinha e aninhou-a nos braços enquanto tornava a se desculpar comigo. Quando lhe garanti que não havia acontecido nada, ela disse:

"Agradeço muito o senhor parar e não atropelar Nellie. Ela é boazinha e nos dá os maiores ovos que o senhor já viu. Foi muita bondade sua ter parado. E deve estar com pressa."

"Ah, não estou com pressa nenhuma", disse, sorrindo. "Pela primeira vez em muitos anos, posso me demorar quanto quiser e devo confessar que é uma experiência bem agradável. Estou viajando só por prazer, entende?"

"Ah, isso é ótimo. E está indo para Salisbury, não?"

"Estou, sim. Na verdade, é a catedral que dá para ver daqui, não é? Dizem que é um monumento esplêndido."

"Ah, é, sim, senhor, muito bonito. Bom, para dizer a verdade, eu quase nunca vou a Salisbury, de forma que não posso dizer como é de perto. Mas dia sim, dia não, dá para ver a torre daqui. Tem dia que está muito enevoado e é como se ela tivesse sumido de vez. Mas o senhor mesmo está vendo, num dia bonito como hoje, é uma linda vista."

"Adorável."

"Estou tão contente de o senhor não ter atropelado a Nellie. Três anos atrás, uma tartaruga nossa morreu assim e foi bem aqui. Ficamos todos muito tristes."

"Que tragédia!", respondi, sombrio.

"Ah, foi mesmo. Tem quem diga que gente de fazenda como nós se acostuma a ver bichos feridos ou mortos, mas não é verdade. Meu filho chorou dias e dias. Foi muita bondade sua parar pela Nellie, meu senhor. Se quiser entrar para tomar uma xícara de chá, agora que desceu e tudo, eu teria muito prazer. Ia ajudar a seguir viagem."

"É muita gentileza sua, mas, sinceramente, acho que tenho de ir em frente. Gostaria de chegar a Salisbury a tempo de dar uma olhada nas muitas atrações da cidade."

"É verdade, meu senhor. Bom, muito obrigada, de novo."

Parti, e por alguma razão — talvez porque esperasse que novas criaturas de fazenda atravessassem meu caminho —, mantive a mesma velocidade lenta de antes. Devo confessar que algo naquele breve encontro me deixou muito bem-humorado: minha simples gentileza, que despertara agradecimentos, e a simples gentileza recebida em troca me deixaram extremamente animado com todo o empreendimento que tinha diante de mim para os dias seguintes. Foi, portanto, nesse estado de espírito que cheguei aqui a Salisbury.

Mas sinto que devo retomar por um momento a questão de meu pai, pois me ocorre que posso ter dado a impressão de que o tratei muito rudemente ao falar do declínio de suas capacidades. O fato é que não havia muita escolha senão abordar o assunto como o fiz, e tenho certeza de que você vai concordar comigo quando eu explicar todo o contexto daqueles dias. Isto é, a importância da conferência internacional que aconteceria em Darlington Hall pairava então sobre nós, deixando pouco espaço para a indulgência ou os "rodeios". É importante lembrar, também, que embora Darlington Hall fosse testemunhar muitos outros acontecimentos de igual gravidade ao longo dos quinze anos seguintes, aquela conferência de março de 1923 foi a primeira de todas; era natural supor relativa inexperiência de nossa parte, assim como tender a não deixar nada ao acaso. Na verdade, estou sempre me lembrando daquela conferência e, por mais de uma razão, a considero um ponto decisivo em minha vida. Por um lado, porque acho que a considero o momento de minha carreira em que atingi de fato a maturidade como mordomo. Isso não quer dizer necessariamente que me tornei um "grande" mordomo. Não cabe a mim, em todo caso, fazer juízos desse tipo. Mas, se alguém algum dia quiser afirmar que eu vim a adquirir pelo menos um pouco daquela decisiva qualidade, a "dignidade", no curso de minha carreira, essa pessoa poderá considerar a conferência de março de 1923 como representativa do momento em que primeiro demonstrei talvez possuir capacidade para tal qualificação. Foi daqueles acontecimentos que chegam num momento decisivo de nosso desenvolvimento, desafiando e expandindo nossa capacidade até o limite e mais além dele, de forma que, depois, outros são os padrões que utilizamos para nos avaliar. A conferência foi também memorável, é claro, por outras razões inteiramente diferentes, que gostaria de explicar agora.

A conferência de 1923 foi o ápice de um longo projeto de Lord Darlington. Com efeito, olhando em retrospecto, percebe-se com clareza que ele estava se encaminhando para aquele ponto uns três anos antes. Pelo que me lembro, ele inicialmente não havia se preocupado muito com o tratado de paz celebrado ao final da Grande Guerra, e acho justo dizer que seu interesse surgiu não tanto de uma análise do tratado em si, mas antes da amizade com Herr Karl-Heinz Bremann.

Herr Bremann visitou Darlington Hall pela primeira vez logo depois da guerra, ainda vestindo seu uniforme de oficial, e era evidente para qualquer observador que ele e Lord Darlington haviam estabelecido uma forte amizade. Aquilo não me surpreendeu, uma vez que se percebia de imediato que Herr Bremann era um cavalheiro de grande decência. Depois de deixar o Exército alemão, ele tornou a visitar Darlington Hall a intervalos bastante regulares nos dois anos seguintes, e era impossível ignorar a deterioração algo alarmante que ia sofrendo de uma visita para outra. Suas roupas foram ficando cada vez mais pobres, a silhueta mais magra, um ar assombrado surgiu em seus olhos e, nas últimas visitas, passava longos períodos olhando o espaço, alheio à presença de Lord Darlington — e, às vezes, mesmo ao fato de terem se dirigido a ele. Eu concluiria que Herr Bremann estava sofrendo de alguma doença séria, não fossem algumas observações feitas à época por Lord Darlington, garantindo-me que não se tratava disso.

Deve ter sido por volta do final de 1920 que Lord Darlington fez a primeira de uma série de viagens a Berlim, e lembro-me do profundo efeito que aquilo teve sobre ele. Depois de seu retorno, um ar pesado de preocupação pairou à sua volta durante dias, e me lembro de que, uma vez, respondendo-me se havia gostado da viagem, ele afirmou: "Perturbadora, Stevens. Profundamente perturbadora. É muito depreciativo para nós tratar assim um adversário derrotado. Um total rompimento com as tradições deste país".

Mas há outra lembrança a esse respeito que ainda trago muito viva na memória. Hoje, não há mais mesa no grande salão de banquetes, e aquela sala espaçosa, com seu teto alto e magnífico, serve como uma espécie de galeria para Mr. Farraday. Nos dias de Lord Darlington, porém, o salão era solicitado com regularidade, assim como a grande mesa que o ocupava, a acomodar trinta ou mais convidados. De fato, o salão de banquetes é tão espaçoso que, quando a necessidade exigia, podiam-se acrescentar outras mesas à já existente, o que permitia instalar ali quase cinquenta pessoas. Em dias normais, é claro, Lord Darlington, como faz Mr. Farraday, tomava suas refeições na atmosfera mais íntima da sala de jantar, que é ideal para acomodar até doze pessoas. Mas, naquela noite de inverno que agora lembro, a sala de jantar estava fora de uso por alguma razão, e Lord Darlington estava jantando na vastidão do salão de banquetes com um convidado solitário — acredito que Sir Richard Fox, um colega dos tempos do Ministério das Relações Exteriores. Você sem dúvida haverá de concordar que uma das situações mais difíceis para servir um jantar é quando só há duas pessoas à mesa. Eu preferiria servir apenas uma, ainda que um estranho. Pois quando há dois à mesa, mesmo que um deles seja seu próprio patrão, fica mais difícil encontrar aquele equilíbrio entre a atenção e a ilusão de ausência que é essencial para servir bem. É nessa situação que raramente nos livramos da suspeita de que nossa própria presença está inibindo a conversação.

Naquela ocasião, boa parte do salão estava às escuras, e os cavalheiros sentavam-se lado a lado no meio da mesa — larga demais para permitir que se sentassem frente a frente —, sob a área de luz projetada pelas velas e pela lareira crepitando defronte. Decidi minimizar minha presença permanecendo na sombra, muito mais longe da mesa do que normalmente me posicionaria. Evidentemente, essa estratégia apresentava a clara desvantagem de que, quando avançava para servir os dois cavalheiros, meus passos ecoavam muito antes de eu chegar à mesa, chamando a atenção para minha aproximação da maneira mais aparatosa; mas tinha também o grande mérito de tornar minha pessoa apenas parcialmente visível, quando estava parado. E foi imóvel assim, na sombra, a certa distância de onde os dois cavalheiros se encontravam, no meio das fileiras de cadeiras vazias, que ouvi Lord Darlington falar de Herr Bremann, a voz calma e suave como sempre, mas ressoando com certa intensidade entre aquelas grandes paredes.

"Era meu inimigo", estava ele dizendo, "mas sempre se comportou como cavalheiro. Nos tratamos com decência durante seis meses de bombardeios recíprocos. Era um cavalheiro fazendo seu trabalho, e eu não guardava nenhum ressentimento em relação a ele. Eu disse a ele: 'Olhe aqui, somos inimigos agora e vou combater você com todas as minhas forças. Mas quando esta história infeliz terminar, não seremos mais inimigos e vamos tomar um drinque juntos'. O triste é que esse tratado está me transformando em mentiroso. Quer dizer, eu disse a ele que não seríamos inimigos quando tudo terminas-

86

se. Como encará-lo agora e dizer que no fim das contas a gente continua sendo inimigo?"

E foi um pouco depois, na mesma noite, que Lord Darlington disse com alguma gravidade, sacudindo a cabeça:

"Lutei na guerra para preservar a justiça neste mundo. Pelo que entendi, não estava participando de uma *vendetta* contra a raça alemã."

E quando hoje se ouve falar sobre Lord Darlington — quando se ouve todo tipo de especulação boba sobre seus motivos, como acontece tanto hoje em dia, fico contente de relembrar o momento em que ele disse aquelas palavras sinceras no salão de banquetes quase vazio. Quaisquer que sejam as complicações decorrentes do rumo tomado por Lord Darlington ao longo dos anos seguintes, jamais duvidarei de que aquilo que se encontrava na origem de todos os seus atos era um desejo de ver "justiça neste mundo".

Não muito depois daquela noite, veio a triste notícia de que Herr Bremann havia se matado com um tiro, em um trem entre Hamburgo e Berlim. Naturalmente, Lord Darlington ficou muito triste e, de imediato, fez planos para enviar recursos e condolências a Frau Bremann. Porém, depois de se empenhar por vários dias, durante os quais fiz o possível para colaborar, Lord Darlington não conseguiu descobrir o paradeiro de nenhum membro da família de Herr Bremann. Ao que parece, ele já não tinha casa fazia algum tempo e sua família se dispersara.

Acredito que, mesmo sem essa trágica notícia, Lord Darlington teria tomado o rumo que tomou. O desejo de pôr fim à injustiça e ao sofrimento estava muito profundamente enraizado em sua natureza para ele agir de outra forma. Assim, nas semanas que se seguiram à morte de Herr Bremann, Lord Darlington começou a dedicar mais e mais horas à questão da crise na Alemanha. Cavalheiros poderosos e conhecidos passaram a ser visitantes regulares da casa, inclusive, eu me lembro, figuras como Lord Daniels, Mr. John Maynard Keynes e Mr. H. G. Wells, o renomado escritor — além de outros que, em visita "extraoficial", não posso nomear aqui. Eles e Lord Darlington ficavam sempre trancados em discussões por horas e horas.

Alguns visitantes eram de fato tão "extraoficiais" que recebi instruções para garantir que os empregados não tivessem conhecimento de suas identidades, ou, em alguns casos, que nem os vissem. Porém, e digo isso com algum orgulho e gratidão, Lord Darlington nunca fez nenhuma tentativa de esconder as coisas de meus olhos e ouvidos. Lembro-me de numerosas ocasiões em que algum personagem se interrompia no meio da frase, olhando preocupado para a minha pessoa, e Lord Darlington dizia: "Ah, tudo bem. Pode falar qualquer coisa diante de Stevens, posso garantir".

Então, ao longo dos dois anos e tanto seguintes à morte de Herr Bremann, Lord Darlington, junto com Sir David Cardinal, que passou a ser seu aliado mais próximo à época, conseguiu reunir uma ampla aliança entre figuras que acreditavam inadmissível a persistência daquela situação na Alemanha. Não se tratava apenas de britânicos e alemães, mas também de belgas, franceses, italianos, suíços. Eram diplomatas e políticos de alto escalão, religiosos famosos, militares aposentados, escritores e pensadores. Alguns eram cavalheiros que, como o próprio Lord Darlington, sentiam de forma veemente que não se havia feito justiça em Versalhes e que era imoral continuar castigando uma nação por uma guerra que já havia terminado. Outros, é claro, manifestavam menos preocupação pela Alemanha e por seus habitantes, mas eram da opinião de que o caos econômico naquele país, se não fosse detido, poderia se espalhar com alarmante rapidez pelo mundo todo.

Ao final de 1922, Lord Darlington estava trabalhando com um nítido objetivo em mente: reunir, sob o teto de Darlington Hall, os cavalheiros mais influentes cujo apoio pudesse ser conquistado com vistas a conduzir uma conferência internacional "não oficial" — uma conferência que discutisse os meios para revisar os termos mais duros do tratado de Versalhes. Para valer a pena, tal encontro precisaria ter peso suficiente para exercer algum efeito decisivo nas conferências internacionais "oficiais", várias das quais já haviam ocorrido com o propósito expresso de revisar o tratado, conseguindo, porém, apenas produzir confusão e mágoas. Nosso primeiro-ministro na época, Mr. Lloyd George, havia convocado outra grande conferência a ser realizada na Itália na primavera de 1922. Inicialmente, o objetivo de meu patrão era organizar uma reunião em Darlington Hall com vistas a garantir um resultado satisfatório para aquele evento. Apesar de todo o trabalho dele e de Sir David, porém, o prazo revelou-se apertado demais. Então, com a conferência de Mr. George terminando mais uma vez em indecisão, Lord Darlington passou a se concentrar em outra grande reunião marcada para a Suíça, no ano seguinte.

Lembro-me de uma manhã, por volta desta hora, em que, ao servir o café da manhã de Lord Darlington na saleta de desjejum, ele me disse, dobrando o *Times* com certa aversão: "Esses franceses... Realmente, Stevens, sabe? Esses franceses...".

"Pois não, senhor."

"E pensar que temos de deixar que o mundo nos veja de braços dados com eles. Dá vontade de tomar um bom banho só de pensar."

"Pois não, senhor."

"A última vez que estive em Berlim, Stevens, o barão Overath, velho amigo de meu pai, me perguntou: 'Por que estão fazendo isso conosco? Não entendem que não se pode continuar assim?'. Fiquei muito tentado a contar para ele que são aqueles malditos franceses. Não é o jeito inglês de conduzir os assuntos, eu queria dizer. Mas acho que não se pode fazer as coisas dessa maneira. Não se pode falar mal dos nossos queridos aliados."

Mas o próprio fato de os franceses serem os mais intransigentes quanto a liberar a Alemanha das crueldades do tratado de Versalhes tornava ainda mais imperativa a necessidade de trazer para a reunião de Darlington Hall pelo menos um cavalheiro francês com inquestionável influência sobre a política externa de seu país. Realmente, ouvi diversas vezes Lord Darlington expressar a posição de que, sem a participação de tal personagem, qualquer discussão sobre a questão da Alemanha seria pouco mais que um capricho. Ele e Sir David partiram, então, para essa virada crucial em seus preparativos — e era uma experiência arrasadora assistir à inabalável determinação com que persistiam diante de repetidas frustrações. Cartas e telegramas incontáveis eram enviados, e o próprio Lord Darlington fez três viagens a Paris no espaço de dois meses. Por fim, com a garantia de que certo francês muito famoso, que vou chamar simplesmente de "M. Dupont", concordava em participar da reunião em bases estritamente "extraoficiais", foi marcada a data da conferência. Ou seja, aquele memorável março de 1923.

À medida que a data se aproximava, a pressão sobre mim, embora de natureza muito mais humilde do que as que pesavam sobre Lord Darlington, não foi desprezível. Eu tinha plena consciência de que, na eventualidade de um hóspede achar sua estada em Darlington Hall menos que confortável, isso viria a produzir repercussões de inimaginável grandeza. Além do mais, meu planejamento para o evento fez-se ainda mais complicado pelo número incerto de participantes. Sendo a conferência de alto nível, o grupo fora limitado a apenas dezoito cavalheiros muito distintos e duas damas — uma condessa alemã e a formidável Mrs. Eleanor

90

Austin, naquela época ainda residente em Berlim. Mas cada participante podia, dentro dos limites do razoável, trazer secretários, valetes e intérpretes, e não houve jeito de avaliar com precisão o número de pessoas a esperar. Revelou-se, ademais, que alguns participantes chegariam algum tempo antes dos três dias reservados para a conferência, o que lhes daria tempo para preparar o terreno e avaliar a disposição dos outros convidados, embora as datas exatas de chegada fossem, também elas, incertas. Estava claro, portanto, que meu pessoal teria não só de trabalhar muito duro e estar alerta ao máximo, como também de ser excepcionalmente flexível. De fato, durante algum tempo, minha opinião foi de que esse grande desafio só poderia ser superado mediante a contratação de pessoal adicional. Essa opção, porém — à parte as preocupações que Lord Darlington provavelmente teria com a circulação de mexericos —, forçava-me a confiar no desconhecido justamente num momento em que um erro poderia resultar muito penoso. Pus-me então a me preparar para os dias vindouros como imagino que um general se prepara para uma batalha: elaborei com extremo cuidado um planejamento especial de pessoal, prevendo toda sorte de eventualidades; analisei onde estavam nossos pontos mais fracos e elaborei planos emergenciais com que contar no caso de esses pontos sucumbirem; cheguei a fazer um discurso de estímulo aos empregados, enfatizando que, mesmo tendo de trabalhar até a exaustão, poderiam sentir grande orgulho de suas tarefas nos dias vindouros. "É muito possível que se faça História debaixo deste teto", disse. E eles, sabendo que não sou dos que tendem a fazer afirmações exageradas, entenderam bem que algo de natureza excepcional estava para acontecer.

Você há de entender, então, parte do clima que dominava Darlington Hall no momento da queda de meu pai defronte à casa de verão — tendo isso ocorrido apenas duas semanas antes da provável chegada dos primeiros hóspedes da conferência — e a que me refiro quando digo que não havia espaço para "rodeios". Meu pai, de qualquer forma, depressa descobriu um jeito de contornar as limitações à sua eficiência decorrentes da determinação de que não devia carregar bandejas pesadas. Passou a ser costumeira a visão dele empurrando pela casa um carrinho carregado de utensílios de limpeza, rodos e escovas sempre muito bem-arrumados, embora incongruentes, porque rodeados de bules de chá, xícaras e pires, de tal forma que, às vezes, aquilo parecia uma barraca de mascate. Evidentemente, ele não tinha como evitar a renúncia ao trabalho de servir na sala de jantar, mas o carrinho permitia-lhe realizar uma quantidade surpreendente de coisas. Na verdade, à medida que se aproximava o grande desafio da conferência, meu pai pareceu passar por uma mudança inacreditável. Era quase como se estivesse possuído por alguma força sobrenatural que o remoçou vinte anos; seu rosto perdeu muito do ar desanimado de tempos recentes, e ele realizava o trabalho com tal vigor juvenil que um estranho poderia pensar não haver apenas uma, mas muitas daquelas figuras empurrando carrinhos pelos corredores de Darlington Hall.

Quanto a Miss Kenton, acho que me lembro de a crescente tensão daqueles dias ter exercido efeito perceptível sobre ela. Recordo-me, por exemplo, da ocasião, por volta dessa época, em que a encontrei no corredor dos fundos. Servindo como uma espécie de coluna vertebral para a ala dos criados de Darlington Hall, o corredor foi sempre um lugar muito tristonho, devido à pouca luz que penetra sua considerável extensão. Mesmo num dia bom, ficava tão escuro que se tinha nele a impressão de caminhar por um túnel. Nessa ocasião em especial, não tivesse eu reconhecido o som dos passos de Miss Kenton no assoalho quando se aproximou de mim, poderia tê-la identificado só pelo vulto. Parei num dos poucos pontos em que um raio de luz clara batia nas tábuas e disse, quando ela se aproximou: "Ah, Miss Kenton".

"Pois não, Mr. Stevens?"

"Miss Kenton, permita chamar sua atenção para o fato de que a roupa de cama do andar de cima terá de estar pronta para depois de amanhã."

"Esse assunto já está perfeitamente resolvido, Mr. Stevens."

"Ah, fico muito contente com isso. Foi só uma preocupação minha, mais nada."

Eu estava a ponto de continuar meu caminho, porém Miss Kenton não se mexeu. Deu um passo na minha direção, de forma que uma faixa de luz caiu sobre seu rosto e pude ver a expressão zangada que havia nele.

"Infelizmente, Mr. Stevens, estou extremamente ocupada agora e não tenho nem um minuto a perder. Se tivesse tanto tempo livre como o senhor evidentemente tem, retribuiria com prazer, vagando pela casa e lembrando o *senhor* de tarefas já perfeitamente realizadas."

"Ora, Miss Kenton, não há razão para ficar tão mal-humorada. Eu apenas senti necessidade de me certificar de que não estava escapando à sua atenção..."

"Mr. Stevens, é a quarta ou quinta vez, nos últimos dois dias, que o senhor sente essa necessidade. É muito curioso ver que o senhor tem tanto tempo livre a ponto de poder simplesmente vagar pela casa, incomodando os outros com comentários gratuitos."

"Miss Kenton, se a senhorita pensa, por um momento que seja, que tenho tempo livre, isso demonstra com a máxima clareza sua grande inexperiência. Espero que, nos próximos anos, a senhorita adquira uma melhor visão do que acontece em uma casa como esta."

"O senhor está sempre falando da minha 'grande inexperiência', Mr. Stevens, e, no entanto, parece não ser capaz de apontar nenhum defeito no meu trabalho. Se assim não fosse, não tenho a menor dúvida de que já teria feito isso e com empenho. Agora, tenho muito que fazer e gostaria que o senhor não ficasse me seguindo por aí, me interrompendo assim. Se o senhor tem tempo livre, sugiro que ele seria mais bem utilizado tomando um pouco de ar puro."

Ela passou por mim batendo os pés e seguiu pelo corredor. Resolvi que era melhor não estender o assunto e continuei meu caminho. Tinha chegado quase até a porta da cozinha, quando ouvi passos furiosos voltando em minha direção.

"Na verdade, Mr. Stevens", disse ela, "gostaria de pedir ao senhor que, de agora em diante, não se dirija mais diretamente a mim."

"Miss Kenton, do que é que está falando?"

"Se for necessário me dizer alguma coisa, gostaria que fizesse isso por meio de um mensageiro. Ou que escreva um bilhete e mande para mim. Tenho certeza de que nossa relação profissional ficará bem mais fácil."

"Miss Kenton..."

"Estou extremamente ocupada, Mr. Stevens. Uma nota escrita, se a mensagem tiver alguma complexidade. Se não, basta falar com Martha ou com Dorothy, ou qualquer membro masculino do pessoal que o senhor considerar de confiança. Agora, tenho de voltar para o meu trabalho e deixo o senhor com seu passeio."

Por mais irritante que fosse o comportamento de Miss Kenton, eu não podia me permitir ficar ali pensando nele, pois o primeiro dos hóspedes já havia chegado. Os representantes estrangeiros não eram esperados senão para dois ou três dias depois. Porém, os três cavalheiros a que Lord Darlington se referia como "a equipe da casa" — dois ministros das Relações Exteriores em visita muito "extraoficial" e Sir David Cardinal — haviam chegado cedo para preparar o terreno o melhor possível. Como sempre, pouco se fez para ocultar de mim o que quer que fosse quando eu entrava e saía das diversas salas onde os cavalheiros se aprofundavam em discussões, e pude, assim, captar um pouco da atmosfera geral naquele estágio das coisas. Evidentemente, Lord Darlington e seus colegas estavam preocupados em informar uns aos outros com a maior exatidão possível sobre cada um dos participantes esperados. Mas sua preocupação girava em esmagadora medida em torno de uma única figura, a de M. Dupont, o convidado francês, e de suas possíveis simpatias e antipatias. Com efeito, em certo momento creio ter entrado na sala de fumar e ouvido um dos cavalheiros dizer: "O destino da Europa pode depender, de fato, da nossa capacidade de fazer Dupont ceder nesse ponto".

Foi em meio a essas discussões preliminares que Lord Darlington me confiou uma missão excepcional o bastante para que permanecesse em minha memória até hoje, ao lado de outros acontecimentos mais evidentemente inesquecíveis que tiveram lugar naquela semana extraordinária. Lord Darlington me chamou ao estúdio e percebi de imediato que ele se encontrava em estado um tanto agitado. Sentou-se à escrivaninha e, como sempre, lançou mão de um livro aberto — dessa vez, o *Quem é quem* —, virando a página para a frente e para trás.

"Ah, Stevens", começou com um falso ar de *nonchalance*, parecendo em seguida perdido, para logo continuar. Fiquei esperando, pronto a aliviar seu desconforto na primeira oportunidade. Lord Darlington continuou brincando com a página um momento, inclinou-se para examinar um item de texto e disse:

"Stevens, sei que é um tanto incomum o que vou pedir a você."

"Pois não, senhor?"

"É só porque a preocupação agora é muito grande."

"Eu terei muito prazer em ajudar, senhor."

"Desculpe trazer à baila uma coisa dessas, Stevens. Sei que deve estar terrivelmente ocupado. Mas não sei mais o que fazer para me livrar disso."

Esperei um momento, enquanto Lord Darlington voltava sua atenção para o *Quem é quem*. Ele então prosseguiu, sem levantar os olhos: "Acredito que você deve conhecer os fatos da vida".

"Como?"

"Os fatos da vida, Stevens. Os pássaros, as abelhas. Sabe dessas coisas, não?"

"Temo não estar entendendo bem, senhor."

"Vou pôr as cartas na mesa, Stevens. Sir David é um velho amigo. Tem sido inestimável na organização da conferência. Posso mesmo dizer que, sem ele, não teríamos conseguido a anuência de M. Dupont."

"Sem dúvida, senhor."

"Porém, Stevens, Sir David tem seu lado engraçado. Você mesmo deve ter notado. Ele trouxe o filho consigo, Sir Reginald. Para servir de secretário. O problema é que ele está noivo, para casar. O jovem Reginald, eu quero dizer."

"Sim, senhor."

"Sir Davis vem tentando revelar os fatos da vida ao filho nos últimos cinco anos. O rapaz tem agora vinte e três anos."

"Sem dúvida, senhor."

"Falando claro, Stevens. Eu sou padrinho do rapaz. E por isso Sir David pediu que *eu* revele ao jovem Reginald os fatos da vida."

"Sem dúvida, senhor."

"Sir David acha a tarefa bastante intimidante e desconfia que não vai conseguir cumpri-la antes do casamento de Reginald."

"Sem dúvida, senhor."

"O problema, Stevens, é que estou terrivelmente ocupado. Sir David sabe disso, mas me pediu assim mesmo." Lord Darlington fez uma pausa e continuou estudando sua página.

"Devo entender, senhor", perguntei, "que deseja que *eu* revele essa informação ao jovem cavalheiro?"

"Se você não se importar, Stevens. Iria me aliviar muito. A cada duas horas Sir David me pergunta se ainda não o fiz."

"Entendo, senhor. Deve ser muito difícil, com as pressões do momento."

"É claro, Stevens, que isso está muito além da sua função."

"Farei todo o possível, senhor. Mas talvez tenha dificuldade em encontrar o momento adequado para revelar essa informação."

"Eu ficaria muito grato se você ao menos tentasse, Stevens. É muita gentileza sua. Olhe aqui, não precisa fazer uma grande exposição. Só contar os fatos básicos e encerrar o assunto. A simplicidade é o melhor, esse é o meu conselho, Stevens."

"Sim, senhor. Vou fazer o possível."

"Fico muito agradecido a você, Stevens. E me informe como foi."

Eu fiquei, como você pode imaginar, um tanto espantado com o pedido e, normalmente, teria dedicado algum tempo a pensar sobre o assunto. Mas, aparecendo a questão assim, como apareceu, no meio de um momento tão ocupado, não pude me permitir excessiva preocupação e decidi, portanto, que devia resolver o assunto na primeira oportunidade. Pelo que me lembro, foi apenas uma hora depois de receber o encargo que notei o jovem Mr. Cardinal sozinho na biblioteca, sentado a uma das escrivaninhas e absorto em alguns documentos. Estudando de perto o jovem cavalheiro, podia-se, por assim dizer, avaliar a dificuldade experimentada por Lord Darlington, e, de resto, também pelo pai do rapaz. O afilhado de meu patrão parecia um moço empenhado e estudioso, e podiam-se ver muitas outras qualidades em seus traços. Porém, dado o assunto a tratar, seria decerto preferível fazê-lo com um jovem menos sério, ou mesmo mais frívolo. De qualquer forma, decidido a levar a bom termo a questão o mais depressa possível, entrei na biblioteca e, parando a certa distância da mesa de Mr. Cardinal, tossi.

"Desculpe, senhor, mas tenho uma informação a lhe comunicar."

"Ah, é mesmo?", disse Mr. Cardinal, curioso, levantando os olhos dos papéis. "De meu pai?"

"É, sim, senhor. De fato."

"Espere um pouquinho."

O jovem cavalheiro pegou uma pasta que estava a seus pés e tirou um caderno e um lápis. "Diga lá, Stevens."

Tornei a tossir e empreguei o tom mais impessoal de que fui capaz.

"Sir David gostaria que o senhor soubesse que damas e cavalheiros diferem em diversos aspectos básicos."

Devo ter feito uma pausa para construir minha próxima frase, porque Mr. Cardinal deu um suspiro e disse:

"Sei muito bem disso, Stevens. Será que pode ir direto ao ponto?"

"O senhor sabe?"

"Papai está sempre me subestimando. Li muito e pesquisei bastante essa área."

"É mesmo, senhor?"

"Faz um mês que praticamente não penso em outra coisa."

"Muito bem, senhor. Nesse caso, talvez minha informação seja muito redundante."

"Pode garantir a meu pai que estou de fato muito bem informado. Esta pasta", ele a tocou com o pé, "está cheia de notas sobre todos os aspectos possíveis e imagináveis."

"É mesmo, senhor?"

"Eu de fato examinei todas as permutas que a mente humana é capaz de imaginar. Quero que garanta isso a meu pai."

"Pois não, senhor."

Mr. Cardinal pareceu relaxar um pouco. Tornou a tocar com o pé a pasta, que evitava olhar, e disse:

"Acho que você deve estar imaginando por que eu nunca largo dessa pasta. Bom, agora já sabe. Imagine se a pessoa errada abre isto aqui."

"Seria muito inconveniente, senhor."

"A menos, é claro", disse ele, se endireitando na cadeira de repente, "que meu pai tenha encontrado algum fator inteiramente novo que quer que eu examine."

"Não creio que seja isso, senhor."

"Não? Nada mais sobre esse tal Dupont?"

"Eu temo que não, senhor."

Fiz o possível para não revelar nem um pouco da minha irritação ao descobrir que a tarefa que imaginei cumprida permanecia ainda intocada à minha frente. Acho que organizava os pensamentos para atacar de novo quando o jovem cavalheiro se levantou de repente e, apertando a maleta contra si, disse:

"Bom, acho que vou sair e tomar um pouco de ar fresco. Obrigado pela ajuda, Stevens."

Era minha intenção tentar obter outra entrevista com Mr. Cardinal o mais breve possível, mas isso resultou improvável, em grande parte devido à chegada naquela mesma tarde, dois dias antes do esperado, do senador americano, Mr. Lewis. Estava em minha saleta, examinando as listas de mantimentos quando ouvi, em algum lugar acima da minha cabeça, o inconfundível ruído de motor de um carro estacionando no pátio. Enquanto corria para cima, cruzei com Miss Kenton no corredor dos fundos — cenário de nosso último desacordo —, e foi talvez essa infeliz coincidência que a levou a manter o comportamento infantil que havia adotado na ocasião anterior. Pois quando perguntei quem havia chegado, Miss Kenton seguiu em frente, dizendo apenas: "Um recado, se for urgente, Mr. Stevens". Foi extremamente irritante, mas eu não tinha escolha senão correr escada acima.

Minha lembrança de Mr. Lewis é a de um cavalheiro de dimensões generosas e com um sorriso cordial que raramente lhe saía do rosto. Sua chegada adiantada era, sem dúvida, um tanto inconveniente para Lord Darlington e seus colegas, que contavam com mais um ou dois dias de privacidade para seus preparativos. Porém, os modos simpáticos e informais de Mr. Lewis, bem como sua declaração de que os Estados Unidos "sempre estarão ao lado da justiça e não se importam de admitir que foram cometidos erros em Versalhes", pareceram muito contribuir para conquistar a confiança do "time da casa" de Lord Darlington. Ao longo do jantar, a conversa aos poucos foi mudando de tópicos, como os méritos da Pensilvânia, terra natal de Mr. Lewis, para a conferência próxima, e quando os cavalheiros estavam acendendo seus charutos, algumas das especulações já pareciam ser ventiladas em tom tão íntimo quanto aquele anterior à chegada de Mr. Lewis, que, em determinado momento, disse ao grupo:

"Concordo com vocês, cavalheiros, nosso M. Dupont pode ser muito imprevisível. Mas, escutem bem, de uma coisa vocês podem ter certeza, certeza absoluta." Inclinou o corpo para a frente e gesticulou com o charuto. "Dupont odeia os alemães. Já odiava antes da guerra; agora, os odeia a um ponto que os cavalheiros aqui presentes achariam difícil de entender." E com isso Mr. Lewis recostou-se em sua poltrona outra vez, e o sorriso cordial voltou-lhe ao rosto. "Mas, me digam os senhores", continuou, "não se pode censurar um francês por odiar os alemães, não é? Afinal, os franceses têm boa razão para isso, não têm?"

Houve um momento de ligeira perplexidade, enquanto Mr. Lewis observava a mesa. Então, Lord Darlington disse:

"Naturalmente, é impossível evitar um certo desagrado. Mas é claro que nós, ingleses, também lutamos dura e longamente contra os alemães."

"A diferença, porém, é que vocês, ingleses", disse Mr. Lewis, "parecem já não odiar os alemães. Mas, no entender dos franceses, os alemães destruíram a civilização aqui na Europa e nenhum castigo basta para eles. Claro que para nós, nos Estados Unidos, essa posição parece pouco prática, mas o que sempre me intriga é como vocês, ingleses, parecem não concordar com a posição dos franceses. Afinal, como o senhor disse, a Grã-Bretanha também perdeu muito com a guerra."

Houve outra pausa estranha, antes de Sir David dizer, com voz incerta:

"Nós, ingleses, sempre pensamos diferente dos franceses sobre essas coisas, Mr. Lewis."

"Ah, algo como uma diferença de temperamento, se poderia dizer." O sorriso de Mr. Lewis pareceu ampliar-se ligeiramente ao dizer isso. Ele assentiu com a cabeça para si mesmo, como se muitas coisas tivessem ficado claras para ele, e tragou seu charuto. Pode ser que essa rememoração esteja colorindo minhas lembranças, mas tenho a nítida sensação de que foi naquele momento que senti algo estranho, algo talvez dúplice naquele cavalheiro americano aparentemente simpático. Se, porém, minha desconfiança brotou naquele momento, Lord Darlington evidentemente não concordava com ela. Pois, passados um ou dois segundos de incômodo silêncio, ele pareceu tomar uma decisão.

"Mr. Lewis", disse, "vamos falar francamente. A maioria de nós, na Inglaterra, acha desprezível a atual atitude da França. O senhor pode, sem dúvida, dizer que é uma diferença de temperamento, mas me arrisco a afirmar que estamos falando de algo mais. Não é adequado continuar odiando assim um inimigo depois do conflito terminado. Se o adversário está na lona, a questão está encerrada. Não se pode começar a dar chutes. Para nós, o comportamento dos franceses está ficando cada vez mais bárbaro."

Essa declaração pareceu dar alguma satisfação a Mr. Lewis. Ele murmurou qualquer coisa em concordância e sorriu satisfeito a seus convivas, através das nuvens de fumaça de tabaco que agora se adensavam sobre a mesa de jantar.

A manhã seguinte trouxe mais chegadas prematuras. Especificamente, as duas damas da Alemanha, que viajaram juntas apesar do considerável contraste entre suas origens, trazendo consigo uma grande equipe de criadas e criados além de muitíssimos baús. Depois, à tarde, um cavalheiro italiano chegou acompanhado de seu valete, um secretário, um "perito" e dois guarda-costas. Não imagino a que tipo de lugar ele imaginou estar indo para trazer estes últimos, mas devo confessar que era um tanto estranho para mim ver em Darlington Hall dois homens grandes e calados a poucos metros de onde quer que estivesse o cavalheiro italiano, olhando desconfiados para todas as direções. A propósito, o padrão de trabalho desses guarda-costas, que foi se revelando ao longo dos dias seguintes, exigia que um deles fosse dormir a horas estranhas, enquanto o outro permanecia a postos durante toda a noite. Ao saber desse arranjo, tentei informar Miss Kenton a respeito, e ela mais uma vez se recusou a conversar comigo; para conseguir que as coisas fossem providenciadas o mais depressa possível, fui obrigado a escrever um bilhete e colocar debaixo da porta de suas acomodações.

O dia seguinte trouxe diversos outros hóspedes, e, dois dias antes do início da conferência, Darlington Hall já estava cheia de gente de todas as nacionalidades conversando nos salões ou parada, aparentemente sem rumo, no hall, nos corredores e nos patamares, examinando quadros e objetos. Os convidados nunca eram menos que corteses uns com os outros, mas, apesar disso tudo, uma atmosfera bastante tensa, caracterizada em grande parte por desconfiança, pareceu dominar esse estágio. Refletindo tal inquietação, os valetes e lacaios visitantes pareciam ser decididamente frios uns com os outros, e meu pessoal ficou bem satisfeito de estar ocupado demais para se permitir perder tempo com eles.

Foi então que, em meio à ocupação com as muitas exigências à minha atenção, por acaso olhei por uma janela e vi a figura do jovem Mr. Cardinal tomando ar no jardim. Estava agarrado a sua pasta, como sempre, passeando devagar por uma trilha que contorna todo o gramado, profundamente absorto em pensamentos. Evidentemente, lembrei de minha missão quanto ao jovem cavalheiro e me ocorreu que um cenário ao ar livre, com a proximidade geral da natureza e, em particular, o exemplo dos gansos ali próximos, não seria inadequado para transmitir a mensagem que levava. Percebi, além disso, que se saísse depressa e me escondesse atrás do grande arbusto de azaleia ao lado da trilha, não demoraria muito para Mr. Cardinal passar por mim. Eu poderia, então, aparecer e comunicar-lhe a minha mensagem. Admito que não era a mais sutil das estratégias, mas você há de imaginar que essa tarefa específica, embora sem dúvida importante à sua maneira, dificilmente assumiria alta prioridade naquele momento.

Havia uma leve geada cobrindo o chão e boa parte da folhagem, mas era um dia agradável para aquela época do ano. Atravessei depressa o gramado, coloquei-me atrás do arbusto e, pouco depois, ouvi os passos de Mr. Cardinal se aproximando. Infelizmente, avaliei mal o momento de minha aparição. A intenção era aparecer quando ele estivesse ainda a boa distância, de forma que me visse antes e achasse que eu estava a caminho da casa de verão, ou talvez do barracão do jardineiro. Eu poderia então fingir que só o vira naquele momento, puxando uma conversa inesperada. Porém, apareci um pouco tarde e temo ter sobressaltado o jovem cavalheiro, que imediatamente afastou de mim sua pasta, apertando-a no peito com ambos os braços.

"Desculpe, senhor."

"Nossa, Stevens. Você me assustou. Achei que as coisas estavam esquentando um pouco lá dentro."

"Me desculpe, senhor. Mas, a propósito, tenho uma coisa a lhe dizer."

"Nossa, claro, me deu um susto e tanto."

"Se me permite ir direto ao ponto, senhor, deve ter notado aqueles gansos não muito longe de nós."

"Gansos?" Ele olhou em torno, um pouco confuso. "Ah, sim. São gansos, então."

"E também as flores e os arbustos. De fato, não é o melhor momento do ano para ver as plantas em todo o seu esplendor, mas o senhor há de calcular que, com a chegada da primavera, veremos uma mudança, uma mudança muito especial nesta paisagem."

"É, sem dúvida o jardim não está em seu melhor momento agora. Mas para falar com toda a franqueza, Stevens, eu não estava prestando muita atenção aos esplendores da natureza. A coisa toda é muito preocupante. Esse tal M. Dupont chegou no pior humor que se pode imaginar. Isso é a última coisa que podíamos desejar, claro."

"M. Dupont chegou, senhor?"

"Faz uma meia hora. Está muito mal-humorado."

"Desculpe, senhor. Tenho de ir cuidar disso imediatamente."

"Claro, Stevens. Bom, foi gentileza sua sair para conversar comigo."

"Por favor, me desculpe. De fato, eu teria uma ou duas palavrinhas a dizer sobre, como disse o senhor, o esplendor da natureza. Se o senhor tiver a bondade de me ouvir, eu ficaria muito grato. Mas temo que isso terá de esperar uma outra ocasião."

"Bom, estarei esperando, Stevens, embora eu seja mais chegado aos peixes. Sei tudo sobre peixes, de água doce e salgada."

"Toda criatura viva será relevante para nossa próxima conversa, senhor. Mas, queira me desculpar. Eu não fazia ideia que M. Dupont havia chegado."

Corri de volta para casa e, de pronto, encontrei o primeiro lacaio dizendo:

"Estávamos procurando o senhor por toda parte. O cavalheiro francês chegou."

M. Dupont era um homem alto, elegante, de barba grisalha e monóculo. Chegou vestindo o tipo de roupa que, em geral, cavalheiros do continente usam quando em férias — e, na verdade, durante toda a sua estada, ele iria se empenhar em manter a aparência de ter ido a Darlington Hall inteiramente por prazer e amizade. Como apontara Mr. Cardinal, M. Dupont não havia chegado de bom humor. Não consigo me lembrar agora das várias coisas que o haviam incomodado desde sua chegada à Inglaterra dias antes, mas, em especial, havia adquirido algumas bolhas dolorosas nos pés ao fazer turismo em Londres, e temia que estivessem agora infeccionando. Mandei seu valete tratar com Miss Kenton, o que não impedia M. Dupont de estalar os dedos para mim quase de hora em hora e dizer: "Mordomo! Preciso de mais bandagens".

Seu humor pareceu melhorar muito quando viu Mr. Lewis. Ele e o senador americano se cumprimentaram como velhos colegas e haveriam de ser vistos juntos durante quase todo o resto do dia, rindo de reminiscências. Na verdade, era evidente que a proximidade quase constante de Mr. Lewis com M. Dupont resultava num sério inconveniente para Lord Darlington, que estava naturalmente empenhado em estabelecer contato próximo com o distinto cavalheiro francês antes que começassem as discussões. Em diversas ocasiões, vi Lord Darlington tentando puxar M. Dupont para alguma conversa privada, mas Mr. Lewis impunha sua presença sorridente aos dois, dizendo coisas como: "Os cavalheiros vão me desculpar, mas tem uma coisa que está me deixando muito intrigado". E Lord Darlington logo se via forçado a ouvir mais alguma das joviais anedotas do senador americano. A não ser por Mr. Lewis, porém, os outros convidados, talvez por temor, talvez por algum antagonismo, mantinham cautelosa distância de M. Dupont, fato que era notável mesmo naquela atmosfera em geral reservada e que parecia reforçar ainda mais a sensação de que era o cavalheiro francês quem detinha a chave para o resultado dos dias seguintes.

A conferência começou numa manhã chuvosa, durante a última semana de março de 1923, no cenário um pouco improvável da sala de estar, local escolhido para abrigar a condição "extra-oficial" de muitos dos participantes. Na verdade, a meu ver, a aparência de informalidade foi levada a um nível ridículo. Já era bem estranho ver aquela sala bastante feminina lotada de tantos cavalheiros severos, de roupa escura, às vezes sentados aos três ou quatro, lado a lado, num sofá. Mas a decisão, por parte de algumas pessoas, de manter a aparência de que aquilo não era nada mais que um acontecimento social levou-as a ponto de terem jornais e revistas abertos no colo.

No curso daquela primeira manhã, fui obrigado a entrar e sair da sala com frequência, de forma que não pude acompanhar plenamente o processo. Mas me lembro de Lord Darlington abrindo as discussões com uma saudação formal aos hóspedes, enfatizando o grande sofrimento que ele próprio vira na Alemanha. Claro que eu já tinha ouvido os mesmos sentimentos expressos por Lord Darlington em muitas ocasiões anteriores, mas foi tão profunda a convicção com que falou naquele augusto cenário que não pude evitar de me emocionar de novo. Sir David Cardinal falou em seguida, e, embora tenha perdido a maior parte de seu discurso, ele me pareceu de substância mais técnica, e, com toda a franqueza, acima do meu entendimento. Mas o sentido geral parecia estar próximo àquele do discurso de Lord Darlington, concluindo com um apelo ao congelamento dos pagamentos de reparação por parte dos alemães e à retirada das tropas francesas da região do Ruhr. A condessa alemã começou a falar, e foi nesse instante que, por alguma razão de que não me lembro, tive de sair da sala por um longo período. Quando retornei, os hóspedes estavam em pleno debate, e a discussão, com muitas menções a comércio e a taxas de juros, estava bem acima da minha compreensão.

M. Dupont, pelo que pude observar, não estava participando das discussões, e era difícil dizer, a julgar por sua postura calada, se estava ouvindo cuidadosamente o que era dito ou profundamente ocupado com outros pensamentos. Em certo estágio, quando eu saía da sala no meio do discurso de um dos cavalheiros alemães, M. Dupont levantou-se de repente e me acompanhou para fora.

"Mordomo", disse, assim que chegamos ao hall, "imagino se seria possível tratar de meus pés. Estão me incomodando tanto que mal consigo ouvir esses cavalheiros."

Pelo que me lembro, mandei um pedido de ajuda a Miss Kenton — via um mensageiro, claro — e acabara de deixar M. Dupont na sala de bilhar à espera de sua enfermeira quando o primeiro lacaio desceu correndo a escada com certa aflição para me informar que meu pai estava doente no andar de cima.

Corri para o primeiro andar e, ao virar no patamar, dei com uma estranha visão. Na extremidade do corredor, quase em frente da janela grande, naquele momento cheia de luz cinzenta e chuva, podia-se ver a figura de meu pai congelada numa postura que sugeria estar ele tomando parte em alguma cerimônia ritual.

Havia se apoiado em um joelho e, de cabeça baixa, parecia empurrar o carrinho à sua frente, que, por alguma razão, adquirira uma obstinada imobilidade. Duas camareiras estavam paradas a distância respeitosa, observando seus esforços um tanto assombradas. Fui até meu pai, soltei-lhe as mãos do carrinho e fiz com que se deitasse no carpete. Estava de olhos fechados, o rosto cor de cinza e havia gotas de suor na testa. Chamou-se mais ajuda, uma cadeira de rodas chegou no devido momento, e meu pai foi transportado a seu quarto.

Assim que meu pai foi colocado na cama, fiquei um pouco incerto sobre como proceder. Pois, embora parecesse indesejável que o deixasse naquele estado, realmente eu não tinha mais nenhum momento a perder. Enquanto hesitava à porta, Miss Kenton apareceu a meu lado e disse:

"Mr. Stevens, no momento tenho um pouco mais de tempo que o senhor. Se quiser, posso cuidar de seu pai. Eu trago o dr. Meredith para cima e aviso o senhor se ele tiver alguma coisa importante a dizer."

"Muito obrigado, Miss Kenton", eu disse. E saí.

Quando voltei à sala, um religioso estava falando sobre as dificuldades sofridas pelas crianças de Berlim. Vi-me de pronto mais do que ocupado, reabastecendo de chá e café os convidados. Observei que uns poucos cavalheiros estavam tomando bebidas alcoólicas, e que um ou dois, apesar da presença das duas damas, haviam começado a fumar. Lembro-me de que estava deixando a sala com um bule de chá vazio nas mãos quando Miss Kenton me deteve e disse:

"Mr. Stevens, o dr. Meredith está de saída."

Quando ela disse isso, vi o médico vestindo sua capa e chapéu no hall e fui até ele com o bule de chá ainda na mão. O médico me olhou com uma expressão incomodada.

"Seu pai não está muito bem", disse. "Se piorar, me chame de novo imediatamente."

"Sim, senhor. Muito obrigado."

"Quantos anos tem seu pai, Stevens?"

"Setenta e dois, senhor."

O dr. Meredith pensou um pouco e disse de novo: "Se ele piorar, me chame imediatamente".

Agradeci ao médico outra vez e acompanhei sua saída.

Foi naquela noite, pouco antes do jantar, que ouvi sem querer a conversa entre Mr. Lewis e M. Dupont. Por alguma razão, havia subido ao quarto de M. Dupont e ia bater na porta, mas antes, como é meu costume, fiz uma pequena pausa para ouvir. Você talvez não tenha o hábito de tomar essa pequena precaução, para evitar bater em algum momento altamente inadequado, mas sempre fiz isso e posso garantir que é prática comum entre muitos profissionais. Quero dizer, não há nenhum subterfúgio implícito nessa atitude, e eu não tinha nenhuma intenção de ouvir o tanto que ouvi naquela noite. Porém, quis o acaso que, ao encostar o ouvido na porta de M. Dupont, eu escutasse a voz de Mr. Lewis, e, embora não consiga me lembrar precisamente de quais foram as primeiras palavras que ouvi, foi o tom de sua voz que despertou minha suspeita. O que eu ouvia era a mesma voz risonha, calma, com que o cavalheiro americano havia encantado muita gente desde a sua chegada; porém, agora, ela continha algo inconfundivelmente dissimulado. Foi essa constatação, ao lado do fato de ele estar no quarto de M. Dupont, que me fez deter a mão que ia bater e continuar escutando.

As portas dos quartos de Darlington Hall têm certa espessura, e eu não conseguia ouvir frases completas. Consequentemente, é difícil para mim, agora, lembrar com precisão o que escutei, da mesma forma que foi realmente difícil, mais tarde, naquela mesma noite, relatar o assunto a Lord Darlington. Mesmo assim, isso não quer dizer que eu não tenha tido uma impressão bastante clara do que estava ocorrendo dentro do quarto. Com efeito, o cavalheiro americano manifestava a opinião de que M. Dupont estava sendo manipulado por Lord Darlington e outros participantes da conferência; que M. Dupont havia sido convidado tardia e deliberadamente para permitir que os outros discutissem tópicos importantes em sua ausência; que, mesmo depois de sua chegada, era de se notar que Lord Darlington estava realizando pequenas discussões privadas com os delegados mais importantes, sem convidar M. Dupont. Em seguida, Mr. Lewis começou a contar algumas observações que Lord Darlington e outros haviam feito ao jantar, naquela primeira noite de sua chegada.

"Para ser bem franco", ouvi Mr. Lewis dizer, "fiquei chocado com a atitude deles em relação aos franceses. Chegaram a usar palavras como 'bárbaros' e 'desprezíveis'. Realmente, anotei as palavras em meu diário poucas horas depois."

M. Dupont disse alguma coisa breve que não entendi, e Mr. Lewis continuou:

"Permita que lhe diga que fiquei chocado. Isso são palavras que se usem para um aliado com que se esteve ombro a ombro faz poucos anos?"

Agora não tenho mais certeza se cheguei a bater. Dada a natureza alarmante do que tinha ouvido, é bem possível que tenha achado melhor apenas me retirar. De qualquer forma, como fui obrigado a explicar a Lord Darlington logo depois, não fiquei ali tempo suficiente para ouvir nada que desse qualquer pista sobre a reação de M. Dupont às observações de Mr. Lewis.

No dia seguinte, as discussões na sala de estar pareceram chegar a um novo nível de intensidade e, por volta da hora do almoço, as falas estavam bastante acaloradas. Minha impressão era de que as declarações estavam se dirigindo de forma acusatória, e com crescente ousadia, à poltrona em que M. Dupont estava sentado, cofiando a barba, pouco falando. Sempre que a conferência se interrompia, notei — como sem dúvida Lord Darlington também notou com alguma preocupação — que Mr. Lewis logo se afastava com M. Dupont para um canto ou outro onde podiam conferenciar baixinho. Realmente, certa vez, logo depois do almoço, me lembro de ter visto os dois cavalheiros conversando de maneira bastante furtiva junto à porta da biblioteca, e tive a nítida impressão de que interromperam o que diziam com a minha aproximação.

Enquanto isso, o estado de meu pai não melhorou nem piorou. Pelo que eu sabia, ele passava a maior parte do tempo dormindo, e, de fato, era assim que eu o encontrava nas poucas ocasiões em que podia dispor de um momento para subir àquele quartinho no sótão. Não tive realmente a chance de conversar com ele até aquela segunda noite, depois da recaída de sua doença.

Também nessa ocasião, meu pai estava dormindo quando entrei. Mas a camareira que Miss Kenton havia deixado de prontidão levantou-se ao me ver e começou a sacudir o ombro de meu pai.

"Não seja boba, menina!", exclamei. "O que acha que está fazendo?"

"Mr. Stevens pediu para ser acordado se o senhor voltasse, meu senhor."

"Deixe ele dormir. Está doente de cansaço."

"Ele me ordenou, senhor", disse a menina, e tornou a sacudir o ombro de meu pai.

Meu pai abriu os olhos, virou um pouco a cabeça no travesseiro e olhou para mim.

"Espero que o pai esteja se sentindo melhor agora", eu disse.

Ele continuou me olhando um momento e disse:

"Tudo em ordem lá embaixo?"

"A situação é um tanto explosiva. Passa um pouco das seis horas, então o pai pode bem imaginar o clima da cozinha neste momento."

Um ar de impaciência atravessou o rosto de meu pai.

"Mas está tudo em ordem?", perguntou de novo.

"Está, acho que posso lhe garantir que sim. Estou muito contente de o pai estar se sentindo melhor."

Algo pensativo, ele tirou os braços de debaixo das cobertas e pôs-se a olhar, cansado, as costas das mãos. Assim ficou algum tempo.

"Estou contente que o pai esteja bem melhor", acabei repetindo. "Agora, preciso voltar. Como disse, a situação é um tanto explosiva."

Ele continuou olhando as mãos um momento. Depois, falou com vagar: "Espero ter sido um bom pai para você".

Ri um pouco e disse:

"Estou tão contente de o senhor estar se sentindo melhor."

"Tenho orgulho de você. Um bom filho. Espero que tenha mesmo sido um bom pai para você. Mas acho que não fui."

"Lamento estar extremamente ocupado agora, mas podemos conversar de novo pela manhã."

Meu pai ainda estava olhando as mãos, como se estivesse ligeiramente irritado com elas.

"Estou tão contente que esteja se sentindo melhor", repeti. E saí.

Ao descer, encontrei a cozinha à beira do pandemônio, e, no geral, uma atmosfera extremamente tensa reinava entre todos. Porém, fico satisfeito de lembrar que, quando o jantar foi servido, uma hora e tanto depois, meu pessoal não demonstrou nada mais que eficiência e calma profissional.

É sempre uma visão memorável ver aquele magnífico salão de banquetes sendo usado a plena capacidade — e aquela noite não foi exceção. Claro que era bastante severo o efeito produzido por filas contínuas de cavalheiros em traje de gala, tão mais numerosos que as representantes do belo sexo. Porém, naquela época, os dois grandes candelabros pendurados sobre a mesa ainda eram a gás e produziam uma luz sutil, muito suave, que invadia toda a sala, em vez do brilho ofuscante que passaram a produzir depois da eletrificação. Naquele segundo e último jantar da conferência (a maioria dos hóspedes partiria depois do almoço do dia seguinte), o grupo havia perdido grande parte da reserva perceptível ao longo dos dias anteriores. Não só a conversa fluía mais livre e solta como nos víamos servindo vinho numa velocidade nitidamente maior. Ao final do jantar, que, do ponto de vista profissional, transcorrera sem nenhuma dificuldade significativa, Lord Darlington se levantou para falar aos convidados.

Começou expressando a todos os presentes sua gratidão pelo fato de as discussões dos dois dias anteriores, "embora às vezes de uma franqueza estimulante", terem sido conduzidas em um espírito de amizade e com o desejo de ver o bem predominar. A unidade que observara ao longo dos dois dias havia sido maior do que ele jamais havia esperado, e a sessão da manhã seguinte, de "encerramento", seria, ele tinha a convicção, rica de compromissos por parte dos participantes, visando as ações que cada um empreenderia antes da importante conferência internacional na Suíça. Foi por volta desse momento, e não faço ideia se ele havia planejado isso com antecedência, que Lord Darlington começou sua reminiscência sobre o falecido amigo Herr Karl-Heinz Bremann. Foi uma ideia um pouco infeliz, visto que o assunto lhe era caro e ele tendia a expô-lo com alguma minúcia. Pode-se dizer, talvez, que Lord Darlington nunca teve aquilo que se pode chamar de facilidade natural para falar em público, e logo começaram a se espalhar pela sala todos aqueles pequenos ruídos de inquietação a revelar que se perdeu a atenção da plateia. Com efeito, quando Lord Darlington finalmente convidou seus hóspedes a se levantar e brindar "à paz e à justiça na Europa", o nível de ruídos, talvez devido à generosa quantidade de vinho consumida, parecia-me já próximo da má educação.

O grupo havia acabado de se sentar de novo, e a conversa começava a ser retomada, quando se ouviu uma impositiva batida de dedos na madeira e M. Dupont se pôs de pé. Imediatamente, caiu um silêncio sobre a sala. O distinto cavalheiro olhou a mesa com um ar de quase severidade. E disse:

"Espero não estar atropelando um dever atribuído a alguma outra pessoa aqui presente, mas não ouvi ninguém propor um brinde de agradecimento ao nosso anfitrião, o muito honrado e gentil Lord Darlington." Houve um murmúrio de concordância. M. Dupont prosseguiu: "Muitas coisas de interesse foram ditas nesta casa ao longo dos últimos dias. Muitas coisas importantes". Fez uma pausa, e havia agora uma completa imobilidade na sala. "Muita coisa", continuou, "que, implicitamente ou não, *criticava* — não é uma palavra forte demais —, *criticava* a política exterior de meu país." De novo fez uma pausa, parecendo bem severo. Podia-se até pensar que estava zangado. "Nesses dois dias, ouvimos diversas análises profundas e inteligentes da atual situação tão complexa da Europa. Mas nenhuma delas, posso afirmar, englobou as razões para a atitude que a França adotou com seu vizinho. No entanto", ele levantou um dedo, "este não é o momento para entrar em tais debates. De fato, eu deliberadamente me contive para não entrar neles nos últimos dias, porque vim aqui sobretudo para ouvir. E permitam que diga que fiquei impressionado com alguns argumentos que aqui ouvi. Mas até que ponto?, vocês podem estar pensando." M. Dupont fez outra longa pausa, durante a qual seu olhar passeou quase ociosamente pelos rostos voltados para ele. Por fim, disse: "Cavalheiros — e damas, me perdoem —, pensei muito sobre essas questões e quero aqui confidenciar a vocês que, embora continuem existindo, entre a minha pessoa e muitos dos aqui presentes, diferenças de interpretação quanto ao que está realmente ocorrendo na Europa neste momento, apesar disso, quanto aos pontos principais levantados nesta casa, estou convencido, cavalheiros, *convencido* de que são justos e práticos".

Um murmúrio que parecia conter ao mesmo tempo alívio e triunfo percorreu a sala, mas M. Dupont levantou ligeiramente a voz, encobrindo-o:

"Tenho a satisfação de garantir a todos aqui presentes que usarei a modesta influência que possa ter para estimular certas mudanças de ênfase na política francesa, de acordo com muito do que aqui se disse. E vou me empenhar em fazer isso a tempo da conferência suíça."

Houve uma onda de aplauso, e vi Lord Darlington trocar um olhar com Sir David. M. Dupont levantou a mão, embora não ficasse claro se estava agradecendo o aplauso ou tentando detê-lo.

"Mas antes de agradecer a Lord Darlington, nosso anfitrião, tenho no peito algumas pequenas coisas que quero desabafar. Alguns poderão dizer que não é de bom-tom um desabafo à mesa do jantar." Aquilo produziu uma risada entusiasmada. "Porém, sou pela franqueza nessas questões. Assim como é imperativo expressar formal e publicamente gratidão a Lord Darlington, que nos trouxe até aqui e possibilitou este espírito de união e boa vontade, é também imperativo, acredito, condenar abertamente aqueles que tenham vindo até aqui para abusar da hospitalidade do anfitrião, empenhando suas energias apenas na tentativa de semear o descontentamento e a desconfiança. Essas pessoas não são apenas socialmente repugnantes, mas, no clima de nossos dias, extremamente perigosas." Fez de novo uma pausa e, mais uma vez, havia silêncio total. M. Dupont continuou com voz calma e decidida: "Minha única pergunta a Mr. Lewis é a seguinte: até que ponto seu abominável comportamento representa a atitude da atual administração americana? Senhoras e senhores, permitam que eu próprio arrisque uma resposta, pois não é de se esperar de um cavalheiro capaz dos níveis de dissimulação que ele demonstrou nos últimos dias uma resposta verdadeira. Eu, portanto, arrisco adivinhar. Evidentemente, os Estados Unidos estão preocupados com o pagamento de nossa dívida com eles no caso de um congelamento das reparações alemãs. Mas, ao longo dos últimos seis meses, tive ocasião de discutir esse mesmo assunto com muitos americanos que ocupam altas posições, e me parece que o pensamento daquele país é muito mais abrangente do que o representado por esse conterrâneo deles. Todos nós que nos preocupamos com o futuro bem-estar da Europa podemos nos consolar com o fato de que Mr. Lewis — como dizê-lo? — já não desfruta da influência que teve um dia. Talvez os senhores me considerem desnecessariamente rude ao expressar essas coisas tão abertamente. Mas a verdade, senhoras e senhores, é que estou sendo generoso. Vejam bem, eu me privo de revelar o que esse cavalheiro vem me dizendo *a respeito de todos os senhores*. E com a mais desajeitada das técnicas, de uma audácia e grosseria quase inacreditáveis. Mas basta de condenações. É hora de agradecer. Juntem-se a mim, portanto, senhoras e senhores, erguendo um brinde a Lord Darlington".

M. Dupont não olhou nem uma vez na direção de Mr. Lewis durante o discurso, e de fato, assim que o grupo brindou a Lord Darlington e tornou a se sentar, todos os presentes pareceram evitar estudadamente olhar na direção do cavalheiro americano. Reinou um incômodo silêncio por um momento e, finalmente, Mr. Lewis se pôs de pé. Estava com o sorriso agradável de seus modos de sempre.

"Bom, já que todo mundo está fazendo discurso, eu posso muito bem experimentar", disse, e ficou logo evidente por sua voz que tinha bebido bastante. "Não tenho nada a declarar sobre as bobagens que o nosso amigo francês estava dizendo. Simplesmente, ignoro esse tipo de conversa. Muitas vezes já tive gente querendo me comprometer, mas posso garantir, cavalheiros, que pouca gente conseguiu. Pouca gente conseguiu." Mr. Lewis calou-se e por um momento pareceu perdido, sem saber como continuar. Por fim, sorriu outra vez e prosseguiu: "Como eu disse, não vou perder tempo com nosso amigo francês. Mas, por acaso tenho, sim, alguma coisa a dizer. Agora que todo mundo foi franco, vou ser franco também. Os senhores todos aqui me perdoem, mas não passam de um bando de ingênuos sonhadores. E se não insistissem em se meter nas grandes questões que afetam o planeta, seriam até simpáticos. Vejamos o nosso anfitrião. O que é ele? É um cavalheiro. Ninguém aqui se daria ao trabalho de discordar. Um clássico cavalheiro inglês. Decente, honesto, bem-intencionado. Mas nosso lorde é *um amador*". Fez uma pausa nessa palavra e olhou em torno da mesa. "É um amador, e os negócios internacionais, hoje, não são mais para cavalheiros amadores. Quanto mais cedo os europeus entenderem isso, melhor. Os senhores todos, cavalheiros decentes, bem-intencionados, permitam que eu pergunte se fazem a mínima ideia do tipo de lugar em que o mundo à sua volta está se transformando. O tempo em que podiam agir com base em seus nobres instintos já passou. Só que os senhores, aqui na Europa, parecem ainda não saber disso. Cavalheiros como o nosso querido anfitrião ainda acreditam que está a seu cargo se meter em assuntos de que não entendem. Quanto lixo se falou aqui nos últimos dois dias. Lixo bem-intencionado, ingênuo. Os senhores, na Europa, precisam de profissionais para tocar seus negócios. Se não entenderem isso logo, vão caminhar para a ruína. Um brinde, cavalheiros. Permitam que eu faça um brinde. Ao profissionalismo."

Fez-se um silêncio chocado e ninguém se mexeu. Mr. Lewis deu de ombros, levantou o cálice para todo o grupo, bebeu e tornou a se sentar. Quase de imediato, Lord Darlington se levantou.

"Não tenho nenhum desejo", disse ele, "de entrar em uma disputa nesta nossa última noite juntos, que todos merecemos aproveitar como uma ocasião agradável e triunfante. Mas é em respeito a suas posições, Mr. Lewis, que sinto não ser apropriado descartá-las como se tivessem sido formuladas por um maluco excêntrico. Permitam que eu diga o seguinte. O que o senhor descreve como 'amadorismo' é o que eu acredito que a maior parte de nós ainda prefere chamar de 'honra'."

Isso provocou um sonoro murmúrio de concordância com diversos "muito bem" e algum aplauso.

"E o que é mais", continuou Lord Darlington, "acredito fazer uma boa ideia do que o senhor chama de 'profissionalismo'. Parece indicar o ato de se conseguir o que se quer com trapaças e manipulações. Significa ordenar suas prioridades pela ambição e pela vantagem, mais do que por um desejo de ver o bem e a justiça dominarem no mundo. Se é esse o 'profissionalismo' a que se refere, meu senhor, não é coisa de meu interesse e não pretendo obtê-lo."

Aquilo foi saudado com a maior explosão de aprovação até o momento, seguida de prolongado e caloroso aplauso. Vi Mr. Lewis sorrindo para seu copo de vinho, sacudindo a cabeça pesadamente. Foi somente então que percebi o primeiro lacaio a meu lado, que sussurrou: "Miss Kenton gostaria de uma palavrinha com o senhor. Ela está logo aí fora".

Saí o mais discretamente possível, no instante em que Lord Darlington, ainda de pé, abordava outro ponto.

Miss Kenton parecia bastante perturbada.

"Seu pai está passando muito mal, Mr. Stevens", disse. "Chamei o dr. Meredith, mas ele vai demorar um pouco."

Devo ter parecido um pouco confuso, porque Miss Kenton disse então:

"Mr. Stevens, está realmente mal. É melhor o senhor ir até o quarto dele."

"Só tenho um minuto. Os cavalheiros podem se retirar para a sala de fumar a qualquer momento."

"Claro. Mas tem de ir agora, Mr. Stevens, ou poderá se arrepender muito depois."

Miss Kenton já estava andando à minha frente, e atravessamos depressa a casa até o quartinho de meu pai, no sótão. Mrs. Mortimer, a cozinheira, estava ao lado da cama dele, ainda de avental.

"Ah, Mr. Stevens", ela disse, quando entramos, "ele piorou muito."

Realmente, o rosto de meu pai tinha adquirido uma cor avermelhada, como eu nunca tinha visto em nenhum ser vivo. Ouvi Miss Kenton dizer baixinho, atrás de mim: "O pulso dele está muito fraco". Fiquei olhando meu pai um momento, toquei de leve sua testa e retirei a mão.

"Na minha opinião", disse Mrs. Mortimer, "ele teve um derrame. Já vi dois na minha vida e acho que ele teve um derrame." E começou a chorar. Notei que estava com um forte cheiro de gordura e assado. Virei-me para Miss Kenton e disse:

"Isso é muito complicado. Mas agora tenho de descer."

"Claro, Mr. Stevens. Eu chamo o senhor quando o médico chegar. Ou se acontecer alguma mudança."

"Obrigado, Miss Kenton."

Desci depressa a escada e cheguei a tempo de acompanhar os cavalheiros que iam para a sala de fumar. Os lacaios pareceram aliviados ao me ver, e, imediatamente, fiz sinais para que ocupassem suas posições.

Fosse o que fosse que ocorrera no salão de banquetes depois de minha saída, havia agora uma atmosfera genuinamente celebratória entre os convidados. Por toda a sala de fumar, os cavalheiros estavam reunidos em grupos, rindo e dando tapinhas uns nos ombros dos outros. Mr. Lewis, pelo que eu podia perceber, já havia se retirado. Vi-me abrindo caminho entre os hóspedes com uma garrafa de vinho do Porto na bandeja. Tinha acabado de servir um cálice a um cavalheiro, quando uma voz atrás de mim disse: "Ah, Stevens, então você se interessa por peixes".

Virei-me e vi o jovem Mr. Cardinal sorrindo contente para mim. Sorri também e perguntei:

"Peixes, senhor?"

"Quando eu era menino, tinha todo tipo de peixe tropical dentro de um tanque. Um lindo aquarinho. Diga uma coisa, Stevens, você está bem?"

Sorri de novo. "Muito bem, obrigado, senhor."

"Como você disse, com toda a razão, realmente devo voltar aqui na primavera. Darlington Hall deve ficar muito bonita nessa época. A última vez que estive aqui, acho que também foi no inverno. Escute, Stevens, tem certeza de que está bem?"

"Muito bem, obrigado, senhor."

"Não está se sentindo mal, está?"

"Nem um pouco. Por favor, se me dá licença..."

Fui servir o vinho do Porto a outros convidados. Ouvi uma grande gargalhada atrás de mim, e o sacerdote belga exclamou: "Isso é heresia! Heresia de fato!" e riu alto para si mesmo. Senti algo tocar meu cotovelo e, ao me voltar, vi Lord Darlington.

"Stevens, você está bem?"

"Estou, sim, senhor. Muito bem."

"Você parece estar chorando."

Ri e, tirando um lenço, enxuguei depressa o rosto.

"Desculpe, senhor. É a pressão de um dia difícil."

"É, foi muito trabalho."

Alguém se dirigiu a Lord Darlington e ele se voltou para responder. Eu estava prestes a seguir meu caminho pela sala quando vi Miss Kenton pela porta aberta, fazendo sinais para mim. Comecei a me encaminhar para lá, mas, antes que pudesse chegar, M. Dupont tocou meu braço.

"Mordomo", disse, "gostaria que me arranjasse bandagens novas. Meus pés estão insuportáveis de novo."

"Pois não, senhor."

Quando eu ia saindo pela porta, me dei conta de que M. Dupont vinha atrás de mim. Virei-me e disse:

"Venho chamar o senhor assim que tiver o que pediu."

"Depressa, por favor, mordomo. Estou com muita dor."

"Muito bem. Sinto muito, senhor."

Miss Kenton ainda estava parada no hall, onde eu a tinha visto antes. Quando saí, caminhou em silêncio até a escada. Havia uma curiosa ausência de pressa em seu porte. Virou-se então e disse:

"Sinto muito, Mr. Stevens. Seu pai faleceu há cerca de quatro minutos."

"Compreendo."

Ela olhou as próprias mãos, depois para o meu rosto. "Mr. Stevens, eu sinto muito", disse. E acrescentou: "Queria poder dizer alguma coisa".

"Não é preciso, Miss Kenton."

"O dr. Meredith ainda não chegou." Ela então baixou a cabeça um momento e deixou escapar um soluço. Mas quase imediatamente recobrou a compostura e perguntou com voz firme: "Vai subir para ver seu pai?".

"Estou muito ocupado agora, Miss Kenton. Daqui a um pouquinho talvez."

"Nesse caso, Mr. Stevens, permite que eu feche os olhos dele?"

"Ficaria muito grato se fizesse isso, Miss Kenton."

Ela começou a subir a escada, mas eu a detive dizendo: "Miss Kenton, por favor, não creia que estou agindo de forma inapropriada ao não subir de imediato para ver meu pai, na condição de morto. Sabe, tenho certeza de que ele gostaria que eu continuasse trabalhando".

"Claro, Mr. Stevens."

"Sinto que ficaria decepcionado se eu fizesse diferente."

"Claro, Mr. Stevens."

Voltei-me, a garrafa de vinho do Porto ainda na bandeja, e entrei de novo na sala de fumar. Aquela sala relativamente pequena parecia uma floresta de smokings, cabelos grisalhos e fumaça de charuto. Abri caminho entre os cavalheiros, procurando copos para reabastecer. M. Dupont tocou meu ombro e disse:

"Mordomo, você providenciou o que pedi?"

"Sinto muito, senhor, mas neste exato momento não é possível conseguir assistência imediata."

"O que quer dizer isso, mordomo? Acabaram os remédios básicos na casa?"

"O médico está a caminho, senhor."

"Ah, muito bom! Você chamou um médico."

"Sim, senhor."

"Bom, bom."

M. Dupont retomou sua conversa e continuei circulando pela sala por alguns momentos. A certo ponto, a condessa alemã apareceu entre os cavalheiros e, antes que eu tivesse chance de servi-la, começou a se servir da garrafa em minha bandeja.

"Cumprimente o cozinheiro por mim, Stevens", disse ela.

"Claro, madame. Muito obrigado, madame."

"E você e sua equipe trabalharam muito bem também."

"Eu fico muito agradecido, madame."

"A certa altura do jantar, Stevens, eu podia jurar que você era pelo menos três pessoas", disse ela, e riu.

Logo ri também e disse: "Fico muito satisfeito de poder servir, madame".

Um momento depois, vi o jovem Mr. Cardinal não muito longe, ainda sozinho, e ocorreu-me que o cavalheiro poderia estar se sentindo um pouco perdido naquele ambiente. De qualquer forma, seu cálice estava vazio e fui em sua direção. Ele pareceu muito animado com a perspectiva da minha chegada e levantou o copo.

"Acho admirável você ser um amante da natureza, Stevens", disse enquanto eu o servia. "E ouso dizer que é uma grande sorte de Lord Darlington ter aqui alguém para fiscalizar com conhecimento as atividades do jardineiro."

"Como disse, senhor?"

"A natureza, Stevens. Outro dia, nós dois estávamos conversando sobre as maravilhas do mundo natural. E eu concordo com você: somos muito displicentes com as grandes maravilhas que nos cercam."

"Sim, senhor."

"Quero dizer, isso tudo que nós discutimos. Tratados, fronteiras, reparações e ocupações. Mas a Mãe Natureza simplesmente continua seu doce caminho. Engraçado pensar assim, não acha?"

"Acho, sim, senhor."

"Imagino se não teria sido melhor o Todo-Poderoso nos criar a todos como, digamos, uma espécie de planta. Entende? Plantados no solo. Então, nada dessa podridão sobre guerras e fronteiras teria acontecido."

O jovem pareceu achar a ideia divertida. Deu uma risada, pensou um pouco e riu mais. Eu me juntei ao seu riso. Ele então me cutucou e disse: "Já imaginou, Stevens?" e riu de novo.

"Sim, senhor", disse eu, rindo também, "seria uma alternativa muito curiosa."

"Mas teríamos de continuar contando com pessoas como você, levando mensagens para lá e para cá, servindo chá e tudo o mais. Senão, quem iria fazer essas coisas? Já imaginou, Stevens? Todo o mundo com raízes no chão. Imagine só!"

Nesse momento, um lacaio apareceu atrás de mim. "Miss Kenton quer trocar uma palavrinha com o senhor", disse ele.

Pedi licença a Mr. Cardinal e fui para a porta. Notei M. Dupont aparentemente de guarda na saída e, quando me aproximei, ele perguntou:

"Mordomo, o médico chegou?"

"Estou indo ver, senhor. Um momentinho."

"Estou com dor."

"Sinto muito, senhor. O médico não deve demorar."

Dessa vez, M. Dupont me acompanhou porta afora. Miss Kenton estava de novo parada no hall.

"Mr. Stevens", disse ela, "o dr. Meredith chegou e subiu."

Ela falou em voz baixa, mas M. Dupont, atrás de mim, exclamou imediatamente: "Ah, ótimo!".

Virei-me para ele e disse: "Pode me acompanhar, por favor".

Levei-o para a sala de bilhar, onde aticei o fogo da lareira, enquanto o cavalheiro francês se acomodava numa das poltronas de couro, descalçando os sapatos.

"Desculpe, mas está um pouco frio aqui. O médico não vai demorar."

"Obrigado, mordomo. Você foi ótimo."

Miss Kenton esperava por mim no hall e subimos pela casa em silêncio. No quarto de meu pai, o dr. Meredith estava escrevendo e Mrs. Mortimer chorava amargamente. Ela ainda usava o avental com que, evidentemente, enxugava as lágrimas, e por isso tinha marcas de gordura pelo rosto todo, o que lhe dava a aparência de alguém que participava de um show de variedades, caracterizada de negro. Eu esperava que o quarto estivesse com cheiro de morte, mas, graças a Mrs. Mortimer ou a seu avental, predominava o cheiro de assado.

O dr. Meredith se levantou e disse:

"Minhas condolências, Stevens. Ele sofreu um derrame severo. Se lhe serve de consolo saber, não sofreu muita dor. Você não poderia fazer nada para salvar a vida dele."

"Obrigado, senhor."

"Tenho de ir agora. Você cuida de tudo?"

"Cuido, sim. Porém, se me permite, há lá embaixo um cavalheiro precisando dos seus cuidados."

"Urgente?"

"Ele expressou um profundo desejo de ver o senhor."

Levei o dr. Meredith para baixo, conduzi-o para a sala de bilhar e voltei depressa para a sala de fumar, onde a atmosfera estava ainda mais animada.

Evidentemente, não cabe a mim sugerir que eu mereça ser posto ao lado dos "grandes" mordomos da nossa geração, como Mr. Marshall ou Mr. Lane — embora se deva dizer aqui que existem aqueles que, talvez por equivocada generosidade, tendam a fazer exatamente isso. Quero deixar claro que, quando digo que a conferência de 1923 e aquela noite em particular constituem um ponto decisivo em meu desenvolvimento profissional, estou falando sempre em termos de meus mui humildes padrões. Mesmo assim, se você levar em conta as pressões que havia sobre mim naquela noite, talvez não ache que estou me iludindo indevidamente se chegar a sugerir que, em função de tudo o que ocorreu, demonstrei pelo menos um modesto grau de "dignidade", à altura de alguém como Mr. Marshall ou, afinal de contas, de meu pai. Efetivamente, por que haveria de negar isso? Apesar de todas as associações tristes, sempre que me lembro daquela noite, percebo que o faço com uma grande sensação de triunfo.

SEGUNDO DIA — TARDE

Mortimer's Pond, Dorset

Ao que parece, há toda uma dimensão para a questão de "o que é um 'grande' mordomo" que eu, até o momento, não levei em conta adequadamente. Trata-se, devo dizer, de uma experiência bastante inquietante me dar conta disso a respeito de um assunto tão caro para mim, ao qual, em particular, dediquei muita reflexão ao longo dos anos. Mas ocorre-me que posso ter sido um pouco apressado ao descartar certos aspectos dos critérios para filiação da Sociedade Hayes. Não tenho nenhuma intenção — permita-me esclarecer — de voltar atrás em nenhuma de minhas ideias sobre "dignidade" e sua decisiva ligação com a "grandeza". Mas andei pensando um pouco mais sobre outro pronunciamento feito pela Sociedade Hayes, aquele mesmo que admitia ser pré-requisito para a filiação "o solicitante estar ligado a uma casa de distinção". Continuo achando, não menos que antes, que isso constitui atitude de impensável arrogância por parte da Sociedade. Porém, ocorre-me que o que talvez se objete especificamente seja o entendimento antiquado do que vem a ser uma "casa de distinção", mais do que o princípio geral assim expresso. Na verdade, pensando melhor no assunto, acredito que pode muito bem estar certo afirmar-se que "estar vinculado a uma casa de distinção" *é* um pré-requisito para a grandeza, contanto que se tome aqui a "distinção" num sentido mais profundo do que o compreendido pela Sociedade Hayes.

De fato, uma comparação entre o que posso interpretar como "uma casa de distinção" e aquilo que a Sociedade Hayes entende por esse termo ilumina bem, acredito, a diferença fundamental entre os valores de nossa geração de mordomos e os da geração anterior. Quando digo isso, não estou apenas chamando a atenção para o fato de nossa geração ter tido uma atitude menos esnobe quanto aos patrões que eram fidalgos proprietários de terra e os que eram "de negócios". O que estou tentando dizer, e não creio que seja um comentário injusto, é que éramos uma geração muito mais idealista. Nossos predecessores podiam se preocupar com o fato de o patrão ter ou não títulos ou provir de uma das "antigas" famílias; porém, nós tendíamos a nos preocupar muito mais com a postura *moral* do patrão. Com isso, não quero dizer que nos importávamos com o comportamento privado de nossos patrões. O que quero dizer é que nossa ambição era, de um jeito que não seria usual na geração anterior, servir cavalheiros que estivessem, por assim dizer, fomentando o progresso da humanidade. Seria considerado um destino muito mais valioso servir, por exemplo, um cavalheiro como Mr. George Ketteridge. Por mais humilde que tenha sido sua origem, ele deu uma inegável contribuição para o futuro bem-estar do império — maior que a de qualquer cavalheiro que, embora de origem aristocrática, tenha desperdiçado seu tempo em clubes e campos de golfe.

Na prática, evidentemente, muitos cavalheiros das famílias mais nobres tendiam a se dedicar à atenuação dos grandes problemas da atualidade, e assim, a um primeiro olhar, poderia parecer que as ambições de nossa geração pouco difeririam das de nossos predecessores. Mas posso garantir que havia uma definitiva diferença de atitude, manifestando-se não apenas no tipo de coisas que se ouvia um companheiro de profissão expressar a outro, mas também na maneira como muitos dos mais capacitados de nossa geração escolhiam trocar um posto por outro. Essas decisões não eram por uma simples questão de salário, da quantidade de empregados que se tinha à disposição nem do esplendor do nome de uma família. Para nossa geração, acho justo dizer, o prestígio profissional repousava mais no valor moral do patrão.

Acho que posso esclarecer melhor a diferença entre gerações me expressando figurativamente. Eu diria que os mordomos da geração de meu pai tendiam a ver o mundo como uma escada: as casas da realeza, dos duques e dos lordes das famílias mais antigas colocadas no alto; as de "dinheiro recente", abaixo e assim por diante, até se chegar ao ponto em que a hierarquia era determinada apenas pela riqueza ou pela falta dela. Qualquer mordomo ambicioso simplesmente fazia tudo ao seu alcance para subir o mais alto possível nessa escada, e, em termos gerais, quanto mais alto fosse, maior seria o seu prestígio profissional. São precisamente esses os valores contidos na ideia de uma "casa de distinção" formulada pela Sociedade Hayes, e o fato de ela ainda pronunciar-se dessa forma em 1929 demonstra com clareza por que era inevitável o seu desaparecimento — de resto, já tardio. Pois na época, um tal pensamento estava já em flagrante descompasso com o dos melhores homens da vanguarda de nossa profissão. Acredito ser exato dizer que víamos o mundo não como uma escada, e sim como uma *roda*. Talvez eu deva explicar melhor.

É minha impressão que nossa geração foi a primeira a identificar uma coisa que havia passado despercebida por todas as gerações anteriores: ou seja, que as grandes decisões do mundo não eram, efetivamente, tomadas apenas nas câmaras públicas ou ao longo de um punhado de dias dedicados a uma conferência internacional, sob os olhos do público e da imprensa. Em vez disso, percebíamos que debates eram realizados e importantes decisões tomadas na privacidade e calma das grandes casas do país. O que ocorre aos olhos do público, com tanta pompa e circunstância, é geralmente a conclusão ou a mera ratificação do que ocorreu ao longo de semanas ou meses entre as paredes dessas casas. Para nós, portanto, o mundo era uma roda que tinha como eixo as grandes casas, das quais altas decisões emanavam para todo o restante — ricos ou pobres, gravitando em torno delas. A aspiração daqueles de nós que tinham ambição profissional era chegar o mais próximo possível desse eixo. Pois éramos, como já disse, uma geração idealista, para quem a questão não era simplesmente *como* exercer um ofício, mas *com que propósito* exercê-lo. Cada um de nós alimentava o desejo de dar sua pequena contribuição para a criação de um mundo melhor, julgando que, como profissional, o meio mais seguro de fazê-lo seria servir os grandes cavalheiros de nosso tempo, a cujas mãos havia sido confiada a civilização.

Evidentemente, estou fazendo grandes generalizações e, na realidade, admito que havia muita gente em nossa geração que não tinha paciência para considerações tão detalhadas. Por outro lado, tenho certeza de que, na época de meu pai, havia muita gente que reconhecia instintivamente a dimensão "moral" de seu trabalho. Em termos gerais, porém, acredito que essas generalizações são exatas, e, efetivamente, que as motivações "idealistas" que descrevi desempenharam grande papel em minha carreira. Eu próprio apressei-me em mudar de um patrão a outro no começo de minha carreira, consciente de que aquelas colocações não conseguiriam me proporcionar satisfação duradoura, até ser recompensado, afinal, com a oportunidade de servir Lord Darlington.

O curioso é que, até o dia de hoje, nunca tinha pensado no assunto nesses termos. Na realidade, em todas as muitas horas passadas discutindo a natureza da "grandeza", diante da lareira de nossa ala de criados, gente como Mr. Graham e eu nunca consideramos o assunto em toda a sua dimensão. E, embora eu não retire nada do que disse antes sobre a qualidade da "dignidade", devo admitir que há algum valor no argumento de que, seja qual for o nível em que um mordomo atingiu essa qualidade, se ele não encontrar um ambiente propício para o exercício de sua conquista, dificilmente poderá esperar ser considerado "grande" pelos colegas. Com toda a certeza, pode-se comprovar que figuras como Mr. Marshall e Mr. Lane serviram apenas cavalheiros de indiscutível estatura moral — Lord Wakeling, Lord Camberley, Sir Leonard Gray —, e não se pode evitar a impressão de que não teriam oferecido seus talentos a cavalheiros de menor calibre. Com efeito, quanto mais se pensa, mais óbvio parece: a ligação a uma casa *realmente* distinta *é* um pré-requisito para a "grandeza". Decerto, um "grande" mordomo só pode ser aquele que é capaz de apontar seus anos de trabalho e dizer que dedicou seu talento a serviço de um grande cavalheiro — e, por intermédio deste, a serviço da humanidade.

Como disse, nunca em todos esses anos pensei no assunto dessa forma exata. Mas talvez faça parte da natureza de uma viagem como esta a pessoa ser levada a descobrir perspectivas novas e surpreendentes em assuntos que imaginava estarem há muito encerrados e resolvidos. Sem dúvida, meu pensamento foi também conduzido nessa direção por um pequeno fato ocorrido há mais ou menos uma hora e que, admito, me inquietou um pouco.

Tendo desfrutado de uma boa viagem, com tempo esplêndido, e almoçando depois muito bem numa hospedaria campestre, eu acabara de atravessar a divisa de Dorset. Foi então que percebi um cheiro forte saindo do motor do carro. A ideia de ter danificado de alguma forma o Ford de meu patrão era, evidentemente, muito alarmante, e depressa parei o veículo.

Vi-me em uma alameda estreita, bordejada de ambos os lados por folhagens, de forma que mal podia imaginar o que havia à minha volta. Tampouco podia enxergar adiante, com a curva fechada que fazia a alameda a uns vinte e poucos metros. Ocorreu-me que não podia permanecer muito tempo onde estava sem correr o risco de um veículo vir em sentido contrário pela mesma curva e colidir com o Ford de meu patrão. Então, dei novamente a partida no motor e me tranquilizei um pouco ao descobrir que o cheiro parecia não estar mais tão forte quanto antes.

Entendi que a melhor coisa a fazer seria procurar uma oficina mecânica ou a casa de algum cavalheiro, onde houvesse a chance de encontrar um chofer que pudesse descobrir qual era o problema. Mas a alameda continuava em curva por uma boa distância, e os arbustos de ambos os lados seguiam me tirando a visão, de forma que passei por diversos portões, sem dúvida conduzindo a entradas de automóveis, mas não consegui enxergar nenhuma casa propriamente dita. Prossegui durante uns quinhentos metros mais ou menos, o cheiro perturbador ficando agora mais forte a cada minuto, até que finalmente cheguei a um trecho de estrada aberta. Dava para enxergar uma certa distância à minha frente e, pouco adiante, à esquerda, pairava uma alta casa vitoriana, com extenso gramado frontal e uma entrada de automóveis que claramente substituíra uma trilha de carruagens. Ao rodar até lá, me tranquilizei um pouco ao ver um Bentley através das portas abertas de uma garagem anexa à casa principal.

O portão fora deixado aberto, de modo que conduzi o Ford até um ponto do caminho, desci e me dirigi à porta dos fundos da casa. Abriu-a um homem em mangas de camisa e sem gravata, que, quando perguntei pelo chofer da casa, respondeu alegremente que eu havia "tirado a sorte grande de primeira". Ao saber de meu problema, saiu sem hesitação em direção ao Ford, abriu o capô e, depois de uma inspeção de poucos segundos, me infor-

134

mou apenas: "Água, meu amigo. Precisa de água no radiador". Ele pareceu se divertir bastante com a situação toda, mas até que foi atencioso. Voltou para dentro da casa e, um momento depois, apareceu com uma moringa e um funil. Enquanto enchia o radiador, a cabeça inclinada sobre o motor, começou a conversar amigavelmente e, ao saber que eu estava viajando de carro pela região, recomendou que visitasse uma atração local, uma certa lagoa menos de um quilômetro adiante.

Nesse ínterim, eu tivera melhor oportunidade de observar a casa. Era mais alta que larga, com quatro pavimentos, grande parte da fachada até o telhado coberta de hera. Pelas janelas pude ver, porém, que pelo menos metade de seu interior estava coberta por capas guarda-pó. Comentei isso com o homem, quando ele terminou de encher o radiador e fechou o capô.

"Uma pena mesmo", disse. "É uma linda casa antiga. A verdade é que o Coronel está tentando vender. Não tem mais muito uso para uma casa desse tamanho agora."

Não pude deixar de perguntar quantos empregados havia, e acho que não me surpreendi ao saber que eram só ele e uma cozinheira que vinha à tarde. Aparentemente, ele era mordomo, valete, chofer e faxineiro geral. Havia sido ordenança do Coronel na guerra, explicou. Tinham estado juntos na Bélgica, quando da invasão alemã, e juntos de novo na chegada dos Aliados. Então, ele me olhou com cuidado e disse:

"Agora entendi. Não sabia bem quem você era, mas agora entendi. Você é um daqueles mordomos batutas. De uma daquelas grandes casas grã-finas".

Quando lhe disse que não havia errado por muito, ele continuou:

"Entendi, agora. Não sabia bem quem você era porque fala quase como um cavalheiro. E dirigindo uma belezinha destas", disse, indicando o Ford, "pensei que era mesmo um grã-fino esquisito. E é, meu amigo. Grã-fino, quero dizer. Eu nunca aprendi essas coisas, sabe? Sou só um velho ordenança que saiu do Exército."

Perguntou-me então onde eu estava empregado, e, quando lhe contei, inclinou a cabeça para o lado com um ar intrigado. "Darlington Hall", disse para si mesmo. "Darlington Hall. Deve ser um lugar grã-fino mesmo, soa familiar até para um idiota como este seu amigo aqui. Darlington Hall. Espere aí, você não está falando da *Darlington* Hall, a casa de Lord Darlington?"

"Foi residência de Lord Darlington até a morte dele, faz três anos", respondi. "A casa agora é residência de Mr. John Farraday, um cavalheiro americano."

"Você deve ser de primeira mesmo para trabalhar num lugar daqueles. Não deve sobrar muitos por aí iguais a você, não é?" Então, a voz dele mudou nitidamente quando perguntou: "Quer dizer que você trabalhava mesmo para aquele Lord Darlington?".

Estava me olhando com cautela de novo. Respondi:

"Ah, não. Trabalho para Mr. John Farraday, o cavalheiro americano que comprou a casa da família Darlington."

"Ah, então você não deve ter conhecido aquele Lord Darlington. Eu só queria saber como ele era. Que tipo de sujeito era."

Disse ao homem que tinha de seguir meu caminho e agradeci entusiasticamente por sua ajuda. Era, afinal, um sujeito amigável, dando-se ao trabalho de me orientar enquanto eu descia de ré pela entrada. E, antes que eu partisse, ele se inclinou e tornou a me recomendar que visitasse a lagoa local, repetindo as instruções para localizá-la.

"É um lugarzinho muito bonito", acrescentou. "Vai se arrepender de perder. Na verdade, o Coronel está pescando lá agora."

O Ford parecia estar em forma de novo, e, como a lagoa em questão desviava pouco da minha rota, decidi aceitar a sugestão do ordenança. Sua orientação parecia bastante clara, mas, assim que saí da estrada principal na tentativa de segui-la, me vi perdido em estreitas e curvas alamedas muito parecidas com aquela em que notara o cheiro alarmante. Às vezes, a folhagem de cada lado ficava tão densa que praticamente bloqueava a luz do sol, e era preciso lutar para suportar nos olhos os súbitos contrastes entre o brilho do sol e a sombra profunda. Por fim, depois de alguma procura, encontrei uma placa para a "Lagoa Mortimer", e foi assim que cheguei a este lugar, há pouco mais de uma hora.

Sinto-me agora em grande débito para com o ordenança, pois, além de me ajudar com o Ford, permitiu-me descobrir um lugar encantador, o qual seria bastante improvável que eu viesse a encontrar de outra forma. A lagoa não é grande — uns quatrocentos metros de perímetro, talvez —, de forma que, do alto de qualquer promontório é possível vê-la por inteiro. Prevalece aqui uma atmosfera de grande calma. Foram plantadas árvores em toda a orla, suficientemente próximas para fornecer uma agradável sombra às margens, enquanto aqui e ali touceiras de altos juncos e caniços rompem a superfície da água e seu calmo reflexo do céu. Meus sapatos não são de um tipo que me permita andar com facilidade — aqui de onde estou, posso ver o caminho desaparecer em áreas de lama profunda —, mas eu diria que é tal o encanto deste lugar que, logo ao chegar, fiquei tentado a fazer essa caminhada. Só a ideia das possíveis catástrofes que poderiam se abater sobre tal expedição e dos danos substanciais a meu costume de viagem me convenceram a me conter e a me sentar aqui neste banco. E assim estive durante a última meia hora, contemplando as várias e calmas figuras com suas varas de pescar em pontos diversos à beira da água. Daqui, posso ver uma dúzia delas ou mais, mas fortes luzes e sombras criadas pelos ramos baixos me impedem de divisá-las com nitidez, e tive de desistir do joguinho que esperava praticar, para adivinhar qual daqueles pescadores seria o Coronel em cuja casa acabo de receber ajuda tão útil.

É, sem dúvida, a calma deste lugar que me permitiu ponderar com maior abrangência os pensamentos que me vieram à mente nesta última meia hora e pouco. Realmente, se não fosse a tranquilidade do atual cenário, é possível que eu não tivesse pensado muito mais sobre o meu comportamento durante o encontro com o ordenança. Isto é, eu poderia não ter pensado em por que dei a distinta impressão de nunca ter sido empregado de Lord Darlington. Pois, sem dúvida alguma, foi isso que ocorreu. Ele perguntou: "Quer dizer que você trabalhava mesmo para aquele Lord Darlington?", e eu dei uma resposta que só podia significar que não. Pode ter sido um simples capricho sem sentido que, de repente, tomou conta de mim naquele momento, mas isso não é um jeito convincente de definir tal comportamento sem dúvida estranho. De qualquer forma, admito que o incidente com o ordenança não é o primeiro do tipo. Não há dúvida de que está ligado — embora eu não veja com clareza a natureza dessa ligação — com o que ocorreu poucos meses atrás, durante a visita dos Wakefield.

Mr. e Mrs. Wakefield eram um casal americano que havia se mudado para a Inglaterra — para algum ponto de Kent, pelo que sei — fazia vinte anos. Tendo diversos amigos em comum com Mr. Farraday na sociedade de Boston, eles um dia fizeram uma curta visita a Darlington Hall, ficando para o almoço e saindo antes do chá. Estou me referindo a um acontecimento apenas algumas semanas depois de o próprio Mr. Farraday ter chegado à casa, momento em que seu entusiasmo pela compra estava no auge. Consequentemente, grande parte da visita dos Wakefield foi ocupada por meu patrão levando o casal numa excursão, que para alguns poderia parecer desnecessariamente longa, por todas as instalações, inclusive as áreas cobertas com capas guarda-pó. Mr. e Mrs. Wakefield, porém, pareceram ficar tão contentes quanto Mr. Farraday com aquela inspeção, e, enquanto eu cuidava dos meus afazeres, captava várias exclamações americanas de prazer vindas da parte da casa onde eles estivessem. Mr. Farraday começara a excursão no alto da casa, e, quando chegou embaixo, levando os hóspedes a inspecionar a magnificência das salas do andar térreo, ele parecia estar em um plano elevado, apontando detalhes das cornijas e dos caixilhos das janelas, descrevendo com alguns floreios "o que os lordes ingleses costumavam fazer" em cada sala. Embora eu evidentemente não fizesse nenhuma tentativa deliberada de ouvir, não podia evitar de captar a essência do que era dito, e fiquei surpreso com a amplitude do conhecimento de meu patrão, que, a despeito de uma ocasional inexatidão, traía um profundo entusiasmo pelos modos ingleses. Era de se notar, além disso, que os Wakefield — Mrs. Wakefield em particular — não eram absolutamente ignorantes das tradições de nosso país, e podia concluir, das muitas observações que faziam, que também eram proprietários de uma casa inglesa de algum esplendor.

Em determinado estágio da excursão pelas instalações, eu atravessava o hall, imaginando que o grupo tinha ido explorar o jardim, quando vi que Mrs. Wakefield ficara para trás e estava examinando de perto um arco de pedra que emoldura a porta da sala de jantar. Quando passei, murmurando baixinho um "com licença, madame", ela se virou e disse:

"Ah, Stevens, talvez você possa me dizer. Este arco aqui *parece* do século XVII, mas, será que pode ter sido construído recentemente? Talvez durante a época de Lord Darlington?"

"É possível, madame."

"É muito bonito. Mas, provavelmente é só uma reprodução de época feita há poucos anos. Não é mesmo?"

"Não sei ao certo, madame, mas sem dúvida é possível."

Então, baixando a voz, Mrs. Wakefield perguntou:

"Mas, me diga uma coisa, Stevens: como era esse Lord Darlington? Você deve ter trabalhado para ele."

"Não, madame, não trabalhei."

"Ah, achei que sim. Por que será que pensei uma coisa dessas?"

Mrs. Wakefield voltou-se para o arco e, colocando nele a mão, disse: "Então, não dá para saber ao certo. Mas, para mim, parece imitação. Muito bem-feita, mas imitação".

Eu poderia muito bem ter esquecido depressa aquela conversa, porém, logo depois da partida dos Wakefield, levei o chá da tarde de Mr. Farraday para a saleta e notei que ele estava bastante preocupado. Depois de um silêncio inicial, ele disse:

"Sabe, Stevens, Mrs. Wakefield não ficou tão impressionada com esta casa como eu acreditei que deveria ficar."

"É mesmo, senhor?"

"Na verdade, parece que ela acha que exagerei no *pedigree* deste lugar. Que estava inventando o fato de todas estas coisas serem de séculos atrás."

"É mesmo, senhor?"

"Ficou dizendo que era tudo 'imitação' disso, 'imitação' daquilo. Achou que até você era 'imitação', Stevens."

"É mesmo, senhor?"

"É, sim, Stevens. Eu disse para ela que você era de verdade. Um velho mordomo inglês de verdade. Que você estava nesta casa fazia mais de trinta anos, servindo a um verdadeiro lorde inglês. Mas Mrs. Wakefield me contradisse nesse ponto. Na verdade, ela o fez com grande convicção."

"Foi mesmo, senhor?"

"Mrs. Wakefield, Stevens, está convencida de que você nunca trabalhou aqui até ser contratado por mim. Na verdade, ela parecia dar a impressão de ter ouvido isso de sua própria boca, Stevens. O que me fez parecer um bobo, como você pode imaginar."

"É uma pena, senhor."

"O que estou querendo dizer, Stevens, é que esta *é* uma legítima casa inglesa antiga, não é? Foi por isso que eu paguei. E você é um legítimo mordomo inglês do velho estilo, não algum garçom fingindo que é. Você é de verdade, não é? Isso era o que eu queria, não é o que tenho?"

"Arrisco afirmar que tem, sim, senhor."

"Então, pode me explicar o que Mrs. Wakefield quis dizer? É um grande mistério para mim."

"É possível que eu tenha dado à dama uma imagem um pouco enganosa quanto a minha carreira, senhor. Me desculpe se isso causou algum embaraço."

"Eu diria que causou embaraço. Essa gente, agora, me toma por faroleiro e mentiroso. Seja como for, o que você quer dizer com essa 'imagem um pouco enganosa' que deu a ela?"

"Eu sinto muito, senhor. Não fazia ideia de que poderia lhe causar tamanho embaraço."

"Mas que droga, Stevens, por que você inventou essa história para ela?"

Considerei um momento a situação e disse:

"Sinto muito, senhor. Mas tem a ver com os modos deste país."

"Do que é que você está falando, homem?"

"O que eu quero dizer, senhor, é que não é costume, na Inglaterra, um empregado falar sobre seus patrões anteriores."

"O.k., Stevens, você não quer revelar confidências do passado. Mas chega a ponto de negar que trabalhou para outra pessoa além de mim?"

"Parece mesmo um pouco exagerado, quando o senhor coloca dessa forma. Mas sempre se considerou desejável que os empregados dessem essa impressão. Se posso me expressar assim, senhor, é um pouco como o costume relativo a casamentos. Se uma senhora divorciada está presente em companhia de seu segundo marido, sempre se considera desejável não mencionar o casamento original de forma nenhuma. Há um costume semelhante quanto à nossa profissão, senhor."

"Bom, eu queria era ter sabido desse costume antes, Stevens", disse meu patrão, recostando-se na cadeira. "Me fez ficar parecendo um idiota."

Acho que compreendi, já naquela época, que minha explicação para Mr. Farraday — embora não inteiramente desprovida de verdade — fora bastante inadequada. Mas, quando se tem tanta coisa para pensar, é fácil não atribuir grande atenção a um assunto desses, e eu, de fato, afastei o episódio de minha mente durante algum tempo. Mas, agora, relembrando-o aqui, na calma que cerca esta lagoa, parece não haver dúvidas de que minha conduta naquele dia com Mrs. Wakefield guarda evidente relação com o que aconteceu esta tarde.

Claro que hoje em dia há muita gente com uma porção de bobagens a dizer a respeito de Lord Darlington. Você pode estar com a impressão de que eu me sinto embaraçado ou envergonhado de minha ligação com ele, e que é isso que está por trás de minha conduta. Permita então que eu esclareça que nada está mais distante da verdade. Grande parte do que se ouve sobre Lord Darlington hoje é, de qualquer forma, a mais completa bobagem, baseada numa quase total ignorância dos fatos. Na verdade, parece-me bastante plausível explicar minha conduta estranha em termos do meu desejo de afastar qualquer possibilidade de ouvir mais dessas bobagens a respeito de Lord Darlington. Ou seja, escolhi contar mentirinhas inofensivas em ambos os casos, como meio mais simples de evitar um clima desagradável. Quanto mais penso, mais plausível me parece essa explicação, pois é verdade que nada me incomoda mais, hoje em dia, do que ouvir tal tipo de bobagem sendo repetido. Permita que eu diga que Lord Darlington era um cavalheiro de grande estatura moral — uma estatura que apequenava a maioria das pessoas que você encontra dizendo bobagens a respeito dele — e garanto que ele assim permaneceu até o fim. Nada pode ser menos exato do que sugerir que deploro minha ligação com esse cavalheiro. Realmente, você há de entender que ter servido Lord Darlington em Darlington Hall durante aqueles anos era chegar tão próximo do eixo da roda do mundo quanto alguém como eu poderia jamais sonhar. Dei trinta e cinco anos de minha vida a serviço de Lord Darlington. E certamente não seria injustificado afirmar que durante esse tempo estive, nos termos mais exatos, "vinculado a uma casa de distinção". Olhando em retrospecto a minha carreira até aqui, minha maior satisfação vem do que conquistei naqueles anos, e, hoje, tenho nada mais que orgulho e gratidão por ter desfrutado de tal privilégio.

TERCEIRO DIA — MANHÃ

Taunton, Somerset

Na noite passada, hospedei-me em uma pensão chamada Coach and Horses, nos arredores da cidade de Taunton, Somerset. Era um pequeno chalé de telhado de sapé ao lado da estrada, que pareceu extremamente atraente quando me aproximei com o Ford, na última luz do dia. O dono me fez subir uma escada de madeira até um pequeno quarto, quase vazio, mas bastante confortável. Quando me perguntou se eu já havia jantado, pedi que me servisse um sanduíche no quarto, o que se comprovou uma escolha muito satisfatória. Mas, no decorrer da noite, comecei a ficar um pouco inquieto no quarto e, por fim, resolvi descer até o bar para experimentar a sidra local.

Havia cinco ou seis clientes reunidos num grupo em volta do balcão, e podia-se adivinhar, pelo aspecto, que eram gente do campo; porém o resto da sala estava vazio. Comprei uma caneca de sidra e sentei-me a uma mesa um pouco afastada, pretendendo relaxar um pouco e organizar as ideias sobre aquele dia. Logo ficou claro, porém, que as pessoas do local perturbaram-se com minha presença, sentindo uma certa necessidade de demonstrar hospitalidade. Sempre que havia uma pausa na conversa, um ou outro deles dava uma olhada em minha direção, como se tentasse ganhar coragem para se aproximar. Por fim, um deles levantou a voz e me disse:

"Ao que parece, o senhor se hospedou para passar a noite aqui."

Quando respondi que assim era, ele sacudiu a cabeça um tanto incerto e observou:

"Não vai conseguir dormir muito aqui não, senhor. A menos que goste do ruído do velho Bob", e apontou o dono da hospedaria, "trabalhando aqui embaixo a noite inteira. E aí, vai acordar com a mulher dele gritando com ele de madrugada."

Apesar dos protestos do dono, aquilo gerou ruidosas gargalhadas.

"É mesmo?", perguntei. E, ao falar, ocorreu-me a ideia — a mesma que me ocorrera em inúmeras ocasiões recentes, na presença de Mr. Farraday — de que se esperava de mim alguma resposta inteligente. Na verdade, os nativos guardavam agora um silêncio polido, na expectativa do que eu iria dizer. Assim, apelei para a imaginação e, por fim, declarei:

"Uma variação local do canto do galo, sem dúvida."

Primeiro, o silêncio estendeu-se, como se os nativos achassem que eu pretendia continuar falando. Mas, ao notarem a expressão divertida em meu rosto, deram risada, embora de um jeito um tanto intrigado. Voltaram, então, à sua conversa anterior, e não troquei mais nenhuma palavra com eles até o boa-noite, um pouquinho depois.

Eu havia ficado bem satisfeito com o meu senso de humor e devo confessar que me senti ligeiramente decepcionado ao ver que ele não foi tão bem recebido. Acho que fiquei decepcionado sobretudo porque, nos últimos meses, venho dedicando algum tempo e esforço a incrementar minha capacidade nessa área. Quero dizer, tenho me empenhado em acrescentar essa capacidade a minhas qualidades profissionais, de forma a atender com segurança a toda a expectativa de Mr. Farraday com respeito aos gracejos.

Por exemplo, passei a ouvir o rádio em meu quarto, sempre que me sobra algum tempo livre — nas raras ocasiões, digamos, em que Mr. Farraday sai à noite. Um programa que ouço se chama *Duas vezes por semana ou mais*, que, na verdade, é irradiado três vezes por semana e consiste basicamente em duas pessoas tecendo comentários bem-humorados sobre uma variedade de tópicos levantados por cartas de leitores. Venho estudando esse programa porque as piadas nele apresentadas são sempre de bom gosto e, no meu entender, de um tom em nada inadequado ao tipo de gracejo que Mr. Farraday talvez espere de minha parte. Seguindo as sugestões do programa, inventei um exercício simples, que tento fazer pelo menos uma vez por dia: sempre que se apresenta um momento livre, tento formular três frases espirituosas baseadas no meu ambiente naquele momento. Ou, como variação do mesmo exercício, posso tentar pensar em três frases espirituosas baseadas em acontecimentos da última hora.

Você poderá, então, avaliar a minha decepção quanto à frase espirituosa de ontem à noite. Primeiro, achei que seu limitado sucesso poderia dever-se ao fato de eu não ter falado com clareza. Mas, depois, ao me retirar, ocorreu-me a possibilidade de eu ter ofendido aquelas pessoas. Afinal, podia-se facilmente concluir que eu estava sugerindo alguma semelhança entre a mulher do dono e uma galinha, intenção que nem remotamente me passou pela cabeça naquele momento. Essa ideia continuou a me atormentar quando tentei dormir, e quase me decidia a me desculpar com o dono esta manhã. Porém, o estado de espírito dele ao me servir o desjejum era de perfeita alegria, e resolvi, enfim, esquecer o assunto.

Esse pequeno episódio, contudo, bem ilustra o perigo de se pronunciar frases espirituosas. Pela própria natureza do humor, tem-se muito pouco tempo para avaliar as várias repercussões possíveis antes de se ser solicitado a pronunciá-lo, e corre-se o grave risco de formular toda sorte de coisas inadequadas, se não se adquiriu a necessária habilidade e experiência. Não há razão para supor que, com tempo e a prática, eu não venha a ser eficiente nessa área, mas são tais os perigos que resolvi, pelo menos de momento, que é melhor não tentar cumprir esse dever para com Mr. Farraday enquanto não praticar mais.

De qualquer forma, sinto informar que o que o pessoal nativo me disse ontem como uma espécie de piada — a previsão de que eu não teria uma boa noite devido às perturbações do andar de baixo — resultou muito verdadeiro. A mulher do dono não gritou de fato, mas era possível ouvi-la falando sem cessar, tanto tarde da noite, enquanto ela e o marido trabalhavam, como, de novo, muito cedo esta manhã. Eu estava disposto, porém, a perdoar o casal, porque ficou claro que eram de hábitos diligentes e trabalhadores, e o barulho, com certeza, devia-se a esse fato. Além disso, é claro, tinha havido a questão da minha observação infeliz. Assim, não dei nenhum sinal de ter tido uma noite inquieta ao agradecer ao dono e sair para explorar Taunton, esta cidade de comércio.

Talvez tivesse sido melhor eu me hospedar aqui, neste estabelecimento onde estou agora sentado, tomando uma agradável xícara de chá no meio da manhã. Porque a placa ali fora anuncia não apenas "chás, lanches e bolos", mas também "quartos limpos, calmos e confortáveis". Situado na rua principal de Taunton, muito perto da praça do mercado, é um edifício um tanto enfiado, o exterior caracterizado por pesadas vigas de madeira escura. No momento, estou sentado neste espaçoso salão de chá com lambris de carvalho e mesas suficientes para acomodar, imagino, duas dúzias de pessoas, sem temer uma superlotação. Duas moças alegres servem atrás do balcão, que exibe boa variedade de bolos e doces. No fim das contas, é um lugar excelente para tomar o chá da manhã, mas é surpreendente como são aparentemente poucos os moradores de Taunton a se valerem disso. No momento, minhas únicas companheiras são duas senhoras mais velhas, sentadas frente a frente em uma mesa junto à parede oposta, e um homem, talvez fazendeiro aposentado, numa mesa ao lado da grande janela de sacada. Não consigo divisá-lo com clareza, porque o brilhante sol matinal reduziu-o no momento a uma silhueta. Mas posso vê-lo estudando seu jornal, interrompendo regularmente a leitura para olhar os passantes na calçada lá fora. A julgar pelo jeito como faz isso, pensei, de início, que devia estar esperando companhia, mas parece que quer apenas cumprimentar os conhecidos que passam.

Estou escondido quase nos fundos, mas, mesmo através da largura desta sala, posso ver claramente a rua iluminada pelo sol, e consigo distinguir no pavimento do lado oposto uma placa indicando diversos destinos próximos. Um deles é a aldeia de Mursden. Talvez "Mursden" lhe traga algo à memória, como ocorreu comigo ontem, ao ver esse nome no mapa rodoviário. Na verdade, devo dizer que fiquei até tentado a fazer um ligeiro desvio em meu planejado trajeto para visitar a aldeia. Mursden, Somerset, é o local onde um dia se situava a firma Giffen and Co., e era para Mursden que se tinha de mandar os pedidos de velas escuras para polimento Giffen — "raspar, misturar com cera e aplicar à mão". Durante algum tempo, Giffen foi, sem dúvida, o melhor polidor de prataria à venda no mercado, e foi só o aparecimento de novas substâncias químicas, logo depois da guerra, que fez cair a demanda por esse valioso produto.

Pelo que me lembro, o polidor Giffen apareceu no começo dos anos 20, e tenho certeza de que não estarei sozinho em associá-lo de perto ao surgimento daquela mudança de atitude em nossa profissão, mudança essa que veio a colocar o polimento da prataria na posição de central importância que ainda hoje ocupa no geral. Acredito que essa foi, como muitas outras grandes mudanças por volta daquele período, uma questão geracional. Foi durante aqueles anos que nossa geração de mordomos "atingiu a maioridade", e figuras como Mr. Marshall, em particular, desempenharam um importante papel em colocar o polimento numa posição tão central. Não pretendo com isso sugerir, evidentemente, que polir a prataria, em particular as peças que figuram na mesa, não tenha sido sempre tarefa considerada séria. Mas não seria injusto sugerir que muitos mordomos, digamos, da geração de meu pai, não a consideravam uma questão-chave, e isso fica evidente pelo fato de, naqueles dias, o mordomo raramente supervisionar o polimento da prataria, contentando-se em deixá-lo, digamos, aos caprichos do submordomo e só fazendo inspeções esporádicas. É voz corrente que foi Mr. Marshall quem primeiro percebeu o real significado da prataria — ou seja, que nenhum outro item de uma casa estava sujeito a ser examinado tão de perto pelos visitantes quanto a prataria durante uma refeição, e que ela servia, portanto, como um indício público do padrão da casa. E foi Mr. Marshall quem primeiro causou estupefação entre as damas e os cavalheiros que visitavam Charleville House ao apresentar pratas polidas num padrão nunca antes imaginado. Naturalmente, logo depois, mordomos de todo o país, pressionados por seus patrões, passaram a se concentrar no polimento da prataria. Lembro-me de que logo surgiram vários mordomos afirmando ter descoberto métodos pelos quais podiam suplantar Mr. Marshall, métodos que faziam grande estardalhaço de manter em segredo, como se fossem chefes de cozinha franceses guardando suas receitas. Mas tenho certeza, como já tinha então, de que aqueles processos elaborados e misteriosos, adotados por gente como Mr. Jack Neighbours, exerciam pequeno ou nenhum efeito notável sobre o resultado final.

No que me diz respeito, era uma questão bastante simples: usava-se um bom polidor e se supervisionava de perto. Giffen era o produto comprado por todos os mordomos inteligentes da época, e, se fosse usado corretamente, não havia por que temer que sua prataria ficasse abaixo da de qualquer outro.

Fico contente de poder lembrar numerosas ocasiões em que a prataria de Darlington Hall teve um impacto agradável sobre observadores. Por exemplo, lembro-me de Lady Astor observando, não sem uma certa amargura, que nossa prataria era "provavelmente sem rival". Lembro-me também de ver Mr. George Bernard Shaw, o renomado dramaturgo, examinando de perto, uma noite, durante o jantar, a colher de sobremesa à sua frente: levantava-a para a luz e comparava sua superfície com a do prato ao lado, sem se importar com as pessoas à sua volta. Mas talvez o exemplo de que me lembre com maior satisfação hoje em dia seja o da noite em que um certo personagem muito distinto — ministro de gabinete que logo depois seria secretário do Exterior — fez uma visita muito "extraoficial" à casa. Na verdade, agora que os frutos subsequentes dessas visitas já foram bem documentados, parece não haver mais razão para não revelar que estou falando de Lord Halifax.

O que aconteceu foi que essa visita em particular veio a ser, simplesmente, a primeira de toda uma série de reuniões "extraoficiais" entre Lord Halifax e o embaixador alemão na época, Herr Ribbentrop. Mas, naquela primeira noite, Lord Halifax chegou num estado de grande aborrecimento. Praticamente, suas primeiras palavras ao entrar foram:

"Realmente, Darlington, não sei por que foi que você me meteu neste caso. Sei que vou me arrepender."

Herr Ribbentrop só era esperado para dali a uma hora e tanto, e Lord Darlington sugeriu a nosso hóspede um passeio por Darlington Hall, estratégia que ajudava muitos visitantes nervosos a relaxar. Porém, enquanto fazia meus deveres, tudo o que pude ouvir durante algum tempo em diversas partes da casa era Lord Halifax continuando a expressar suas dúvidas sobre o que a noite lhe reservava, e Lord Darlington tentando inutilmente tranquilizá-lo. Mas então, a certo momento, ouvi Lord Halifax exclamar: "Nossa, Darlington, a prataria desta casa é um deleite!".

Fiquei, é claro, muito contente de ouvir isso na época, mas o que foi para mim um corolário realmente satisfatório no episódio veio dois ou três dias depois, quando Lord Darlington observou para mim: "A propósito, Stevens, Lord Halifax ficou muito impressionado com a prataria outra noite. Mudou completamente o estado de espírito dele". Essas foram, me lembro bem, as exatas palavras de Lord Darlington, e, portanto, não é simples fantasia minha afirmar que o estado da prataria deu uma pequena mas significativa contribuição para a melhoria das relações entre Lord Halifax e Herr Ribbentrop naquela noite.

Talvez seja adequado, neste ponto, dizer umas palavras a respeito de Herr Ribbentrop. Evidentemente, hoje é fato sabido que ele era um malandro; que o plano de Hitler ao longo daqueles anos era enganar a Inglaterra pelo maior tempo possível quanto a suas verdadeiras intenções, e que a única missão de Herr Ribbentrop em nosso país era orquestrar esse engodo. Como eu disse, essa é a posição comumente aceita e não quero discordar dela aqui. Porém, é muito cansativo ouvir as pessoas falarem hoje como se nunca, nem por um momento, tivessem sido enganadas por Herr Ribbentrop — como se Lord Darlington estivesse sozinho em acreditar que o alemão era um cavalheiro honrado e em desenvolver com ele uma relação de trabalho. A verdade é que Herr Ribbentrop foi, ao longo dos anos 30, uma figura bem-vista, até glamourosa, nas melhores casas. Particularmente por volta de 1936 e 1937, eu me lembro, todas as conversas do pessoal visitante na ala de criados giravam em torno do "embaixador alemão", e ficava claro, pelo que se dizia, que muitos dos mais distintos cavalheiros e damas deste país estavam bastante apaixonados por ele. Como eu disse, é cansativo ter de ouvir o jeito como essas mesmas pessoas falam agora daquela época, e, particularmente, o que algumas dizem a respeito de Lord Darlington. A grande hipocrisia delas ficaria imediatamente óbvia para você, se visse só algumas de suas listas de convidados naqueles dias. Você veria, então, que Herr Ribbentrop não só jantava à mesa daquelas mesmas pessoas, mas também, muitas vezes, o fazia como convidado de honra.

E vai ouvir também as mesmas pessoas falando como se Lord Darlington estivesse fazendo alguma coisa excepcional ao receber a hospitalidade dos nazistas nas várias viagens que fez à Alemanha naqueles anos. Acho que elas não falariam isso com tanta facilidade se, digamos, o *Times* publicasse uma só que fosse das listas de convidados dos banquetes dados pelos alemães por volta da época do Congresso de Nuremberg. O fato é que os mais tradicionais cavalheiros e damas da Inglaterra aceitavam a hospitalidade dos líderes alemães, e posso garantir que a grande maioria deles voltava com nada mais do que elogios e admiração por seus anfitriões. Qualquer um que insinue que Lord Darlington estava se relacionando em segredo com um inimigo conhecido só estará convenientemente esquecendo o verdadeiro clima daqueles tempos.

É preciso dizer, também, que é um sórdido absurdo afirmar que Lord Darlington era antissemita, ou que mantinha íntima associação com organizações como a União Fascista Britânica. Essas coisas só brotam da completa ignorância sobre o tipo de cavalheiro que ele era. Lord Darlington veio a abominar o antissemitismo. Eu mesmo o ouvi quando expressava sua repulsa ao se confrontar com sentimentos antissemitas em diversas ocasiões. E a alegação de que Lord Darlington nunca permitiu que judeus entrassem em sua casa, nem que empregados judeus fossem admitidos, é absolutamente infundada — a não ser, talvez, por um insignificante episódio ocorrido nos anos 30, que foi exagerado além de toda medida. E quanto à União Fascista Britânica, só posso dizer que qualquer falatório ligando Lord Darlington a essa gente é bastante ridículo. Sir Oswald Mosley, o cavalheiro que liderava os "camisas-negras", visitou Darlington Hall, digamos, em três ocasiões no máximo, e essas visitas ocorreram durante os primeiros dias daquela organização, antes que ela traísse sua verdadeira natureza. Assim que veio à tona a feiura do movimento dos camisas-negras — e, diga-se de passagem, Lord Darlington foi mais rápido que todos em notar isso —, ele não mais se associou a essa gente.

De qualquer forma, aquelas organizações eram de uma completa irrelevância no coração da vida política do país. Lord Darlington, é preciso que se entenda, era o tipo de cavalheiro que se ocupava apenas com o que se encontrava no verdadeiro centro das coisas, e as figuras que reunia em seus esforços ao longo daqueles anos estavam tão distantes quanto se possa imaginar desses desagradáveis grupos marginais. Tais figuras não só eram eminentemente respeitáveis como exerciam real influência na vida britânica: políticos, diplomatas, militares, o clero. Na verdade, alguns daqueles personagens eram judeus, e só esse fato deveria demonstrar como é absurdo muito do que se tem dito a respeito de Lord Darlington.

Mas estou divagando. Falava da prataria e de como Lord Halifax ficou justificadamente impressionado na noite de seu encontro com Herr Ribbentrop em Darlington Hall. Deixe-me esclarecer que eu não estava, em nenhum momento, sugerindo que aquilo que começou como uma noite decepcionante para meu patrão resultou em triunfo apenas por conta da prataria. Porém, como já apontei, o próprio Lord Darlington sugeriu que ela pode ter sido pelo menos um pequeno fator na mudança de humor do nosso convidado naquela noite, e talvez não seja absurdo relembrar esses exemplos com um brilho de satisfação.

Certos membros de nossa profissão diriam que, em última análise, o tipo de patrão a que se serve faz pouca diferença. Diriam acreditar que o tipo de idealismo dominante em nossa geração — isto é, a ideia de que nós, mordomos, devíamos aspirar servir os grandes cavalheiros que lutam pela causa da humanidade — é apenas um alto devaneio sem pé na realidade. Evidentemente, é muito claro que os indivíduos que expressam esse ceticismo acabam, invariavelmente, se revelando os mais medíocres de nossa profissão, aqueles que sabem que não têm a capacidade de progredir para nenhuma posição digna de nota e aspiram apenas arrastar para seu baixo nível tantos quanto possível; dificilmente sofre-se a tentação de levar a sério essas opiniões. Mas, apesar de tudo isso, ainda é satisfatório poder apontar, na própria carreira, os exemplos que revelam com muita clareza como essas pessoas estão erradas. Evidentemente, o que se busca é prestar serviços gerais e consistentes ao patrão, e o valor desses serviços não pode nunca ser reduzido a um determinado número de exemplos específicos, como aquele referente a Lord Halifax. Mas o que estou dizendo é que, ao longo do tempo, esse tipo de exemplo vem a simbolizar um fato irrefutável: o fato de que se teve o privilégio de praticar a própria profissão no cerne mesmo das grandes questões. E tem-se o direito, talvez, de sentir uma satisfação que aqueles que se contentam em servir patrões medíocres jamais conhecerão: a de poder dizer, com alguma razão, que os próprios esforços, por modestos que sejam, constituem uma contribuição para o curso da história.

Mas talvez não se deva olhar tanto para o passado. Afinal, ainda tenho à minha frente muitos anos mais de serviços a prestar. E Mr. Farraday não só é um excelente patrão como um cavalheiro americano com o qual, certamente, tem-se o especial dever de demonstrar o que há de melhor em serviços na Inglaterra. É essencial, portanto, manter a própria atenção focalizada no presente, a salvo de qualquer complacência que possa se insinuar por conta do que se realizou no passado. Porque é preciso admitir que, ao longo dos últimos meses, as coisas não têm sido como deveriam ser em Darlington Hall. Uma porção de pequenos erros aflorou ultimamente, inclusive aquele incidente com a prataria em abril passado. Felizmente, não era uma ocasião em que Mr. Farraday recebia convidados, mas, mesmo assim, foi um momento de genuíno embaraço para mim.

Aconteceu durante o café da manhã. De sua parte — fosse por gentileza, fosse porque, sendo americano, não se deu conta da extensão do problema —, Mr. Farraday não pronunciou nem uma palavra de reclamação para mim durante todo o episódio. Logo ao se sentar, ele simplesmente pegou o garfo, examinou-o por um breve instante, tocando os dentes com a ponta de um dedo, e depois voltou sua atenção para as manchetes do jornal. O gesto todo foi feito de maneira distraída, mas, evidentemente, eu percebi o ocorrido e avancei depressa para remover a peça faltosa. Realmente, posso ter feito isso um pouco depressa demais em função de minha perturbação, e Mr. Farraday teve um pequeno sobressalto, murmurando: "Ah, Stevens".

Fui em frente e saí rapidamente da sala, voltando sem demora com um garfo satisfatório. Ao me aproximar de novo da mesa, com Mr. Farraday ali, aparentemente absorto no jornal, ocorreu-me que eu podia escorregar o garfo silenciosamente pela toalha, sem perturbar a leitura de meu patrão. Porém, já havia me ocorrido que Mr. Farraday podia estar simplesmente fingindo indiferença para minimizar meu embaraço, e essa correção sub-reptícia poderia ser interpretada como complacência de minha parte a respeito do meu erro, ou, pior ainda, uma tentativa de escondê-lo. Foi por isso, portanto, que resolvi que o mais adequado seria colocar o garfo na mesa com certa ênfase, fazendo com que meu patrão se sobressaltasse uma segunda vez, levantasse os olhos e murmurasse de novo: "Ah, Stevens".

Erros como esses, que vêm ocorrendo ao longo dos últimos meses, ferem, muito naturalmente, a própria autoestima. Mas, por outro lado, não há nenhuma razão para acreditar que sejam sinais de nada mais sinistro que uma carência de empregados. Não que a carência de empregados não seja significativa em si mesma; porém, se Miss Kenton efetivamente retornar a Darlington Hall, tenho certeza de que esses pequenos deslizes passarão a ser coisa do passado. Evidentemente, é preciso lembrar que não há nada de específico na carta de Miss Kenton — que, a propósito, tornei a ler em meu quarto na noite passada, antes de apagar a luz — indicando, sem ambiguidade, o desejo de retomar a sua antiga posição. Na verdade, é preciso admitir a clara possibilidade de ter havido um exagero, motivado talvez por uma espécie de otimismo profissional, dos indícios de um tal desejo por parte dela. Pois devo confessar que fiquei um pouco surpreso, ontem à noite, ao constatar que era difícil apontar qualquer passagem que demonstrasse com clareza esse desejo de retornar.

Mas parece não valer nem um pouco a pena continuar especulando muito sobre o assunto, agora que se sabe que, muito provavelmente, se estará conversando cara a cara com Miss Kenton dentro de quarenta e oito horas. Mesmo assim, devo confessar que passei longos minutos revirando aquelas passagens na cabeça ontem à noite, deitado lá, no escuro, enquanto ouvia os ruídos do dono da pensão e de sua mulher, arrumando tudo para a noite lá embaixo.

TERCEIRO DIA — NOITE

Moscombe,
perto de Tavistock, Devon

Sinto que devo retornar ainda um momento ao assunto relativo à atitude de Lord Darlington com os judeus, uma vez que toda essa questão de antissemitismo, pelo que entendo, veio a ser muito nevrálgica naqueles dias. Particularmente, permita que eu esclareça a questão de uma possível interdição de judeus no pessoal doméstico de Darlington Hall. Como essa alegação recai, muito diretamente, sobre meu âmbito de atuação, posso refutá-la com absoluta autoridade. Houve muitos judeus entre os membros do meu pessoal ao longo de todos os meus anos com Lord Darlington, e permita dizer, ainda, que nunca foram tratados de nenhuma maneira especial por conta de sua raça. É difícil imaginar as razões dessas alegações absurdas, a menos que se avente o ridículo de elas terem sua origem naquelas breves e inteiramente insignificantes semanas do início dos anos 30 em que Mrs. Carolyn Barnet veio a exercer uma excepcional influência sobre Lord Darlington.

Mrs. Barnet, viúva de Mr. Charles Barnet, devia ter naquela época seus quarenta anos, uma mulher muito bonita, e alguns po-

163

derão dizer glamourosa. Tinha fama de ser muitíssimo inteligente, e naqueles dias ouvia-se muito contar como, à mesa do jantar, ela havia humilhado este ou aquele culto cavalheiro a respeito de alguma importante questão contemporânea. Por boa parte do verão de 1932, ela foi presença regular em Darlington Hall; ela e Lord Darlington passando sempre horas e horas mergulhados em conversa de natureza tipicamente social ou política. E foi Mrs. Barnet, eu me lembro, que levou Lord Darlington àquelas "inspeções monitoradas" das áreas mais pobres do East End de Londres, nas quais ele visitou as casas de muitas famílias que sofriam com as más condições daqueles anos. Isso quer dizer que Mrs. Barnet, muito provavelmente, deu alguma contribuição à preocupação cada vez maior de Lord Darlington com os pobres de nosso país — e, como tal, não se pode dizer que sua influência tenha sido inteiramente negativa. Mas ela era também membro da organização dos "camisas-negras" de Sir Oswald Mosley, e o pouco contato que Lord Darlington teve com Sir Oswald ocorreu durante as escassas semanas daquele verão. Foi durante aquelas semanas que ocorreram em Darlington Hall os incidentes inteiramente atípicos que devem ter fornecido as frágeis bases para a existência de alegações absurdas.

Chamo de "incidentes", mas alguns foram bastante insignificantes. Por exemplo, lembro-me de ter ouvido ao jantar, certa noite, e à menção de determinado jornal, Lord Darlington dizer: "Ah, está falando daquele folhetim de propaganda judaica". E depois, em outra ocasião, mais ou menos na mesma época, lembro-me de ele ter me orientado a interromper as doações a uma instituição local que vinha regularmente à nossa porta, devido ao fato de o comitê de administração ser "quase homogeneamente judeu". Lembro-me dessas observações porque elas de fato me surpreenderam na época, uma vez que Lord Darlington nunca antes demonstrara antagonismo em relação à raça judia.

Depois, veio aquela tarde em que ele me chamou ao estúdio. De início, pôs-se a travar comigo uma conversa de caráter bastante genérico, perguntando se estava tudo bem na casa e coisas desse tipo. Depois disse:

"Andei pensando muito, Stevens. Muito mesmo. E cheguei a uma conclusão. Não podemos permitir judeus entre nossos empregados aqui em Darlington Hall."

"Senhor?"

"É pelo bem da casa, Stevens. No interesse dos hóspedes que recebemos aqui. Examinei o assunto cuidadosamente, Stevens, e estou informando a você minhas conclusões."

"Muito bem, senhor."

"Me diga uma coisa, Stevens, temos alguns deles empregados no momento, não temos? Judeus, eu digo."

"Acredito que dois membros do pessoal atual entrariam nessa categoria, senhor."

"Ah." Lord Darlington fez uma pausa, olhando pela janela. "Claro que vamos ter de dispensá-los."

"Como disse, senhor?"

"É uma pena, Stevens, mas não temos escolha. Temos de levar em conta a segurança e o bem-estar dos nossos hóspedes. Garanto a você que estudei essa questão exaustivamente. É o melhor que temos a fazer."

Os empregados em questão ali eram duas arrumadeiras. Na época, não teria sido adequado tomar nenhuma providência sem primeiro informar Miss Kenton da situação, o que resolvi fazer naquela mesma noite, quando a encontrei para o chocolate em sua saleta. Talvez devesse dizer aqui algumas palavras sobre aquelas reuniões em sua saleta, ao fim de cada dia. Devo esclarecer que eram de tom absolutamente profissional, embora pudéssemos discutir informalmente algum outro assunto de quando em quando. A razão de termos instituído as reuniões era simples: concluímos que nossas vidas eram sempre tão ocupadas que podíamos passar vários dias sem ter a oportunidade de trocar a mais básica das informações. Tal situação, sabíamos, comprometia seriamente o bom andamento das operações, e passar quinze minutos juntos ao fim do dia, na privacidade da saleta de Miss Kenton, era o remédio mais imediato. Devo reiterar que essas reuniões eram de caráter predominantemente profissional, o que quer dizer que podíamos, por exemplo, revisar os planos de um evento em preparação e também discutir como estava se adaptando um novo empregado.

De qualquer forma, retomando o fio da meada, você há de imaginar que não fiquei tranquilo com a perspectiva de ter de contar a Miss Kenton sobre a dispensa de duas de suas arrumadeiras. Na verdade, elas eram empregadas perfeitamente satisfatórias e devo dizer também — já que a questão judaica passou a ser tão nevrálgica ultimamente — que meus próprios instintos opunham-se à demissão. Porém, meu dever nesse caso era bastante claro, e no meu entender nada havia a ganhar em expor irresponsavelmente minhas dúvidas pessoais. Era uma tarefa difícil e, por isso mesmo, exigia ser levada a cabo com dignidade. E assim foi que, quando enfim levantei a questão ao final de nossa conversa daquela noite, eu o fiz do jeito mais conciso e profissional possível, concluindo com as palavras:

"Falarei com as duas empregadas em minha sala amanhã de manhã, às dez e meia. Eu agradeceria, Miss Kenton, se mandasse as duas para mim. Deixo inteiramente a seu critério se vai ou não informá-las previamente da natureza do que vou dizer a elas."

Até aquele ponto, Miss Kenton parecia nada ter a dizer. Então continuei: "Bem, Miss Kenton, agradeço pelo chocolate. Já está mais que na hora de dormir. Mais um dia cheio amanhã".

Foi então que ela disse:

"Mr. Stevens, não posso acreditar nos meus ouvidos. Ruth e Sarah fazem parte do meu pessoal já faz seis anos. Tenho absoluta confiança nelas, como elas também têm em mim. Sempre foram excelentes no serviço desta casa."

"Tenho certeza que sim, Miss Kenton. Porém, não podemos permitir que o sentimento interfira em nosso julgamento. Agora, realmente, tenho de dizer boa-noite..."

"Mr. Stevens, estou indignada de ver o senhor sentar-se aqui e dizer o que acabou de dizer como se estivéssemos discutindo a lista de compras da despensa. Simplesmente não posso acreditar. O senhor está dizendo que Ruth e Sarah devem ser demitidas por serem judias?"

"Miss Kenton, acabo de explicar detalhadamente a situação. Lord Darlington tomou sua decisão, e não nos cabe discuti-la."

"Não ocorre ao senhor, Mr. Stevens, que demitir Ruth e Sarah por essa razão simplesmente está *errado*? Não vou tolerar uma coisa dessas. Não vou trabalhar em uma casa em que podem acontecer coisas assim."

"Miss Kenton, peço que não fique nervosa e que se comporte de maneira adequada à sua posição. Trata-se de uma questão muito objetiva. Se Lord Darlington quer que esses contratos sejam interrompidos, nada mais há a discutir."

"Estou avisando, Mr. Stevens, que não vou continuar trabalhando numa casa assim. Se minhas meninas forem demitidas, saio também."

"Miss Kenton, fico surpreso de vê-la reagir desse jeito. Sem dúvida, não é preciso lembrar que nosso dever profissional não é com nossos próprios caprichos e sentimentos, mas com os desejos de nosso patrão."

"Estou dizendo, Mr. Stevens, que está errado o senhor demitir minhas meninas amanhã, que é um verdadeiro pecado e não vou continuar trabalhando em uma casa assim."

"Miss Kenton, permita que lhe diga que não está em posição de julgar uma questão desse porte e dessa importância. O fato é que o mundo hoje é um lugar muito complicado e traiçoeiro. A senhorita e eu simplesmente não estamos em posição de entender certas coisas relativas, digamos, à natureza do judaísmo, ao passo que nosso patrão, arrisco-me a dizer, está mais bem posicionado para julgá-las. Agora, Miss Kenton, tenho mesmo de me retirar. Agradeço de novo pelo chocolate. Dez e meia, amanhã de manhã. Mande-me as duas empregadas, por favor."

No momento em que as duas moças entraram em minha sala na manhã seguinte, ficou evidente que Miss Kenton já havia falado com elas, pois vieram ambas soluçando. Expliquei a situação com a maior brevidade possível, insistindo que seu trabalho havia sido satisfatório e que receberiam, devidamente, boas referências. Pelo que me lembro, nenhuma das duas disse nada digno de nota durante toda a entrevista, que durou talvez três ou quatro minutos, e saíram chorando como entraram.

Miss Kenton ficou extremamente fria comigo durante alguns dias depois da demissão das empregadas. Na verdade, havia momentos em que era bastante rude, mesmo na presença de outros empregados. E, embora continuássemos com o hábito de nos encontrar para o chocolate à noite, as sessões tendiam a ser breves e pouco amigáveis. Quando, depois de uns quinze dias, não havia sinal de ela abrandar seu comportamento, você haverá de entender que comecei a ficar um pouco impaciente. Assim, disse a ela durante uma da nossas sessões de chocolate, em um tom de voz irônico:

"Miss Kenton, imaginei que, a esta altura, já teria em mãos seu pedido de demissão", e dei em seguida uma ligeira risada. Eu esperava, acho, que ela cedesse um pouco e desse alguma resposta conciliatória, permitindo que nós dois encerrássemos definitivamente o episódio. Porém, Miss Kenton limitou-se a olhar séria para mim e dizer:

"Ainda tenho a intenção de apresentar meu pedido de demissão, Mr. Stevens. Só que tenho andado tão ocupada que ainda não tive tempo de cuidar do assunto."

Devo admitir que, durante algum tempo, fiquei um pouco preocupado, achando que sua ameaça era a sério. Mas, depois, semana após semana, foi ficando claro que não estava mais em questão ela sair de Darlington Hall, e, como o clima entre nós foi aos poucos amainando, acho que passei a provocá-la de vez em quando, relembrando sua ameaça de se demitir. Por exemplo, se estávamos discutindo alguma grande recepção a ser dada na casa, eu dizia: "Isso, Miss Kenton, se a senhorita ainda estiver conosco". Mesmo meses depois do ocorrido, tais observações ainda faziam Miss Kenton ficar calada, embora naquele estágio, suponho, fosse mais de vergonha que de raiva.

Evidentemente, com o tempo, a questão veio a ser esquecida inteiramente. Mas me lembro de ter vindo à baila uma última vez mais de um ano depois da dispensa das duas moças.

Foi Lord Darlington quem ressuscitou o assunto certa tarde, quando eu estava servindo o chá na saleta. À época, os dias de influência de Mrs. Carolyn Barnet sobre Lord Darlington já haviam acabado. Na verdade, a dama deixara de visitar Darlington Hall completamente. Vale apontar também que, por aquela época, Lord Darlington havia cortado todos os laços com os "camisas-negras", tendo compreendido a feia verdade acerca da natureza daquela organização.

"Ah, Stevens", ele me disse. "Queria falar com você. Sobre aquele assunto do ano passado. As empregadas judias. Lembra?"

"Sim, senhor."

"Suponho que não tem como localizar as duas, tem? Foi errado o que aconteceu e eu gostaria de compensar as moças de alguma forma."

"Vou cuidar do assunto, sim, senhor. Mas não tenho nenhuma certeza de que seja possível averiguar o paradeiro delas agora."

"Veja o que pode fazer. Foi errado o que aconteceu."

Achei que aquela conversa seria de interesse para Miss Kenton, e resolvi que era ao menos adequado mencioná-la a ela, mesmo correndo o risco de deixá-la zangada de novo. O resultado foi que, ao fazê-lo naquela tarde enevoada em que a encontrei na casa de verão, produzi curiosos resultados.

Lembro-me da neblina que estava começando a baixar quando atravessei o gramado naquela tarde. Estava me encaminhando para a casa de verão com o propósito de recolher o que sobrara do chá que Lord Darlington tomara ali com alguns convidados pouco antes. Lembro-me de, muito antes de chegar aos degraus onde meu pai havia caído, ter visto a figura de Miss Kenton caminhando no interior da casa de verão. Quando entrei, ela havia se sentado em uma das cadeiras de vime espalhadas pelo interior, evidentemente ocupada com algum trabalho de costura. Olhando mais de perto, vi que estava consertando uma almofada. Fui recolhendo as várias peças de louça entre as plantas e a mobília de vime, e, ao fazê-lo, creio que trocamos alguns comentários; talvez tenhamos discutido um ou dois assuntos profissionais. Porque a verdade é que era um grande alívio estar ali fora, na casa de verão, depois de tantos dias contínuos no edifício principal — e nenhum de nós sentia vontade de apressar suas tarefas. Realmente, embora não se pudesse ver longe naquele dia, devido à névoa que tudo dominava e da luz do sol que baixava rapidamente naquele momento, obrigando Miss Kenton a olhar muito de perto o seu trabalho, me lembro de nós dois termos interrompido várias vezes as respectivas atividades para apreciar a vista em torno. Na verdade, eu estava olhando o gramado no ponto em que a névoa se adensava, junto aos álamos plantados ao longo da trilha de carroças, quando finalmente toquei no assunto das demissões do ano anterior. Talvez um pouco previsivelmente, eu o fiz dizendo:

"Estava pensando, Miss Kenton. É até engraçado lembrar agora, mas, sabe, bem nesta época, um ano atrás, a senhorita ainda insistia em dizer que ia pedir demissão. Me divertia bastante pensando nisso." Dei uma risada, mas, atrás de mim, Miss Kenton continuou calada. Quando finalmente me virei para olhar para ela, estava observando pelo vidro a grande extensão de neblina lá fora.

"O senhor talvez não faça ideia, Mr. Stevens", disse ela, afinal, "de quanto eu pensei seriamente em sair desta casa. Fiquei tão incomodada com o que aconteceu. Se fosse alguém merecedor de respeito, ouso dizer que teria saído de Darlington Hall há muito tempo."

Ela fez uma pequena pausa, e eu desviei os olhos para os álamos ao longe. Então continuou, com voz cansada:

"Foi covardia, Mr. Stevens. Nada mais que covardia. Para onde eu iria? Não tenho família. Só minha tia. Gosto muito dela, mas não consigo passar um dia com ela sem sentir que minha vida está se esgotando. Claro que eu disse a mim mesma que logo ia arrumar outra posição. Mas fiquei com tanto medo, Mr. Stevens. Toda vez que pensava em sair, simplesmente me via lá fora, sem encontrar ninguém que me conhecesse ou gostasse de mim. Eis aí até onde vão meus elevados princípios. Tenho muita vergonha de mim mesma. Mas simplesmente não consegui sair, Mr. Stevens. Simplesmente não consegui me convencer a sair."

Miss Kenton fez nova pausa e pareceu mergulhar em pensamentos. Achei então oportuno relatar naquele momento, o mais precisamente possível, o que havia acontecido antes, entre mim e Lord Darlington. Foi o que fiz, e concluí dizendo:

"O que está feito não pode ser desfeito. Mas, pelo menos, é um grande consolo ouvir Lord Darlington declarar com tanta convicção que foi tudo um terrível mal-entendido. Achei que gostaria de saber, Miss Kenton, já que a senhorita ficou tão perturbada quanto eu com o episódio."

"Desculpe, Mr. Stevens", disse ela com uma voz inteiramente nova, como se tivesse acabado de despertar de um sonho atrás de mim. "Não estou entendendo o senhor." Então, quando me voltei, ela continuou: "Pelo que me lembro, o senhor achou muito certo mandar Ruth e Sarah fazerem as malas. Estava decididamente alegre com isso".

"Ora, ora, Miss Kenton, isso é totalmente incorreto e injusto. A questão toda me preocupou muito, de fato. Está longe de ser uma coisa que eu goste de ver acontecendo nesta casa."

"Então, Mr. Stevens, por que não me disse isso na época?"

Dei uma risada, mas, por um momento, fiquei bem confuso com a resposta. Antes que conseguisse formulá-la, Miss Kenton baixou a costura e disse:

"O senhor entende, Mr. Stevens, como teria sido importante para mim se tivesse resolvido revelar seus sentimentos no ano passado? O senhor sabia quanto me incomodou a demissão das minhas meninas. O senhor entende quanto poderia ter me ajudado? Por que, Mr. Stevens, por que, por que, por que o senhor tem sempre de *fingir*?"

Dei outra risada diante do rumo ridículo que a conversação havia tomado de repente.

"Na verdade, Miss Kenton", disse, "não sei se entendo o que está querendo dizer. Fingir? Ora, eu..."

"Sofri tanto porque Ruth e Sarah nos deixaram. E sofri ainda mais porque achei que estava sozinha."

"Realmente, Miss Kenton..." Peguei a bandeja sobre a qual havia arrumado a louça usada. "Censuráveis aquelas demissões. Naturalmente, só se podia censurá-las."

Ela não disse nada, e, ao sair, dei ainda uma olhada em sua direção. Estava novamente observando a vista, mas, àquela altura, já havia escurecido no interior da casa de verão, e tudo o que vi de Miss Kenton foi seu perfil delineado contra o fundo pálido, vazio. Pedi licença e saí.

Agora que relembrei esse episódio da demissão das empregadas judias, me vem à mente o que poderia, acho, ser considerada uma curiosa consequência de toda a questão: a chegada da arrumadeira chamada Lisa. Quero dizer, fomos obrigados a encontrar substitutas para as duas criadas judias, e Lisa acabou sendo uma delas.

A jovem havia se apresentado para a vaga com a mais dúbia das referências, o que deixava claro para qualquer mordomo experimentado que havia saído de seu posto anterior em circunstâncias nebulosas. Além disso, quando Miss Kenton e eu a entrevistamos, ficou claro que ela nunca havia permanecido mais que algumas semanas em um mesmo emprego. No geral, toda a sua atitude me sugeria ser ela bastante inadequada para trabalhar em Darlington Hall. Para minha surpresa, porém, assim que terminamos de entrevistar a jovem, Miss Kenton começou a insistir que a contratássemos. "Vejo grande potencial nessa moça", foi dizendo, em face dos meus protestos. "Vai estar diretamente sob minha supervisão, e vou cuidar para que prove que é boa."

Lembro-me de que ficamos naquela discordância por algum tempo, e foi talvez só pelo fato de a questão das empregadas demitidas estar ainda tão recente em nossas mentes que não resisti a

Miss Kenton com a força que deveria. De qualquer forma, o resultado foi que acabei cedendo, apesar de dizer assim:

"Miss Kenton, espero que compreenda que a responsabilidade da contratação dessa moça será inteiramente sua. No que me diz respeito, não resta a menor dúvida de que, neste momento, ela está longe de ser adequada como membro de nosso pessoal. Só estou permitindo que seja contratada considerando que a senhorita vai supervisionar pessoalmente o desenvolvimento dela."

"A menina vai dar certo, Mr. Stevens. O senhor vai ver."

E, para minha surpresa, durante as semanas que se seguiram, a jovem realmente progrediu a uma velocidade incrível. Sua atitude parecia melhorar dia a dia, e mesmo a maneira de andar e desempenhar as tarefas — tão desleixada nos primeiros dias que dava desgosto olhar — melhorou tremendamente.

Com o correr das semanas, a menina pareceu se transformar como por milagre em membro valioso do pessoal, e o triunfo de Miss Kenton ficou evidente. Ela parecia ter especial prazer em atribuir a Lisa uma ou outra tarefa que exigisse pequena responsabilidade extra, e, se eu estava olhando, tentava chamar minha atenção com uma expressão bastante brincalhona. A conversa que tivemos naquela noite, durante o chocolate em sua saleta, foi bem típica do tipo de conversa que geralmente mantínhamos sobre o assunto Lisa.

"Sem dúvida, Mr. Stevens", ela me disse, "o senhor deve estar muito decepcionado de saber que Lisa ainda não cometeu nenhum erro digno de nota."

"Nem um pouco decepcionado, Miss Kenton. Fico muito satisfeito pela senhorita e por todos nós. Admito que conseguiu um modesto sucesso com a menina até agora."

"Modesto sucesso! Olhe o sorriso em seu rosto, Mr. Stevens. Ele sempre aparece quando fala de Lisa. Só isso já revela a história toda. Uma história bem interessante, por sinal."

"Ah, por favor, Miss Kenton. Posso saber qual?"

"É muito interessante, Mr. Stevens. Muito interessante o senhor ter sido pessimista em relação a ela. Porque Lisa é uma moça bonita, sem dúvida. E já notei que o senhor tem uma curiosa aversão a moças bonitas trabalhando na casa."

"Sabe muito bem que está falando bobagem, Miss Kenton."

"Ah, mas eu notei, Mr. Stevens. O senhor não gosta de moças bonitas no meio do pessoal. Será que o nosso Mr. Stevens tem medo de se distrair? Por acaso o nosso Mr. Stevens será de carne e osso, afinal, e não confia plenamente em si mesmo?"

"Por favor, Miss Kenton. Se eu achasse que haveria o menor sentido no que está dizendo, poderia me dar ao trabalho de entrar nessa discussão. No caso, porém, acho que vou simplesmente pensar em outra coisa enquanto continua falando."

"Ah, então por que esse sorriso culpado ainda no rosto, Mr. Stevens?"

"Não é absolutamente um sorriso culpado, Miss Kenton. Estou achando algo divertida esta sua inacreditável capacidade de falar bobagem, só isso."

"É *mesmo* um sorriso culpado o seu, Mr. Stevens. E já notei que o senhor mal consegue olhar para Lisa. Agora, está começando a ficar claro por que foi tão contrário à contratação dela."

"Fui contra por razões muito sólidas, Miss Kenton, como a senhorita sabe muito bem. A menina era completamente inadequada quando chegou aqui."

Ora, evidentemente você irá entender que jamais embarcaríamos numa tal discussão diante de membros do pessoal. Mas, por volta dessa época, nosso chocolate noturno, embora mantendo seu caráter essencialmente profissional, tendia muitas vezes a dar espaço para uma pequena conversa inofensiva desse tipo, o que contribuía bastante, diga-se de passagem, para aliviar as muitas tensões produzidas por um dia duro.

Lisa estava conosco fazia uns oito ou nove meses, e eu já havia em grande parte esquecido sua existência, quando ela desapareceu de casa com o segundo lacaio. Ora, é claro que essas coisas simplesmente fazem parte da vida de qualquer mordomo encarregado de administrar numerosos empregados. São muito irritantes, mas aprende-se a aceitá-las. Na verdade, no que tange às fugas "ao luar", aquela foi das mais civilizadas. À parte um pouco de comida, o casal não levou nada pertencente à casa e, além disso, ambos deixaram cartas. O segundo lacaio, cujo nome não me recordo mais, deixou uma nota curta dirigida a mim, dizendo algo como: "Por favor, não nos julgue com demasiada severidade. Estamos apaixonados e vamos nos casar". Lisa escreveu uma carta muito mais longa dirigida "à Governanta", e foi essa que Miss Kenton trouxe à minha sala na manhã seguinte ao desaparecimento. Havia, pelo que me lembro, várias frases mal escritas, com erros de ortografia e pontuação, sobre quanto o casal estava apaixonado, como o segundo lacaio era maravilhoso, e como era maravilhoso o futuro que os esperava. Uma linha, pelo que me lembro, dizia algo assim: "Não temos dinheiro, mas que importa, estamos apaixonados e quem pode querer mais temos um ao outro e isso é tudo que alguém pode querer". Apesar de a carta ter três páginas, não havia nenhuma menção de gratidão a Miss Kenton pela grande atenção que havia dedicado à menina, nem qualquer nota de pesar pelo aborrecimento causado.

Miss Kenton ficou visivelmente incomodada. Durante todo o tempo em que passei os olhos pela carta da jovem, ela ficou ali, sentada à mesa na minha frente, olhando as próprias mãos. Na verdade, e isso é bastante curioso, não me lembro de tê-la visto mais desolada do que naquela manhã. Quando pousei a carta na mesa, ela disse:

"Então, Mr. Stevens, parece que o senhor estava certo e eu, errada."

"Miss Kenton, não há por que se preocupar", disse eu. "Essas coisas acontecem. Gente como nós pouco pode fazer para evitá-las."

"Errei, Mr. Stevens. Admito. O senhor estava certo o tempo todo, como sempre, e eu estava errada."

"Miss Kenton, realmente não posso concordar. A senhorita fez maravilhas com aquela menina. O que conseguiu com ela comprovou em muitas ocasiões que, na verdade, eu é que estava errado. Realmente, Miss Kenton, o que acaba de acontecer poderia ter acontecido com qualquer empregado. A senhorita fez um bem extraordinário a ela. Pode ter todas as razões para se sentir desconsiderada pela menina, mas nenhuma para se sentir responsável pelo ocorrido."

Miss Kenton seguiu com aspecto muito desanimado. Disse, baixinho: "Muita gentileza sua dizer isso, Mr. Stevens. Fico muito grata". Então, suspirou cansada e disse: "Ela é tão boba. Podia ter uma carreira de verdade pela frente. Tinha capacidade. Tantas moças como ela jogam fora suas oportunidades, e por quê?".

Ambos olhamos os papéis sobre a mesa à nossa frente e Miss Kenton desviou os olhos com um ar de irritação.

"Realmente", eu disse. "É um desperdício."

"Que bobagem. Vai acabar abandonada. E tinha uma boa vida pela frente, se perseverasse. Em um ou dois anos, eu era capaz de fazer com que estivesse pronta para assumir o posto de governanta em alguma residência pequena. Talvez o senhor ache exagerado, Mr. Stevens, mas veja até onde consegui fazê-la chegar em poucos meses. E agora ela jogou tudo isso fora. Por nada."

"É mesmo uma grande bobagem dela."

Comecei a recolher as folhas de papel à minha frente, pensando que podia arquivá-las para referência. Mas, quando estava a ponto de fazê-lo, fiquei um pouco incerto sobre se Miss Kenton tencionava que eu guardasse a carta ou se queria ficar com ela, e tornei a colocar as páginas sobre a mesa entre nós. Miss Kenton, de qualquer forma, parecia distante.

"Ela vai ser abandonada", repetiu. "Que bobagem."

Mas vejo que me perdi um pouco em velhas lembranças. Não era minha intenção, mas provavelmente não há nada de mau nisso, pois pelo menos evitei preocupar-me demais com os acontecimentos desta noite, que acredito finalmente encerrados. Porque as últimas horas, devo confessar, foram bastante árduas.

Encontro-me agora em um quarto de sótão deste pequeno chalé pertencente a Mr. e Mrs. Taylor. Isto é, trata-se de uma residência particular; o quarto, tão gentilmente oferecido a mim pelos Taylor, foi um dia ocupado por seu filho mais velho, que há muito se tornou adulto e mora hoje em Exeter. É um cômodo dominado por vigas e caibros pesados, as tábuas do chão não são recobertas por tapete ou carpete, e no entanto a atmosfera é surpreendentemente aconchegante. E é claro que Mrs. Taylor não só fez a cama para mim, como também arrumou e limpou tudo; pois, à parte umas teias de aranha perto dos caibros, pouca coisa revela que o quarto está desocupado há muitos anos. Quanto a Mr. e Mrs. Taylor, apurei que foram donos da quitanda da aldeia desde os anos 20 até sua aposentadoria, três anos atrás. São boas pessoas, e embora eu mais de uma vez tenha oferecido remuneração por sua hospitalidade esta noite, não quiseram nem ouvir falar disso.

O fato de eu estar aqui agora — o fato de, para todos os efeitos, estar à mercê da generosidade de Mr. e Mrs. Taylor nesta noite — se deve a uma displicência tola, enfurecedoramente simples: ou seja, deixei acabar a gasolina do Ford. Com isso, mais o problema da falta de água no radiador, ontem, não seria de estranhar que um observador achasse que a desorganização geral é endêmica à minha natureza. Deve-se, porém, destacar que, em termos de viagens de longa distância, não passo de um novato, e esses descuidos bobos eram de se esperar. Porém, quando a gente se lembra que a boa organização e a previdência são qualidades que se encontram no próprio cerne de nossa profissão, é difícil evitar a sensação de que de alguma forma se falhou de novo.

Mas é verdade, eu estivera consideravelmente distraído durante a última hora e tanto à direção, antes de a gasolina acabar. Tinha planejado me hospedar para a noite na cidade de Tavistock, aonde cheguei pouco antes das oito horas. Na hospedaria principal, porém, fui informado de que todos os quartos estavam ocupados por conta de uma feira agrícola local. Sugeriram vários outros estabelecimentos, mas, embora tenha ligado para cada um deles, recebi sempre a mesma desculpa. Por fim, numa pensão na divisa da cidade, a dona sugeriu que eu rodasse diversos quilômetros até a hospedaria de estrada de um parente dela, a qual, garantiu, devia ter vagas, sendo longe demais de Tavistock para ser afetada pela feira.

Deu-me orientações minuciosas, que me pareceram bastante claras no momento, e é impossível dizer de quem foi a culpa de eu não encontrar depois nenhum sinal do estabelecimento. Em vez disso, depois de quinze minutos dirigindo, me encontrei em uma longa estrada que fazia uma curva por um pântano aberto e desolado. De ambos os lados, o que havia pareciam ser campos de brejos e uma névoa avançando por meu caminho. À minha esquerda, dava para ver o último fulgor do pôr do sol. As silhuetas de celeiros e de casas de fazenda rompiam aqui e ali a linha do horizonte mais adiante dos campos, mas, a não ser por isso, eu parecia ter deixado para trás qualquer sinal de vida comunitária.

Lembro-me de ter virado o Ford nesse ponto e tomado o caminho de volta por um trecho, em busca de uma entrada que havia deixado para trás. Mas, quando a encontrei, essa nova estrada acabou se revelando ainda mais desolada que aquela que eu havia deixado. Durante algum tempo, dirigi na quase escuridão entre arbustos altos, até descobrir que o caminho começava a ficar muito íngreme. A essa altura, havia desistido de encontrar a hospedaria e tinha decidido continuar rodando até chegar à próxima cidade ou aldeia, para lá procurar abrigo. Seria fácil, pensei então, retomar o itinerário planejado logo na manhã seguinte. Foi então, a meio caminho do topo de uma colina, que o motor engasgou e notei que a gasolina havia acabado.

O Ford continuou subindo mais alguns metros e parou. Quando desci para avaliar a situação, vi que só tinha mais alguns minutos de luz do dia. Estava parado em uma estrada íngreme, ladeada de árvores e arbustos; lá longe, no alto, dava para ver uma abertura nos arbustos onde um largo portão gradeado se recortava contra o céu. Comecei a subir nessa direção, achando que, se olhasse pelo portão, conseguiria ter alguma noção de onde estava; talvez estivesse até esperando ver alguma fazenda por perto onde pudesse conseguir pronta assistência. Fiquei um pouco desconcertado, portanto, com o que me surgiu diante dos olhos. Do outro lado do portão, descia um campo muito íngreme que sumia menos de vinte metros adiante. Além da crista do campo, um pouco ao longe — talvez um bom quilômetro e tanto em linha reta —, havia uma pequena aldeia. Consegui divisar na névoa a torre de uma igreja e, em torno dela, grupos de telhados de ardósia escura; aqui e ali, penachos de fumaça branca subiam das chaminés. É preciso confessar que, naquele momento, fui tomado por certo desânimo. Claro, a situação não era de forma alguma desesperadora; o Ford não estava enguiçado, simplesmente não tinha gasolina. Caminhar até a aldeia levaria mais de meia hora, e lá eu certamente encontraria acomodações e uma lata de gasolina. Mesmo assim, não era uma sensação muito feliz estar ali num morro solitário, olhando por um portão as luzes que vinham de uma aldeia distante, com a luz do dia quase apagada e a neblina ficando mais densa.

Não havia nada a ganhar em se desesperar, porém. De qualquer forma, seria bobagem desperdiçar os últimos minutos de luz do dia. Voltei ao Ford, onde fiz uma maleta com alguns itens essenciais. Depois, armado de uma lanterna de bicicleta, que fornece uma luz surpreendentemente boa, fui em busca de uma trilha por onde pudesse descer até a aldeia. Mas não apareceu caminho nenhum, embora eu subisse um bom pedaço do morro, bem adiante do portão. Então, quando senti que o aclive chegara ao fim e começava uma curva na direção *oposta* à da aldeia, cujas luzes eu continuava enxergando no meio da folhagem, fui novamente dominado por uma sensação de desânimo. Na verdade, por um momento, até pensei se a melhor estratégia não seria voltar até o Ford e simplesmente ficar sentado ali dentro até passar outro motorista. Porém, já estava muito perto de escurecer de vez e eu sabia que, ao tentar parar um veículo nessas circunstâncias, poderia facilmente ser tomado por um assaltante ou algo assim. Além disso, não havia passado nem um único veículo desde que eu descera do carro; na verdade, não me lembrava de ter visto nenhum outro veículo desde que saíra de Tavistock. Resolvi então voltar até o portão e dali descer o campo, caminhar numa linha o mais reta possível na direção das luzes da aldeia, houvesse ou não uma trilha adequada.

Afinal, não foi uma descida muito difícil. Uma série de pastos, um depois do outro, levavam até a aldeia, e bastava manter-se bem perto da beirada de cada pasto ao descer para garantir um caminhar razoável. Só num momento, já bem perto da aldeia, não consegui encontrar logo um jeito de ganhar acesso ao pasto seguinte, e tive de passar minha lanterna de bicicleta para lá e para cá nos arbustos que me detinham. Por fim, descobri uma pequena abertura pela qual podia passar o corpo, mas só à custa de algum prejuízo aos meus ombros e às barras de minha calça. Além disso, os últimos pastos foram ficando cada vez mais lamacentos, e decididamente evitei iluminar com a lanterna meus sapatos e as barras da calça, com medo de desanimar de novo.

Finalmente, me vi em um caminho pavimentado que levava à aldeia, e foi ao descer por ele que encontrei Mr. Taylor, meu gentil hospedeiro desta noite. Ele saiu de uma curva alguns metros à minha frente e, muito cortês, esperou que chegasse até ele, tocou o boné e perguntou se podia me ajudar em alguma coisa. Expliquei o mais sucintamente possível a minha situação, acrescentando que ficaria muito grato se ele me indicasse uma boa hospedaria. Diante disso, Mr. Taylor sacudiu a cabeça e disse:

"Temo que não exista hospedaria em nossa aldeia, meu senhor. John Humphrey geralmente recebe viajantes no Crossed Keys, mas está consertando o telhado no momento." Antes que essa perturbadora informação pudesse surtir pleno efeito, porém, Mr.Taylor disse: "Se não se importar com acomodação mais rústica, senhor, podemos oferecer um quarto e uma cama para passar a noite. Nada especial, mas minha mulher pode deixar tudo limpo e confortável, com toda a simplicidade".

Acredito que pronunciei algumas palavras, talvez de um jeito bem desanimado, dizendo que não poderia incomodá-los daquela maneira. Ao que Mr. Taylor respondeu:

"Acredite, senhor, que será um prazer recebê-lo. Não é sempre que se tem gente assim passando por Moscombe. E com toda a sinceridade, não sei o que mais o senhor poderia fazer a esta hora. Minha mulher nunca vai me perdoar se eu deixar o senhor ir embora pela noite."

Assim foi que vim a aceitar a gentil hospitalidade de Mr. e Mrs. Taylor. Mas, quando falei, antes, que os acontecimentos desta noite foram "árduos", não estava me referindo simplesmente às frustrações de ficar sem gasolina e ter de fazer uma caminhada desagradável até a aldeia. Pois o que aconteceu em seguida — o que se passou assim que me sentei para jantar com Mr. e Mrs.

Taylor e seus vizinhos — resultou, à sua própria maneira, muito mais oneroso do que os desconfortos essencialmente físicos que enfrentei antes. Posso garantir que foi de fato um alívio poder, enfim, subir para este quarto e passar alguns momentos revirando as lembranças de Darlington Hall de tantos anos atrás.

O fato é que ultimamente venho me permitindo cada vez mais essas recordações. E desde o momento em que surgiu a perspectiva de rever Miss Kenton, faz algumas semanas, acho que minha tendência tem sido passar muito mais tempo ponderando por que nossa relação sofreu tamanha mudança. Pois ela realmente mudou por volta de 1935 ou 1936, depois de muitos anos em que fomos atingindo a solidez de um bom entendimento profissional. Na verdade, no final, tínhamos até abandonado a nossa rotina de encontros em torno de uma xícara de chocolate ao fim de cada dia. Mas o que realmente provocou essas mudanças, qual a cadeia exata de eventos responsável por elas, eu ainda não consegui definir.

Pensando nisso recentemente, parece possível que aquele incidente isolado na noite em que Miss Kenton veio até minha sala sem ser convidada tenha marcado uma mudança definitiva. Não consigo me lembrar com certeza por que ela veio à minha sala. Tenho a impressão de que pode ter vindo trazer um vaso de flores "para alegrar as coisas", mas pode ser que eu esteja confundindo com aquela vez em que tentou coisa semelhante anos antes, no começo de nosso relacionamento. Sei com certeza que tentou introduzir flores em minha sala em pelo menos três oportunidades ao longo dos anos, mas talvez esteja confuso ao acreditar que foi isso que a trouxe naquela noite em particular. De qualquer forma, devo enfatizar que, apesar desses anos de boas relações de trabalho, nunca permiti que se estabelecesse uma situação de visitas constantes da governanta a minha sala. A sala de um mordomo, no meu entender, é um espaço decisivo, coração das operações domésticas, não muito diferente do quartel de um general durante a batalha, e é imperativo que todas as coisas ali sejam — e permaneçam — ordenadas exatamente do jeito que eu quero. Nunca fui o gênero de mordomo que permite que todo tipo de gente entre e saia com suas queixas e reclamações. Se as operações têm de ser conduzidas de um jeito firme e coordenado, é óbvio que a sala do mordomo tem de ser o local da casa onde estejam garantidas a privacidade e a solidão.

Aconteceu que, quando ela entrou em minha sala naquela noite, eu não estava de fato envolvido em questões profissionais. Isto é, era um fim de dia de uma semana tranquila e eu estava aproveitando uma rara hora de folga. Como disse, não tenho certeza se Miss Kenton entrou com um vaso de flores, mas me lembro sem dúvida de ela dizer:

"Mr. Stevens, sua sala parece ainda menos cômoda de noite do que de dia. Esta lâmpada é muito fraca para o senhor ler com ela."

"Está perfeitamente adequada, muito obrigado, Miss Kenton."

"Falo sério, Mr. Stevens, esta sala parece uma cela de prisão. Só falta um catre no canto, e dá para imaginar condenados passando aqui suas últimas horas."

Eu talvez tenha respondido alguma coisa, não sei. De qualquer forma, não levantei os olhos do livro e passaram-se alguns momentos em que fiquei esperando Miss Kenton pedir licença e sair. Mas então a ouvi dizer:

"Ora, imagino o que será que o senhor está lendo, Mr. Stevens."

"Apenas um livro, Miss Kenton."

"Isso estou vendo, Mr. Stevens. Mas que tipo de livro, isso é que me interessa."

Levantei os olhos e vi Miss Kenton vindo em minha direção. Fechei o livro e, apertando-o contra mim, me levantei.

"Sinceramente, Miss Kenton", disse, "tenho de pedir que respeite minha privacidade."

"Mas por que tem tanta vergonha do seu livro, Mr. Stevens? Estou desconfiada que deve ser alguma coisa bem picante."

"Está fora de questão, Miss Kenton, encontrar algo 'picante', como diz a senhorita, nas estantes de Lord Darlington."

"Ouvi dizer que muitos livros eruditos contêm as passagens mais picantes, mas nunca tive coragem de olhar. Agora, Mr. Stevens, por favor, deixe eu ver o que o senhor está lendo."

"Miss Kenton, tenho de pedir que me deixe em paz. É impossível insistir assim em me perseguir durante os poucos momentos de folga que tenho."

Mas Miss Kenton continuou avançando, e devo dizer que foi um pouco difícil avaliar qual seria o melhor plano de ação. Fiquei tentado a jogar o livro dentro da gaveta de minha mesa e trancá-la, mas isso me pareceu absurdamente dramático. Dei alguns passos para trás, com o livro ainda apertado ao peito.

"Por favor, me mostre o livro que está na sua mão, Mr. Stevens", ela pediu, e continuou avançando, "e eu deixo o senhor com os prazeres da leitura. O que, afinal, o senhor quer tanto esconder?"

"Miss Kenton, a senhorita descobrir ou não o título deste livro não tem em si a menor importância para mim. Mas é por uma questão de princípio que me oponho a que apareça assim, para invadir meus momentos de privacidade."

"Fico imaginando se seria um livro perfeitamente respeitável, Mr. Stevens, ou se o senhor está na realidade me protegendo de alguma influência chocante."

Ela estava, então, parada na minha frente, e de súbito o clima sofreu uma mudança peculiar, quase como se nós dois tivéssemos sido repentinamente atirados para um outro plano, inteiramente diferente, do ser. Temo que não seja fácil descrever aqui com clareza o que quero dizer. O que posso afirmar é que tudo à nossa volta ficou muito quieto; tive a impressão de que Miss Kenton também passou por uma súbita mudança; havia uma estranha seriedade na expressão dela, e pareceu-me que estava quase assustada.

"Por favor, Mr. Stevens, deixe ver o seu livro."

Estendeu a mão e começou delicadamente a soltar o volume entre meus dedos. Achei melhor desviar os olhos enquanto ela fazia isso, mas, com seu corpo tão próximo, eu só podia fazê-lo girando a cabeça em um ângulo um tanto estranho. Miss Kenton continuou a soltar o livro com delicadeza, quase dedo após dedo. O processo pareceu levar um tempo muito longo, durante o qual consegui manter minha postura, até por fim ouvi-la dizer:

"Nossa, Mr. Stevens, não é nada escandaloso. É simplesmente uma história de amor sentimental."

Acredito que foi nesse ponto que resolvi não haver por que tolerar aquilo por mais tempo. Não me lembro exatamente do que disse, mas me lembro de pedir com bastante firmeza que Miss Kenton saísse de minha sala, pondo fim ao episódio.

Acho que devo acrescentar aqui algumas palavras a respeito do livro em torno do qual se desenvolveu esse episódio. Era, de fato, o que se pode descrever como "um romance sentimental" — um dos muitos existentes na biblioteca e também nos diversos quartos de hóspedes, para o entretenimento das damas em visita. Havia uma razão simples para eu ter resolvido examinar aquelas obras: era um meio extremamente eficiente de manter e desenvolver o domínio da língua inglesa. É minha opinião — não sei se você vai concordar — que, no que tange à nossa geração, sempre se deu grande ênfase a quanto é profissionalmente desejável ter boa pronúncia e domínio da linguagem; ou seja, esses elementos foram por vezes valorizados à custa de outras qualidades profissionais mais importantes. Por isso, nunca defendi que boa pronúncia e domínio da linguagem não fossem atributos atraentes; sempre considerei meu dever desenvolvê-los o melhor possível. Um meio direto de cuidar disso é simplesmente ler algumas páginas de um livro bem escrito durante os poucos momentos de folga que se possa ter. Essa vem sendo minha política há alguns anos, e eu tendia sempre a escolher o tipo de livro que Miss Kenton me encontrou lendo naquela noite, simplesmente porque obras como aquela tendem a ser escritas em bom inglês, cheias de diálogos elegantes de grande valor prático para mim. Uma leitura mais pesada, um estudo acadêmico, digamos, poderia ser mais enriquecedora no geral, mas estaria propensa a empregar termos de uso mais limitado no curso de uma conversa normal com damas e cavalheiros.

Raramente tive o tempo ou o desejo de ler qualquer desses romances do começo ao fim, mas, até onde posso dizer, as tramas são invariavelmente absurdas, realmente sentimentais, e eu não teria perdido um momento com eles se não fosse pelos benefícios acima mencionados. Dito isso, porém, não me importa hoje confessar — e nada vejo nisso para me envergonhar — que por vezes tive, sim, uma espécie de prazer ocasional com essas histórias. Talvez não tenha admitido isso para mim mesmo na época, mas, como disse, que vergonha há nisso? Por que não se divertir despreocupadamente com histórias de damas e cavalheiros que se apaixonam e expressam seus sentimentos um para o outro, sempre em frases muito elegantes?

Mas, quando digo isso, não estou de forma alguma sugerindo que a atitude que tomei no episódio do livro naquela noite tenha sido de alguma forma injustificada. Pois você deve entender que havia um importante princípio em jogo. O fato é que eu estava "de folga" naquele momento em que Miss Kenton entrou marchando em minha sala. E é claro que qualquer mordomo que veja com orgulho sua vocação, qualquer mordomo que aspire a uma "dignidade adequada à sua posição", como a Sociedade Hayes afirmou um dia, não devia nunca se permitir estar "de folga" na presença de outros. É indiferente que tenha sido Miss Kenton, e não um completo estranho, a entrar naquele momento. Um mordomo de qualidade tem de ser visto sempre *ocupando* seu papel, absoluta e completamente; não pode deixá-lo de lado por um momento para retomá-lo no momento seguinte, como se não fosse nada mais que um figurino de pantomima. Só existe uma situação, uma única, em que um mordomo que zela por sua dignidade pode se sentir livre para aliviar-se de seu papel: é quando está inteiramente sozinho. Você há de entender, portanto, que tendo Miss Kenton surgido num momento em que eu julgava, não sem razão, estar sozinho, passou a ser uma questão primordial de princípio, uma questão realmente de dignidade, eu não parecer estar nada menos que na plena posse de meu papel.

Porém, não era minha intenção analisar aqui as várias facetas desse pequeno episódio de muitos anos atrás. O ponto principal desse episódio foi que ele me alertou para o fato de que as coisas entre mim e Miss Kenton haviam, sem dúvida, depois de um processo gradual de muitos meses, atingido um estado inadequado. O fato de ela poder se comportar como o fez naquela noite era bastante alarmante, e depois que a fiz sair de minha sala — e tive a oportunidade de assentar um pouco os pensamentos —, lembro-me de ter resolvido restabelecer nossas relações profissionais em bases mais adequadas. Porém, é difícil dizer quanto esse incidente contribuiu para as grandes mudanças que nosso relacionamento sofreu depois. Pode ter havido fatores mais fundamentais a explicar o que ocorreu. Como, por exemplo, a questão dos dias de folga de Miss Kenton.

Desde o momento de sua chegada a Darlington Hall até, talvez, um mês antes do incidente em minha sala, os dias de folga de

Miss Kenton seguiam um padrão previsível. A cada seis semanas, ela tirava dois dias de folga para visitar a tia em Southampton; a não ser por esses dias, ela, seguindo meu próprio exemplo, não tirava realmente dias de folga, a menos que estivéssemos numa época particularmente sossegada, e nesse caso podia passar um dia passeando pelos jardins ou lendo um pouco em suas acomodações. Mas então, como eu disse, o padrão mudou. De repente, ela começou a se valer das folgas garantidas em contrato, desaparecendo regularmente da casa desde manhã cedinho, sem deixar nenhuma outra informação além da hora em que deveria voltar à noite. Claro que nunca se ausentou mais do que era seu direito, e por isso senti que era impróprio questioná-la acerca de tais saídas. Mas acho que a mudança de fato me perturbou um pouco, pois me lembro de mencioná-la a Mr. Graham, o valete-mordomo de Sir James Chambers — um bom colega que, a propósito, parece que perdi de vista —, quando nós dois nos sentamos para conversar diante do fogo certa noite, numa de suas visitas regulares a Darlington Hall.

Na verdade, tudo o que fiz foi uma espécie de comentário, afirmando que a governanta andava "um pouco geniosa ultimamente"; fiquei, portanto, bastante surpreso quando Mr. Graham sacudiu a cabeça, inclinou-se em minha direção e disse, compreensivo:

"Eu estava me perguntando quanto tempo mais ia levar."

Quando perguntei o que queria dizer, Mr. Graham prosseguiu:

"A sua Miss Kenton. Acredito que tem agora, o quê? Trinta e três? Trinta e quatro? Deixou passar os melhores anos para a maternidade, mas ainda não é tarde demais."

"Miss Kenton", garanti a ele, "é uma profissional dedicada. Sei, com toda a certeza, que não tem nenhum desejo de constituir família."

Mas Mr. Graham sorriu e sacudiu a cabeça, dizendo:

"Nunca acredite em uma governanta que diz que não quer família. Na verdade, Mr. Stevens, acho que o senhor e eu, aqui sentados, podemos enumerar pelo menos uma dúzia que um dia falou isso e depois casou e largou a profissão."

Lembro-me de ter descartado a teoria de Mr. Graham com alguma segurança naquela noite, mas, depois, devo admitir, achei difícil não pensar na possibilidade de que o propósito daquelas saídas misteriosas de Miss Kenton fosse encontrar-se com um pretendente. Tratava-se de uma ideia bastante perturbadora, pois não era difícil prever que a eventual partida dela constituiria perda profissional de certa magnitude, uma perda da qual Darlington Hall teria alguma dificuldade para se recuperar. Além disso, fui obrigado a reconhecer alguns outros sinais que tendiam a confirmar a teoria de Mr. Graham. Por exemplo, como recolher as cartas era uma de minhas tarefas, não pude deixar de notar que Miss Kenton começou a receber correspondência regularmente, uma carta por semana ou quase, do mesmo remetente, e que essas cartas tinham o carimbo do correio local. Talvez deva apontar que teria sido praticamente impossível para mim não observar tais coisas, uma vez que, ao longo de todos os seus anos anteriores na casa, ela recebera muito poucas cartas.

E havia outros sinais mais nebulosos confirmando o que pensava Mr. Graham. Por exemplo, embora ela continuasse a desempenhar seus deveres profissionais com a usual diligência, seu humor no geral passou a sofrer oscilações de um tipo que eu ainda não havia visto. Na realidade, o fato de ela ficar extremamente alegre dias e dias, sem nenhuma razão aparente, era quase tão perturbador para mim quanto seus prolongados ataques de mau humor. Como disse, ela continuava absolutamente profissional ao longo de tudo isso, mas era meu dever pensar no bem-estar da casa a longo prazo, e, se aqueles sinais tendiam a confirmar a ideia de

Mr. Graham de que Miss Kenton estava pensando em partir por razões românticas, eu tinha uma clara responsabilidade de investigar melhor o assunto. Cheguei a arriscar perguntar-lhe uma noite, em uma de nossas sessões de chocolate:

"E vai sair de novo na quinta-feira, Miss Kenton? No seu dia de folga, quero dizer."

Esperava que ela fosse ficar algo zangada com a pergunta, mas, ao contrário, foi como se estivesse o tempo todo esperando a oportunidade de tocar exatamente naquele assunto. Pois, num tom algo aliviado, ela respondeu:

"Ah, Mr. Spencer é apenas alguém que conheci quando estava em Granchester Lodge. Para falar a verdade, ele era o mordomo naquela época, mas agora deixou o serviço e está empregado numa empresa aqui perto. De alguma forma, descobriu que eu estava aqui e começou a me escrever, sugerindo que renovássemos nossa amizade. E isso é tudo, Mr. Stevens."

"Entendo, Miss Kenton. Sem dúvida, é revigorante sair de casa às vezes."

"Eu acho, sim, Mr. Stevens."

Fez-se um breve silêncio. Então, Miss Kenton pareceu tomar alguma decisão e continuou:

"Esse meu amigo, eu me lembro que, quando era mordomo em Granchester Lodge, vivia cheio das mais maravilhosas ambições. Na verdade, acho que seu maior sonho era vir a ser mordomo de uma casa como esta aqui. Ah, mas quando penso agora em alguns de seus métodos! Realmente, Mr. Stevens, imagino a cara que o senhor faria se soubesse. Não é de admirar que ele não tenha realizado suas ambições."

Dei uma pequena risada. "Pela minha experiência", disse, "muita gente se acha capaz de galgar níveis mais altos sem fazer a menor ideia das grandes exigências envolvidas. Com certeza, não é coisa adequada para qualquer um."

"É verdade. De fato, Mr. Stevens, o que o senhor teria dito se tivesse observado meu amigo naquela época!"

"Nesses níveis, Miss Kenton, a profissão não é para qualquer um. É fácil ter altas ambições, mas, se não tiver certas qualidades, um mordomo simplesmente não progredirá além de certo ponto."

Miss Kenton pareceu ponderar sobre isso um momento, depois disse:

"Me ocorre que o senhor deve ser um homem muito satisfeito, Mr. Stevens. Aqui está o senhor, afinal, no ápice de sua profissão, todos os aspectos de seus domínios sob controle. Realmente, não posso imaginar o que mais o senhor possa desejar na vida."

Não consegui pensar em nenhuma resposta imediata. No silêncio algo canhestro que se seguiu, Miss Kenton voltou o olhar para o fundo da sua xícara de chocolate como se estivesse concentrada em algo que via ali. Por fim, depois de pensar um pouco, eu disse:

"No que me diz respeito, Miss Kenton, minha vocação não estará cumprida enquanto eu não fizer tudo o que possa para servir Lord Darlington nas grandes missões que ele assumiu para si. No dia em que o trabalho de Lord Darlington estiver completo, no dia em que *ele* puder repousar sobre seus louros, satisfeito de saber que fez tudo o que se podia esperar dele, somente nesse dia, Miss Kenton, vou poder me considerar, como disse a senhorita, um homem satisfeito."

Ela pode ter ficado um pouco confusa com minhas palavras; ou talvez aquelas palavras a tenham desagradado por alguma razão. De qualquer modo, seu humor pareceu mudar nesse ponto, e nossa conversa perdeu rapidamente o caráter bastante pessoal que tinha começado a adquirir.

Não foi muito depois disso que nossas reuniões de chocolate em sua saleta chegaram ao fim. Na verdade, me lembro muito bem da última vez em que nos encontramos assim; eu estava querendo discutir com Miss Kenton um evento próximo, um fim de semana de distintos visitantes escoceses. É verdade que ainda faltava um mês para a ocasião, mas sempre foi nosso costume discutir tais acontecimentos com antecedência. Naquela noite em particular, eu vinha abordando vários aspectos já fazia algum tempo quando me dei conta de que Miss Kenton estava contribuindo muito pouco; de fato, depois de algum tempo, ficou muito claro que seus pensamentos estavam em coisa inteiramente diferente. Em algumas ocasiões, eu dizia coisas como: "Está me acompanhando, Miss Kenton?", principalmente quando estava me estendendo sobre alguma coisa — e, embora ela ficasse um pouco mais alerta toda vez que eu fazia isso, segundos depois sua atenção voltava a se dissipar. Depois de vários minutos falando e obtendo como resposta frases como "Claro, Mr. Stevens" ou "Concordo, Mr. Stevens", eu finalmente disse:

"Desculpe, Miss Kenton, mas não vejo por que continuar. A senhorita parece simplesmente não avaliar a importância desta discussão."

"Desculpe, Mr. Stevens", disse ela, endireitando um pouco o corpo. "É só porque estou muito cansada esta noite."

"Anda cada vez mais cansada, Miss Kenton. Não costumava recorrer tanto a essa desculpa."

Para minha surpresa, Miss Kenton reagiu àquilo com súbita explosão:

"Mr. Stevens, tive uma semana muito cheia. Estou muito cansada. Na verdade, estou querendo ir para a cama faz três ou quatro horas. Estou muito, muito cansada, Mr. Stevens, o senhor não é capaz de entender isso?"

Não que eu estivesse esperando que ela se desculpasse, mas devo confessar que a estridência da resposta me deixou um pouco chocado. Porém, resolvi não me deixar levar a uma discussão inadequada com ela e tomei o cuidado de fazer uma pausa por um ou dois momentos antes de dizer, com calma:

"Se é assim que se sente, Miss Kenton, não há por que continuarmos com estas reuniões noturnas. Perdoe-me não ter percebido durante todo esse tempo que elas eram um inconveniente para a senhorita."

"Mr. Stevens, eu só disse que estou cansada hoje..."

"Não, não, Miss Kenton, é perfeitamente compreensível. Tem uma vida ocupada, e estas reuniões são um acréscimo bastante desnecessário a seus encargos. Temos muitas alternativas para conseguir o nível de comunicação profissional necessário sem nos encontrarmos deste jeito."

"Mr. Stevens, isso é completamente desnecessário. Eu só disse que..."

"Sinceramente, Miss Kenton. Na verdade, eu vinha pensando há algum tempo se não devíamos interromper as reuniões, uma vez que prolongam nossos dias já muito ocupados. O fato de nos encontrarmos aqui há anos não é razão em si para não procurarmos um arranjo mais conveniente de agora em diante."

"Mr. Stevens, por favor, acho que estas reuniões são muito úteis..."

"Mas inconvenientes para a senhorita, Miss Kenton. Cansativas. Permita-me sugerir que, de agora em diante, nós nos esforcemos por comunicar informações importantes no curso do dia normal de trabalho. Se não conseguirmos nos encontrar de pronto, sugiro que deixemos mensagens escritas um na porta do outro. Essa me parece uma solução perfeita. Agora, Miss Kenton, peço desculpas por tomar tanto o seu tempo. Muito obrigado pelo chocolate."

Naturalmente — e por que eu não haveria de admiti-lo? —, vez ou outra me perguntei como as coisas teriam se desenvolvido a longo prazo, se eu não tivesse sido tão decidido na questão de nossas reuniões noturnas; isto é, se eu tivesse cedido nas diversas ocasiões em que, ao longo das semanas seguintes, Miss Kenton sugeriu que as reinstaurássemos. Só conjeturo sobre isso agora porque, à luz dos acontecimentos subsequentes, pode-se bem argumentar que, ao tomar a decisão de encerrar as reuniões noturnas em caráter definitivo, eu talvez não tivesse plena consciência dos desdobramentos do que estava fazendo. Realmente, pode-se até dizer que aquela minha pequena decisão constituiu uma espécie de guinada decisiva; que colocou as coisas no curso inevitável que levou ao fim a que acabaram chegando.

Mas acredito que quando, valendo-se de um olhar em retrospecto, se começa a procurar no próprio passado por essas "guinadas", acaba-se por descobri-las a todo momento. Não só a minha decisão a respeito de nossos encontros noturnos, mas também aquele episódio em minha saleta, se quisermos, poderiam ser vistos como "guinadas". O que teria acontecido, pode-se perguntar, se a reação tivesse sido ligeiramente diferente naquela noite em que ela veio com seu vaso de flores? E, quem sabe, uma vez que ocorreu mais ou menos na mesma época, meu encontro com Miss Kenton na sala de jantar na tarde em que ela recebeu a notícia da morte da tia não possa ser considerado mais uma dessas "guinadas"?

A notícia da morte havia chegado algumas horas antes. Na realidade, eu próprio batera à porta dos aposentos de Miss Kenton naquela manhã para lhe entregar a carta. Entrei por um breve momento para discutir alguma questão profissional, e lembro-me de que estávamos no meio da conversa, sentados à mesa dela, no momento em que abriu a carta. Ficou muito quieta — mas diga-se a seu favor que manteve a compostura —, lendo a carta inteira pelo menos duas vezes. Depois, colocou-a cuidadosamente de volta no envelope e olhou para mim.

"É de Mrs. Johnson, a acompanhante de minha tia. Diz que minha tia morreu anteontem." Fez uma pausa de um momento e disse: "O funeral vai ter lugar amanhã. Imagino se seria possível eu tirar o dia de folga".

"Sem dúvida, isso pode ser arranjado, Miss Kenton."

"Obrigada, Mr. Stevens. Desculpe, mas talvez eu possa ficar uns momentos sozinha agora."

"Claro, Miss Kenton."

Saí, e só depois de ter saído me ocorreu que não havia lhe oferecido de fato minhas condolências. Podia imaginar muito bem o golpe que a notícia representara para ela — uma vez que a tia lhe fora, para todos os efeitos, como uma mãe — e parei no corredor, pensando se deveria voltar, bater e emendar minha omissão. Mas então me ocorreu que, ao fazê-lo, podia decerto me intrometer na privacidade de sua dor. Realmente, não era impossível que Miss Kenton, naquele exato momento, a apenas poucos passos de mim, estivesse chorando. A ideia fez brotar um estranho sentimento dentro de mim, paralisando-me no corredor durante alguns minutos. Mas, por fim, julguei melhor esperar outra oportunidade para expressar meu pesar, e me afastei.

O que aconteceu foi que não a vi de novo até a tarde, quando, como disse, encontrei-a trocando a louça do aparador na sala de jantar. Àquela altura, fazia já algumas horas que eu estava preocupado com a tristeza de Miss Kenton, tendo pensado em especial na questão daquilo que seria melhor fazer ou dizer para aliviá-la um pouco. E quando ouvi seus passos entrando na sala de jantar, ocupado que estava com alguma tarefa no hall, esperei um minuto, deixei o que estava fazendo e entrei atrás dela.

"Ah, Miss Kenton", disse. "Como está a senhorita esta tarde?"

"Muito bem, obrigada, Mr. Stevens."

"Está tudo em ordem?"

"Está tudo em ordem, sim, obrigada."

"Queria lhe perguntar se está tendo algum problema com as recém-chegadas." Dei uma pequena risada. "É normal aparecerem muitas pequenas dificuldades, com tantas recém-chegadas ao mesmo tempo. Ouso dizer que mesmo os melhores de nós têm muito a lucrar com uma pequena discussão profissional nesses momentos."

"Obrigada, Mr. Stevens, mas as meninas novas são perfeitamente satisfatórias para mim."

"Não vê, então, nenhuma necessidade de mudar o atual planejamento de pessoal por conta das recém-chegadas?"

"Não acho que haja nenhuma necessidade de mudança, Mr. Stevens. Mas, se mudar de ideia, comunico ao senhor imediatamente."

Ela voltou a atenção para o aparador, e, por um momento, pensei em deixar a sala de jantar. Na verdade, acho que cheguei mesmo a dar uns passos na direção da porta, mas voltei-me para ela de novo e disse:

"Então, Miss Kenton, as novas empregadas estão indo bem, a senhorita acha."

"Vão indo bem as duas, eu garanto."

"Ah, é bom ouvir isso." Dei outra risada curta. "Eu só estava pensando, porque nós dois sabemos que nenhuma das duas moças trabalhou antes numa casa deste tamanho."

"É verdade, Mr. Stevens."

Fiquei olhando enquanto ela arrumava o aparador e esperei para ver se ela iria dizer mais alguma coisa. Vários minutos depois, quando ficou claro que não falaria nada, eu disse:

"Na verdade, Miss Kenton, tenho uma coisa a dizer. Notei que uma ou duas coisas andaram baixando de nível ultimamente.

Sinto que a senhorita deveria ser um pouco menos condescendente com as recém-chegadas."

"O que o senhor quer dizer, Mr. Stevens?"

"De minha parte, Miss Kenton, sempre que chegam empregados novos, gosto de me certificar duplamente de que tudo esteja bem. Confiro todos os aspectos do trabalho deles e tento avaliar como estão se conduzindo com os outros empregados. Afinal de contas, é importante formar uma imagem clara deles, tanto tecnicamente como em termos de seu impacto na conduta geral. Lamento dizer isso, Miss Kenton, mas acho que tem sido um pouco relapsa nesse aspecto."

Durante um segundo, Miss Kenton pareceu confusa. Depois, virou-se para mim, e havia certo esgotamento visível em seu rosto.

"Do que o senhor está falando, Mr. Stevens?"

"Por exemplo, Miss Kenton, embora a louça esteja sendo tão bem lavada como sempre, notei que está sendo colocada nas prateleiras da cozinha de um jeito que, mesmo não representando perigo imediato, pode resultar em mais quebras do que o necessário."

"É mesmo, Mr. Stevens?"

"É, sim, Miss Kenton. Além disso, faz algum tempo que não se tira o pó do quartinho junto à saleta de desjejum. A senhorita vai me desculpar, mas há mais uma ou duas pequenas coisas que devo mencionar."

"Não precisa insistir, Mr. Stevens. Vou conferir o trabalho das novas empregadas conforme o senhor sugere."

"Não é do seu feitio negligenciar coisas tão óbvias, Miss Kenton."

Ela desviou os olhos de mim, e mais uma vez atravessou-lhe o rosto uma expressão de quem buscava desvendar alguma coisa que a confundia bastante. Não parecia incomodada, e sim muito cansada. Fechou o aparador e disse: "Com licença, por favor, Mr. Stevens", e saiu da sala.

Mas qual o sentido de ficar conjeturando o que teria acontecido se tal ou tal momento tivessem resultado diferentes? Pode-se facilmente chegar ao desvario desse jeito. De qualquer forma, embora se possa muito bem falar em "guinadas", só se reconhecem momentos assim olhando em retrospecto. Naturalmente, relembrando-os hoje, eles podem de fato assumir o aspecto de momentos cruciais e preciosos na nossa vida; mas, a seu tempo, claro, não foi essa a impressão que causaram. Era mais como se se tivesse à disposição um número infinito de dias, meses, anos, para resolver as dificuldades de relacionamento com Miss Kenton; um número infinito de outras oportunidades com que remediar o efeito desse ou daquele desentendimento. Sem dúvida, não havia na época nada a indicar que incidentes tão evidentemente pequenos tornariam para sempre irrealizáveis sonhos inteiros.

Mas vejo que estou ficando indevidamente introspectivo, e de um jeito bastante melancólico, aliás. Sem dúvida, isso se deve à hora que passou e à natureza árdua dos acontecimentos que tive de enfrentar esta noite. Sem dúvida, também meu humor atual não está desligado do fato de que amanhã, contanto que consiga me abastecer de gasolina no mecânico local, como me garantem os Taylor, deverei chegar a Little Compton na hora do almoço, e, provavelmente, estarei revendo Miss Kenton depois de todos esses anos. Evidentemente, não há nenhuma razão para supor que nosso encontro venha a ser nada menos que cordial. Na verdade, minha expectativa é de que nossa entrevista, à parte uma breve conversa informal adequada nessas circunstâncias, venha a ser de caráter muito profissional. Isto é, será minha responsabilidade determinar se Miss Kenton tem ou não algum interesse em voltar a seu velho posto em Darlington Hall, agora que seu casamento, infelizmente, parece ter se rompido e ela está sem casa. Devo também dizer aqui que, tendo relido sua carta esta noite, estou tentado a acreditar que posso muito bem ter depreendido de algumas linhas mais do que seria razoável. Mas continuo achando que há mais que um mero indício de saudosa nostalgia em certos trechos da carta, sobretudo quando ela escreve coisas como: "Eu gostava tanto daquela vista dos quartos do segundo piso, dando para o gramado e com as colinas ao longe".

Mas qual o sentido de continuar conjeturando sem parar sobre os atuais desejos de Miss Kenton, se vou poder avaliá-los diante dela própria amanhã? E, de qualquer modo, me afastei bastante do relato que estava fazendo dos acontecimentos desta noite. As últimas horas, devo dizer, revelaram-se inacreditavelmente cansativas. É de se considerar que ter de abandonar o Ford numa encosta solitária e vir a pé até esta aldeia na quase escuridão por um caminho nada ortodoxo já seriam inconvenientes em número suficiente para alguém numa única noite. E tenho certeza de que meus gentis hospedeiros, Mr. e Mrs. Taylor, jamais me exporiam voluntariamente ao que acabo de suportar. Mas o fato é que, assim que me sentei para jantar à mesa deles, assim que um certo número de vizinhos apareceu, uma série de acontecimentos extremamente desagradáveis começou a se desenrolar à minha volta.

A sala da frente no andar de baixo deste chalé parece servir tanto de sala de jantar como de aposentos de estar para Mr. e Mrs. Taylor. É uma sala bastante acolhedora, dominada por uma grande mesa de madeira lavrada, do tipo que se esperaria ver na cozinha de uma fazenda, a superfície sem verniz, apresentando muitas pequenas marcas de facões e de serras de pão. Estas últimas eram claramente visíveis apesar de estarmos sentados à luz amarelada de uma lamparina sobre uma estante num canto.

"Não que a gente não tenha eletricidade, não, senhor", observou a certo ponto Mr. Taylor, indicando a lamparina com a cabeça. "Mas aconteceu alguma coisa com o circuito e estamos sem luz faz quase dois meses. Para dizer a verdade, não sinto muita falta. Têm umas casas na aldeia que nunca tiveram eletricidade. O óleo dá uma luz mais quente."

Mrs. Taylor havia nos servido um bom caldo, que comemos acompanhado de porções de pão crocante; nada sugeria até aquele momento que a noite viria a me reservar tarefa mais desafiadora que uma hora e tanto de conversa agradável, antes de me retirar para a cama. Porém, assim que terminamos o jantar e que Mr. Taylor me serviu um copo da cerveja fabricada por seu vizinho, ouvimos passos que se aproximavam no cascalho lá de fora. Para meus ouvidos, havia algo um pouco sinistro no som de passos se aproximando, no escuro, de um chalé isolado, mas nem meu hospedeiro nem minha hospedeira pareceram temer qualquer ameaça. Pois foi com curiosidade, e nada mais em sua voz, que Mr. Taylor disse: "Ora, quem poderia ser?".

Disse isso mais ou menos para si mesmo, e ouvimos então, como que em resposta, uma voz soar lá fora: "É George Andrews. Estava passando por aqui".

Um momento depois, Mrs. Taylor abria a porta para um homem bem constituído, de seus cinquenta anos, talvez, e que, a julgar pelas roupas, havia passado o dia ocupado num trabalho agrícola. Com uma familiaridade que sugeria um visitante regular, sentou-se num banquinho ao lado da entrada e descalçou as botas de borracha com algum esforço, enquanto trocava algumas frases casuais com Mrs. Taylor. Depois, veio até a mesa e se deteve, parando em posição de sentido à minha frente como se estivesse se apresentando a um oficial do Exército.

"Meu nome é Andrews, senhor", disse. "Muito boa noite para o senhor. Sinto muito saber do seu contratempo, mas espero que não esteja muito chateado de passar a noite aqui em Moscombe."

Fiquei um pouco intrigado quanto à maneira como Mr. Andrews ficara sabendo do meu "contratempo", como disse ele. De qualquer forma, respondi com um sorriso que, longe de "chateado", eu me sentia extremamente grato pela hospitalidade que estava recebendo. Com isso estava, evidentemente, me referindo à gentileza de Mr. e Mrs. Taylor, mas Mr. Andrews pareceu achar que estava incluído na minha expressão de gratidão, pois disse de imediato, estendendo as duas grandes mãos num gesto defensivo:

"Ah, não, senhor, é muito bem-vindo. Ficamos muito contentes de receber o senhor. Não é sempre que gente como o senhor aparece por aqui. Ficamos todos muito contentes com sua presença."

O jeito como disse aquilo sugeria que toda a aldeia sabia do meu "contratempo" e da subsequente chegada àquele chalé. De fato, como eu logo descobriria, aquele era bem o caso; só posso imaginar que, nos muitos minutos que se passaram depois que fui trazido a este quarto, enquanto lavava as mãos e fazia o possível para reparar os danos sofridos por meu paletó e pelas barras das calças, Mr. e Mrs. Taylor devem ter dado notícias sobre mim aos passantes. De qualquer forma, os minutos seguintes viram a chegada de outro visitante, um homem de aparência muito próxima à de Mr. Andrews — ou seja, um tanto grande e agrícola, usando botas enlameadas, que removeu exatamente como havia feito Mr. Andrews. Realmente, a semelhança era tal que achei que os dois eram irmãos, até o recém-chegado se apresentar como "Morgan, senhor, Trevor Morgan".

Mr. Morgan expressou seus sentimentos por meu "azar", garantindo que tudo estaria bem pela manhã, antes de prosseguir dizendo o quanto eu era bem-vindo na aldeia. Claro que eu havia

202

acabado de ouvir palavras semelhantes poucos momentos antes, mas Mr. Morgan disse de fato: "É um privilégio receber um cavalheiro como o senhor aqui em Moscombe".

Antes que eu tivesse tempo de pensar numa resposta, veio lá de fora o som de mais passos no caminho. Logo, um casal de meia-idade entrou e me foi apresentado como Mr. e Mrs. Harry Smith. Não pareciam camponeses; ela era uma mulher grande, matronal, que me lembrava bastante Mrs. Mortimer, a cozinheira de Darlington Hall ao longo de grande parte dos anos 20 e 30. Em contraste, Mr. Harry Smith era um homem pequeno, com uma expressão bem intensa franzindo-lhe a testa. Quando tomaram seus lugares à mesa, ele me disse: "Seu carro seria aquele Ford clássico lá no morro Thornley Bush?".

"Se é o morro de onde se vê esta aldeia...", respondi. "Mas estou surpreso de que tenha visto o carro."

"Eu não vi, não, senhor. Mas Dave Thompson passou por ele de trator faz um tempinho, quando estava voltando para casa. Ficou tão surpreso de ver o carro parado lá que chegou a parar e desceu." Nesse ponto, Mr. Harry Smith virou-se para se dirigir aos outros em torno da mesa. "Uma beleza, o carro. Ele disse que nunca viu coisa igual. Deixa no chinelo o carro que Mr. Lindsay dirigia."

Aquilo provocou uma risada em volta da mesa, que Mr. Taylor me explicou dizendo: "Era um cavalheiro que morava numa casa grande, não muito longe daqui. Ele andou fazendo coisas estranhas, as pessoas aqui não gostavam dele".

Soou um murmúrio de concordância geral. Então, alguém disse: "À sua saúde, senhor", levantando uma das canecas de cerveja que Mrs. Taylor acabara de distribuir, e no momento seguinte, todo o grupo estava fazendo um brinde a mim.

Sorri e disse: "O prazer é todo meu".

"O senhor é muito gentil", disse Mrs. Smith. "Cavalheiro é assim. Aquele Mr. Lindsay não era um cavalheiro. Podia ter um monte de dinheiro, mas nunca foi um cavalheiro."

Mais uma vez, houve concordância geral. Então, Mrs. Taylor cochichou alguma coisa no ouvido de Mrs. Smith, fazendo esta última responder: "Ele disse que ia tentar aparecer assim que pudesse". As duas se voltaram para mim com ar culpado, e Mrs. Smith disse:

"Contamos para o dr. Carlisle que o senhor estava aqui. O doutor disse que teria muito prazer em conhecer o senhor."

"Acho que tem pacientes para atender", acrescentou Mrs. Taylor, desculpando-se. "Não é certeza que ele vá conseguir chegar antes de o senhor se recolher."

Foi então que Mr. Harry Smith, o homenzinho de testa franzida, inclinou-se para a frente e disse: "Aquele Mr. Lindsay entendeu tudo errado, sabe? Agindo como agiu. Achou que era muito melhor que a gente e tomou todo mundo por bobo. Bom, posso garantir para o senhor que ele aprendeu que não era bem assim. Neste lugar, todo mundo pensa e fala bastante e bem. Todo mundo é firme de opinião aqui, e ninguém tem vergonha de dizer o que pensa. Foi isso que aquele tal Mr. Lindsay aprendeu bem depressa".

"Não era nenhum cavalheiro", disse Mr. Taylor, baixinho. "Não era nenhum cavalheiro aquele Mr. Lindsay."

"É isso mesmo", disse Mr. Harry Smith. "Dava para dizer só de olhar que não era um cavalheiro. Está certo que tinha uma boa casa e boas roupas, mas de algum jeito a gente já sabia. E foi o que o tempo acabou demonstrando."

Houve novo murmúrio de concordância, e por um momento todos os presentes pareceram estar ponderando se seria ou não adequado me revelar a história referente àquele personagem local. Então, Mr. Taylor quebrou o silêncio, dizendo:

"É verdade o que Harry está dizendo. Dá para diferenciar um cavalheiro de verdade de um falso, que está só vestido de roupa fina. Veja o senhor. Não é só o corte da sua roupa, nem o jeito fino de o senhor falar. Tem alguma coisa mais que mostra que o senhor é um cavalheiro. Difícil apontar o que é, mas quem tem olhos enxerga." Isso trouxe mais sons de concordância em torno da mesa.

"O dr. Carlisle não deve demorar agora", disse Mrs. Taylor. "O senhor vai gostar de conversar com ele."

"O dr. Carlisle também é assim", disse Mr. Taylor. "Também é. Um verdadeiro cavalheiro, aquele."

Mr. Morgan, que havia falado muito pouco desde que chegara, inclinou-se para a frente e disse-me:

"O que o senhor acha que é? Quem sabe alguém como o senhor seja capaz de dizer melhor o que é isso. A gente aqui, todo mundo falando quem é e quem não é um cavalheiro, e ninguém sabe direito do que está falando. Quem sabe o senhor seja capaz de esclarecer um pouco."

Caiu um silêncio em torno da mesa e senti todos os rostos virados para mim. Pigarreei um pouco e disse:

"É impossível para mim me pronunciar sobre qualidades que eu possa ou não apresentar. Porém, quanto a essa questão particular de que estão falando, é de se supor que a qualidade a que se referem possa ser muito convenientemente considerada como 'dignidade'."

Não vi muito sentido em tentar explicar melhor essa afirmação. Na verdade, apenas dei voz aos pensamentos que me passavam pela cabeça enquanto ouvia a conversa precedente, e não creio que teria dito uma coisa daquelas se a situação repentinamente não o exigisse de mim. Minha resposta, porém, pareceu causar grande satisfação.

"É uma grande verdade o que senhor disse", concordou Mr. Andrews, assentindo com a cabeça, e diversas vozes concordaram.

"O que fazia falta para esse Mr. Lindsay era mesmo um pouco mais de dignidade", disse Mrs. Taylor. "O problema de gente que nem ele é que confundem pose com dignidade."

"Veja bem", disse Mr. Harry Smith, "com todo o respeito pelo que o senhor disse, é preciso que se diga. Dignidade não é uma coisa que só os cavalheiros possuem. Dignidade é uma coisa que todo homem e mulher deste país pode se esforçar para conseguir. O senhor vai me desculpar, mas como eu disse antes, a gente aqui não faz cerimônia quanto se trata de expressar opinião. E é isso que eu penso. Dignidade não é coisa só de cavalheiros."

Percebi, claro, que Mr. Harry Smith e eu divergíamos naquela questão e que seria uma coisa complicada demais me explicar com maior clareza para aquela gente. Julguei melhor, portanto, simplesmente sorrir e dizer: "Claro, o senhor tem razão".

Isso teve o efeito imediato de dissipar a ligeira tensão que se formara na sala enquanto Mr. Harry Smith falava. E o próprio Mr. Harry Smith pareceu perder toda inibição, pois se inclinou para a frente e continuou:

"Foi para isso que enfrentamos Hitler, afinal. Se Hitler tivesse conseguido o que queria, seríamos meros escravos agora. O mundo inteiro seria apenas alguns senhores e milhões e milhões de escravos. E não preciso relembrar ninguém aqui que não existe a menor dignidade em ser escravo. Foi para isso que nós lutamos e por isso que vencemos. Conquistamos o direito de ser cidadãos livres. E um dos privilégios de nascer inglês é que, não importa quem você seja, não importa se rico ou pobre, o sujeito nasce livre e nasce de tal forma que pode expressar livremente sua opinião, eleger ou não este ou aquele representante para o Parlamento. Isso é que é dignidade, se o senhor me permite."

"Ora, ora, Harry", disse Mr. Taylor. "Estou vendo que você está se aquecendo para um daqueles seus discursos políticos."

A observação produziu risadas. Mr. Harry Smith sorriu um pouco tímido e continuou:

"Não estou falando de política. Só estou falando, só isso. Não dá para ter dignidade se o sujeito é escravo. Mas qualquer inglês é capaz de ter, se quiser. Porque nós lutamos por esse direito."

"Este lugar pode parecer pequeno e fora de mão", disse a esposa. "Mas demos mais que a nossa cota na guerra. Mais que a nossa cota."

Depois que ela disse isso, uma certa solenidade pairou no ar, até Mr. Taylor finalmente dizer:

"O Harry aqui trabalha muito para o nosso representante local. Se o senhor der a ele uma chance, ele já lhe diz tudo o que está errado com o jeito que estão governando o país."

"Ah, mas desta vez eu só estava falando o que está *certo* no país."

"O senhor lidou muito com política?", perguntou Mr. Andrews.

"Não diretamente", respondi. "Sobretudo agora. Antes da guerra, talvez."

"É que parece que me lembro de um Mr. Stevens que era membro do Parlamento, faz um ou dois anos. Ouvi ele falar no rádio umas duas vezes. Falava umas coisas muito sensatas sobre moradia. Mas não seria o senhor, seria?"

"Ah, não", disse, com uma risada. E não tenho a menor ideia do que motivou minha declaração seguinte; tudo que posso dizer é que ela pareceu de alguma forma necessária na situação em que me encontrava. Pois disse, então: "Na verdade, minha tendência era me ocupar mais de assuntos internacionais que de assuntos domésticos. Política exterior, quero dizer".

Fiquei um pouco surpreso com o efeito que aquilo pareceu exercer sobre meus ouvintes. Isto é, uma sensação de assombro pareceu se abater sobre eles. Acrescentei depressa: "Nunca ocupei nenhum alto posto, vejam bem. Qualquer influência que eu tenha exercido foi em atividades estritamente não oficiais". Mas o silêncio durou diversos segundos.

"O senhor me desculpe", Mrs. Taylor disse por fim, "mas conheceu Mr. Churchill?"

"Mr. Churchill? Ele veio à casa em diversas ocasiões. Mas, para ser bem franco, Mrs. Taylor, durante a época em que estive mais envolvido em grandes questões, Mr. Churchill ainda não era uma figura-chave nem se esperava que viesse a ser. Gente como Mr. Eden e Lord Halifax eram visitantes mais frequentes naquela época."

"Mas o senhor conheceu mesmo Mr. Churchill? Que honra poder dizer isso."

"Não concordo com muitas coisas que Mr. Churchill diz", interveio Mr. Harry Smith, "mas não há dúvida de que ele é um grande homem. Deve ser muito especial discutir algum assunto com gente como ele."

"Bom, devo insistir", disse, "que não tive muito a ver com Mr. Churchill. Mas como disse, com toda a razão, foi muito gratificante ter tido contato com ele. Na verdade, em termos gerais, acho que fui bastante privilegiado, sou o primeiro a admitir isso. Tive a sorte de ter contato não apenas com Mr. Churchill, mas com muitos outros grandes líderes e homens influentes, da América e da Europa. E, quando se pensa que tive a sorte de contar com sua atenção em muitas das grandes questões da época — sim, quando me lembro disso, sinto certa gratidão. É um grande privilégio, afinal de contas, ter podido desempenhar um papel, por menor que fosse, no panorama mundial."

"Desculpe perguntar", disse Mr. Andrews, "mas que tipo de homem é Mr. Eden? Quero dizer, pessoalmente. Sempre tive a impressão de que era um sujeito muito decente. Do tipo que fala com qualquer um, de classe alta ou baixa, rico ou pobre. Estou certo?"

"Eu diria que no geral essa descrição é exata. Mas claro que não tenho visto Mr. Eden em anos recentes, e ele pode ter mudado muito por causa das pressões. Uma coisa que constatei é que a vida pública pode tornar as pessoas irreconhecíveis em uns poucos anos."

"Não duvido, não, senhor", disse Mr. Andrews. "Até o Harry, aqui. Se envolveu com política faz uns anos e nunca mais foi o mesmo desde então."

Houve risos de novo, enquanto Mr. Harry Smith encolhia os ombros e permitia que um sorriso cruzasse seu rosto. Depois, disse:

"É verdade que me dediquei muito ao trabalho de campanha. É só em nível local, e nunca encontro com ninguém tão importante como essa gente com que o senhor lida, mas, à minha humilde maneira, acredito que estou fazendo minha parte. No meu entender, a Inglaterra é uma democracia, e nós, nesta aldeia, sofremos tanto quanto qualquer um para manter as coisas assim. Agora, depende de nós exercer nossos direitos, de cada um de nós. Alguns bons rapazes desta aldeia deram a vida por esse privilégio, e, no meu entender, cada um de nós aqui, agora, tem com eles o dever de desempenhar o seu papel. Nós todos temos opiniões firmes aqui, e é nossa responsabilidade fazer com que sejam ouvidas. Estamos isolados, certo, é só uma pequena aldeia, nenhum de nós está ficando mais moço, e ela está diminuindo. Mas o que eu acho é que devemos isso aos bons rapazes desta aldeia que perdemos. É por isso, meu senhor, que agora dedico tanto do meu tempo para garantir que nossa voz seja ouvida nos altos postos. E se isso me transformar, ou me mandar mais cedo para o túmulo, não me importa."

"Eu bem que avisei o senhor", disse Mr. Taylor com um sorriso. "Harry não ia de jeito nenhum deixar um cavalheiro influente como o senhor passar pela aldeia sem lhe encher os ouvidos."

Houve risadas de novo, mas eu disse quase de pronto:

"Acho que entendo muito bem sua posição, Mr. Smith. Entendo muito bem que o senhor queira que o mundo seja um lugar melhor e que o senhor e seus conterrâneos aqui tenham uma oportunidade de contribuir para a construção de um mundo melhor. É um sentimento que merece aplauso. Ouso dizer que foi um pendor muito semelhante que me levou a me envolver com grandes questões antes da guerra. Naquela época, como agora, a paz do mundo parecia algo muito frágil em nossas mãos e eu quis fazer a minha parte."

"O senhor me desculpe", disse Mr. Harry Smith, "mas o que estou dizendo é um pouco diferente. Para gente como o senhor, é sempre fácil exercer influência. Pode contar com os mais poderosos da Terra como amigos. Mas gente como nós aqui, meu senhor, a gente pode passar anos e anos sem botar os olhos num cavalheiro de verdade, a não ser, talvez, o dr. Carlisle. É um médico de primeira classe, mas, com todo o respeito, não tem tantos *contatos*. É fácil para nós, aqui, esquecer nossa responsabilidade como cidadãos. Por isso é que eu trabalho tanto na campanha. Podem concordar ou discordar, e eu sei que não tem ninguém aqui na sala que concorde com *tudo* o que eu digo, mas, pelo menos, faço todo mundo pensar. Pelo menos, lembro aos outros do seu dever. Nós vivemos num país democrático. Lutamos por ele. Todos temos de fazer nosso papel."

"O que terá acontecido com o dr. Carlisle?", perguntou-se Mrs. Smith. "Acho que o cavalheiro ia gostar de uma conversa 'educada' agora."

Isso provocou mais risos.

"Na verdade", eu disse, "embora tenha sido extremamente agradável conhecer vocês todos, devo confessar que estou começando a me sentir bem exausto..."

"Claro, meu senhor", disse Mrs. Taylor, "deve estar muito cansado. Quem sabe eu pego mais um cobertor para o senhor. As noites andam muito frias agora."

"Não, Mrs. Taylor, garanto que vou estar muito bem acomodado."

Mas antes que eu pudesse me levantar da mesa, Mr. Morgan disse:

"Eu estava pensando que tem um sujeito que a gente gosta de ouvir no rádio, o nome dele é Leslie Mandrake, eu estava pensando se o senhor conhece."

Respondi que não e estava a ponto de fazer mais uma tentativa de me retirar, quando me vi detido por mais perguntas sobre várias pessoas que eu poderia ter conhecido. Ainda estava sentado à mesa quando Mrs. Smith observou:

"Ah, vem vindo alguém. Acho que é o doutor, afinal."

"Tenho mesmo de me retirar", eu disse. "Estou me sentindo exausto."

"Mas eu tenho certeza de que é o doutor agora", disse Mrs. Smith. "Espere mais uns minutinhos."

Assim que ela disse isso, bateram na porta e uma voz disse:

"Sou eu, Mrs. Taylor."

O cavalheiro que entrou era ainda bastante jovem — por volta dos quarenta anos, talvez —, alto e magro. Tão alto, de fato, que teve de se curvar para passar pela porta do chalé. Assim que cumprimentou a todos, Mrs. Taylor lhe disse:

"Aqui está o nosso cavalheiro, doutor. O carro dele quebrou em Thornley Bush e ele está tendo de aguentar os discursos de Harry por causa disso."

O doutor veio até a mesa e estendeu a mão para mim.

"Richard Carlisle", disse com um sorriso alegre quando me levantei para apertá-la. "Que pena o que aconteceu com seu carro. Mas acho que está sendo bem tratado aqui. Bem tratado até demais, imagino."

"Obrigado", respondi. "São todos muito gentis."

"Bom, é um prazer ter o senhor conosco." O dr. Carlisle sentou-se à mesa quase na minha frente. "De onde o senhor está vindo?"

"Oxfordshire", respondi, e de fato não foi fácil controlar o instinto de acrescentar "meu senhor".

"Lugar muito bonito. Tenho um tio que mora perto de Oxford. Lugar muito bonito."

"O cavalheiro estava nos contando, doutor", disse Mrs. Smith, "que conhece Mr. Churchill."

"É mesmo? Eu conhecia um sobrinho dele, mas perdi contato. Nunca tive a honra de conhecer o grande homem, porém."

"E não só Mr. Churchill", continuou Mrs. Smith. "Conhece Mr. Eden. E Lord Halifax."

"É?"

Senti os olhos do médico me examinando de perto. Estava a ponto de dizer alguma coisa adequada, mas antes que pudesse fazê-lo, Mr. Andrews disse ao médico:

"O cavalheiro estava nos contando que, no passado, trabalhou muito com política externa."

"É mesmo?"

Pareceu-me que o dr. Carlisle ficou olhando para mim durante um período de tempo excessivo. Depois, retomou seus modos alegres e perguntou:

"Viajando a passeio?"

"Principalmente", respondi, e dei uma risadinha.

"Muitos lugares bonitos por aqui. Ah, a propósito, Mr. Andrews, desculpe não ter devolvido ainda aquela serra."

"Sem pressa, doutor."

Durante um breve instante, o foco da atenção deslocou-se de mim e pude ficar quieto. Depois, aproveitando um momento que julguei adequado, me pus de pé, dizendo:

"Por favor, me desculpem. Foi uma noite muito agradável, mas realmente tenho de me recolher."

"Uma pena o senhor ter de se recolher já", disse Mrs. Smith. "O doutor acabou de chegar."

Mr. Harry Smith inclinou-se diante da esposa e disse ao dr. Carlisle: "Eu estava esperando que o cavalheiro dissesse algumas palavras sobre suas ideias a respeito do Império, doutor". E virando-se para mim, continuou: "O nosso doutor aqui é a favor da independência de todos os países pequenos. Não tenho conhecimento para provar que está errado, mas sei que está. Eu estava interessado em saber o que uma pessoa como o senhor teria a dizer sobre o assunto".

Mais uma vez, o olhar do dr. Carlisle pareceu me estudar. Ele disse então: "É uma pena, mas temos de deixar o cavalheiro ir para a cama. Teve um dia cansativo, acredito".

"De fato", respondi, e com outra risadinha comecei a dar a volta na mesa. Para meu embaraço, todos na sala, inclusive o dr. Carlisle, se puseram de pé.

"Muito obrigado", eu disse, sorrindo. "Mrs. Taylor, o jantar estava esplêndido. Desejo a todos uma boa noite."

Veio então o coro de "Boa noite para o senhor". Tinha quase saído da sala quando a voz do médico me fez parar na porta.

"Olhe, meu amigo", disse ele, e, quando me voltei, vi que havia permanecido de pé. "Tenho uma visita a fazer em Stanbury amanhã cedinho. Ficaria contente de lhe dar uma carona até o seu carro. Evita a caminhada. E podemos pegar uma lata de gasolina com Ted Hardacre no caminho."

"Muita gentileza sua", disse. "Mas não quero causar nenhum incômodo."

"Incômodo nenhum. Sete e meia está bom para o senhor?"

"Seria uma grande ajuda."

"Certo então, sete e meia. Tem de garantir que seu hóspede vai estar de pé e de café tomado às sete e meia, Mrs. Taylor." E, voltando-se de novo para mim, acrescentou: "Vamos poder ter a nossa conversa, afinal. Só que o Harry aqui não vai ter a satisfação de assistir à minha humilhação".

Houve risos e mais boas-noites antes de eu poder subir para o santuário deste quarto.

Creio que nem preciso reforçar a dimensão do incômodo que passei essa noite por conta da infeliz confusão a respeito da minha pessoa. Só posso dizer agora que, honestamente, não vejo como eu poderia, racionalmente, ter impedido que a situação se desenrolasse da maneira como se desenrolou. Pois, no momento em que me dei conta do que estava ocorrendo, as coisas já haviam ido tão longe que não podia esclarecer aquelas pessoas sem criar um grande embaraço para todos. De qualquer forma, por mais lamentável que seja esse assunto, não creio que tenha feito mal nenhum. Afinal, vou embora amanhã de manhã e é provável que nunca mais veja essas pessoas. Parece não haver muito sentido em me deter no assunto.

Porém, à parte a infeliz confusão, talvez haja nos acontecimentos dessa noite um ou outro aspecto merecedor de um momento de reflexão, quando mais não seja porque são aspectos que poderão vir a ser incômodos nos próximos dias. Por exemplo, a questão do pronunciamento de Mr. Harry Smith sobre a natureza da "dignidade". Sem dúvida, pouca coisa em seu discurso merece maiores considerações. Claro, é preciso admitir que Mr. Harry Smith estava usando a palavra "dignidade" em um sentido completamente diferente daquele que atribuo ao termo. Ainda assim, mesmo tomada em seus próprios termos, sua declaração foi, sem dúvida, idealista demais, teórica demais para merecer respeito. Até certo ponto, sem dúvida, há alguma verdade no que diz: em um país como o nosso, as pessoas podem de fato ter um certo dever de pensar sobre grandes questões e formular suas opiniões. Mas, sendo a vida como é, como se pode realmente esperar que as pessoas comuns tenham "opiniões firmes" sobre todo tipo de coisas, como Mr. Harry Smith insiste que os moradores daqui têm? E não apenas essas expectativas não são realistas como duvido muito que sejam desejáveis. Existe, afinal de contas, um limite real para o que as pessoas comuns são capazes de aprender e saber, e pedir que cada uma contribua com "opiniões firmes" para os grandes debates da nação decerto não seria razoável. De qualquer forma, é absurdo que alguém pretenda definir nesses termos a "dignidade" de uma pessoa.

Por acaso, me vem à mente um exemplo que acredito ilustrar bastante bem os limites reais da possível verdade contida nas posições de Mr. Harry Smith. Trata-se de um exemplo de minha experiência pessoal, um episódio que aconteceu antes da guerra, por volta de 1935.

Lembro-me de que uma noite, muito tarde, passava da meia--noite, fui chamado à saleta onde Lord Darlington recebia três cavalheiros desde a hora do jantar. Naturalmente, eu havia sido chamado já diversas vezes naquela noite para reabastecer as bebidas — e, nessas ocasiões, observei os cavalheiros mergulhados em conversação sobre assuntos de peso. Quando entrei na saleta nessa última ocasião, porém, todos os cavalheiros pararam de falar e olharam para mim. Lord Darlington disse:

"Pode vir até aqui um momento, Stevens? Mr. Spencer quer trocar uma palavrinha com você."

O cavalheiro em questão ficou olhando para mim por um momento, sem mudar a postura um tanto lânguida que havia assumido em sua poltrona. E disse:

"Meu bom homem, tenho uma pergunta para você. Precisamos de sua ajuda em certo assunto que estamos debatendo. Me diga, você considera que a situação de débito para com a América constitui fator significativo para a atual baixa no nível de comércio? Ou acha que isso é uma pista falsa e que a raiz da questão está no fato de abandonarmos o ouro como padrão?"

Naturalmente, fiquei surpreso com aquilo, mas entendi rapidamente qual era a situação; ou seja, o que se esperava claramente era que eu ficasse perplexo com a pergunta. Na verdade, no breve momento que levei para perceber isso e compor uma resposta adequada, posso até ter dado a impressão superficial de estar batalhando com aquela questão, pois vi os cavalheiros na sala trocarem sorrisos triunfantes.

"Sinto muito, senhor", respondi, "mas não posso ajudar nesse caso."

Àquela altura, eu estava dominando a situação, mas os cavalheiros continuaram rindo disfarçadamente. Então, Mr. Spencer disse:

"Bem, talvez possa nos ajudar em outra questão. Você diria que o problema monetário na Europa estaria melhor ou pior se houvesse um acordo sobre armamentos entre os franceses e os bolcheviques?"

"Sinto muito, senhor, mas não posso ajudar nesse caso."

"Ah, sei", disse Mr. Spencer. "Então não pode nos ajudar nisso também."

Houve mais risos disfarçados antes de Lord Darlington dizer: "Muito bem, Stevens. Isso é tudo".

"Por favor, Darlington, eu quero fazer mais uma pergunta ao nosso bom homem aqui", disse Mr. Spencer. "Muito apreciaria a sua ajuda numa questão que está incomodando vários de nós, e que todos sabemos ser decisiva para determinarmos a forma de nossa política externa. Meu bom homem, por favor, nos ajude. O que M. Laval estava pretendendo com seu recente discurso sobre a situação do Norte da África? Você também acha que foi um simples artifício para esmagar a ala nacionalista de seu partido local?"

"Sinto muito, senhor, mas não posso ajudar nesse caso."

"Estão vendo, cavalheiros?", disse Mr. Spencer voltando-se para os outros: "O nosso homem aqui não pode nos ajudar nessas questões".

Aquilo produziu novos risos, agora pouco disfarçados.

"E, no entanto", prosseguiu Mr. Spencer, "continuamos insistindo na ideia de que as decisões desta nação sejam deixadas nas mãos do nosso bom homem aqui e de milhões de outros como ele. É de admirar que, atados como estamos por nosso atual sistema parlamentarista, sejamos incapazes de encontrar qualquer solução para nossas muitas dificuldades? Ora, é como pedir a um comitê da associação de mães que organize uma campanha de guerra."

Houve risadas abertas, gostosas, diante daquela observação, durante as quais Lord Darlington murmurou: "Obrigado, Stevens", permitindo assim que eu saísse.

Embora, é claro, fosse uma situação ligeiramente incômoda, estava longe de ser a mais difícil, ou mesmo excepcional, de se encontrar no curso do exercício do dever — e você, sem dúvida, há de concordar que qualquer profissional decente deve esperar topar com acontecimentos assim pela frente. Eu havia praticamente esquecido o episódio na manhã seguinte, quando Lord Darlington entrou na sala de bilhar, onde eu estava tirando o pó de uns retratos em cima de uma escada, e disse:

"Olhe, Stevens, aquilo foi horrível. A provação que impusemos a você ontem à noite."

Fiz uma pausa no que estava fazendo e disse:

"Não foi nada, senhor. Foi uma satisfação poder servir."

"Foi horrível. Acho que nós todos tínhamos jantado bem demais. Por favor, aceite minhas desculpas."

"Obrigado, senhor. Mas gostaria de garantir ao senhor que não foi nenhum inconveniente."

Lord Darlington foi até uma poltrona de couro com ar bastante cansado, sentou-se e suspirou. Do meu privilegiado posto de observação, em cima da escada, podia ver praticamente toda a sua figura esguia iluminada pelo sol de inverno que entrava pelas portas-balcão, riscando quase a sala inteira. Foi, me lembro, um daqueles momentos que faziam pensar em quanto as pressões da vida estavam cobrando de Lord Darlington o seu preço, em um número relativamente pequeno de anos. Sua silhueta, sempre esguia, havia se tornado alarmantemente magra e um tanto deformada, os cabelos prematuramente brancos, o rosto marcado e fatigado. Por um momento, ele ficou olhando as colinas para além das janelas, depois disse:

"Foi horrível. Mas você sabe, Stevens, Mr. Spencer tinha de provar uma coisa a Sir Leonard. Na verdade, se isso serve de consolo, você ajudou a demonstrar um ponto muito importante. Sir Leonard falava sem cessar sobre aquela bobagem antiquada, sobre a vontade de o povo ser o árbitro mais sensato e tal. Acredita numa coisa dessas, Stevens?"

"De fato, senhor."

"Nós, neste país, sempre demoramos tanto para admitir que algo já foi superado. Outras grandes nações sabem perfeitamente bem que enfrentar os desafios de uma nova era significa se desfazer de métodos velhos, às vezes amados. Não é assim na Grã-Bretanha. Ainda há tanta gente falando como Sir Leonard ontem à noite. Foi por isso que Mr. Spencer sentiu a necessidade de provar seu ponto de vista. E posso lhe garantir, Stevens: se gente como Sir Leonard acordar e pensar um pouco, você pode acreditar que o seu sacrifício de ontem à noite não terá sido em vão."

"Pois não, senhor."

Lord Darlington deu mais um suspiro. "Somos sempre os últimos, Stevens. Sempre os últimos a nos agarrar a sistemas superados. Porém, mais cedo ou mais tarde, vamos ter de encarar os fatos. A democracia é coisa do passado. O mundo hoje é um lugar complicado demais para o sufrágio universal e coisas assim; para membros do Parlamento debaterem infindavelmente as coisas, até a paralisia. Tudo isso era muito bom até alguns anos atrás, talvez, mas no mundo de hoje? O que foi que Mr. Spencer disse ontem à noite? Ele colocou bastante bem."

"Acredito, senhor, que ele comparou o atual sistema parlamentarista com um comitê da associação de mães tentando organizar uma campanha de guerra."

"Exatamente, Stevens. Para ser franco, nós estamos atrasados neste país. E é indispensável que as pessoas de visão o demonstrem para gente como Sir Leonard."

"Pois não, senhor."

"Pergunto a você, Stevens. Cá estamos, em meio a uma crise contínua. Vi com meus próprios olhos quando fui ao norte com Mr. Whittaker. As pessoas estão sofrendo. Gente normal, trabalhadora, decente, sofrendo terrivelmente. A Alemanha e a Itália agiram e puseram a casa em ordem. E aqueles malditos bolcheviques também, à maneira deles, é de se acreditar. Até o presidente Roosevelt, veja só, não tem medo de dar alguns passos ousados em prol do seu povo. Mas, olhe para nós aqui, Stevens. Ano após ano se passa, e nada melhora. Tudo o que fazemos é discutir e debater e protelar. Qualquer ideia decente sofre tantas emendas que, no meio do caminho dos vários comitês que tem de atravessar, já se torna ineficaz. As poucas pessoas qualificadas para saber o que é o quê são silenciadas pelos ignorantes à sua volta. O que você acha disso, Stevens?"

"A nação parece mesmo estar em estado lastimável, senhor."

"Está. Olhe a Alemanha e a Itália, Stevens. Veja o que uma liderança forte é capaz de fazer quando consegue agir. Nada dessa bobagem de sufrágio universal por lá. Se sua casa está pegando fogo, você não reúne a criadagem na saleta e discute durante uma hora as várias opções de fuga, não é? Isso pode ter sido muito bom um dia, mas o mundo agora é um lugar complicado. Não se pode esperar que o homem da rua entenda o suficiente sobre política, economia, comércio mundial e sabe-se lá o que mais. E por que deveria? Na verdade, você deu uma boa resposta ontem à noite, Stevens. Como foi que disse? Algo como não estar em seu poder? Bom, por que deveria?"

Ao lembrar aquelas palavras, me ocorre que, evidentemente, muitas das ideias de Lord Darlington parecerão hoje bastante estranhas — talvez até desanimadoras. Mas, sem dúvida, não se pode negar que existe um importante elemento de verdade nas coisas que ele me disse naquela manhã na sala de bilhar. Claro, é um absurdo total esperar que qualquer mordomo esteja em posição de responder com autoridade a questões como as que Mr. Spencer me fez naquela noite, e a colocação de Mr. Harry Smith — de que a "dignidade" do indivíduo depende de ele ser capaz de desenvolvê-la — revela-se, por si mesma, absurda. Vamos deixar bem claro: o dever de um mordomo é prestar bons serviços. Não é se meter nos grandes assuntos da nação. O fato é que esses grandes assuntos estarão sempre além da compreensão de gente como você e eu, e aqueles de nós que desejem atingir nosso nível devem entender que o que melhor fazemos é nos concentrar naquilo que é da nossa alçada; ou seja, devotar toda a atenção a prover o melhor serviço possível àqueles grandes cavalheiros em cujas mãos repousa de fato o destino da civilização. Isso pode parecer óbvio, mas é possível pensar de imediato em muitos exemplos de mordomos que, durante algum tempo, pelo menos, pensaram de modo bem diferente a esse respeito. Com efeito, as palavras de Mr. Harry Smith esta noite muito me lembraram o tipo de idealismo sem rumo que assolou setores significativos de nossa geração ao longo dos anos 20 e 30. Refiro-me àquela tendência de opinião que sugeria que qualquer mordomo com aspirações sérias deveria assumir a atitude de reavaliar eternamente seu patrão, esquadrinhando suas motivações, analisando as consequências de suas posições. Só dessa forma, rezava o argumento, podia-se estar certo de ter as próprias capacidades empregadas para um fim desejável. Embora se possa simpatizar até certo ponto com o idealismo contido nesse argumento, não resta dúvida de que é resultado, assim como os sentimentos de Mr. Smith, esta noite, de um pensamento sem rumo. Basta olhar os mordomos que tentaram colocar em prática tal atitude e logo se vê que suas carreiras — em alguns casos, altamente promissoras — não deram em nada como consequência direta disso. Conheci pessoalmente pelo menos dois profissionais, ambos de alguma habilidade, que iam de um patrão a outro, sempre insatisfeitos, nunca assentando em parte alguma, até desaparecerem por completo. Não é de surpreender que isso tenha vindo a acontecer. Pois, na prática, simplesmente não é possível adotar tal atitude crítica em relação a um patrão e, ao mesmo tempo, prover bons serviços. Não só porque é pouco provável que alguém possa atender às demandas de serviço de alto nível enquanto tem sua atenção desviada para esses assuntos como também, mais fundamentalmente, um mordomo que está sempre tentando formular suas próprias "opiniões firmes" sobre os negócios de seu patrão provavelmente será deficiente de uma qualidade essencial em todo bom profissional, ou seja, a lealdade. Por favor, não me entenda mal. Não me refiro àquele tipo de "lealdade" sem reflexão, cuja falta os patrões medíocres lamentam quando se veem incapazes de reter os serviços de profissionais de alto nível. Na verdade, eu seria o último a defender que se dedique a própria lealdade descuidadamente a qualquer dama ou cavalheiro que empregue o profissional por algum tempo. Porém, se um mordomo quer ser de alguma valia para algo ou para alguém na vida, chegará por certo o momento em que encerrará sua busca; um momento em que terá de dizer a si mesmo: "Esse patrão incorpora tudo o que eu acho nobre e admirável. Portanto, me devotarei a servi-lo". Isso é lealdade *inteligente*. O que existe nisso de "indignidade"? Trata-se apenas de aceitar uma verdade inescapável: que gente como você e eu nunca estará em posição de compreender as grandes questões do mundo de hoje, e nosso melhor rumo será sempre depositar confiança num patrão que julguemos sábio e honrado, devotando nossas energias à tarefa de servi-lo com o melhor de nossa capacidade. Olhe pessoas como Mr. Marshall, digamos, ou Mr. Lane, sem dúvida as duas maiores figuras de nossa profissão. É possível imaginar Mr. Marshall discutindo com Lord Camberley o último despacho ao Ministério das Relações Exteriores? É menor a nossa admiração por Mr. Lane porque ficamos sabendo que ele não tem o hábito de desafiar Sir Leonard Gray antes de cada discurso na Câmara dos Comuns? Claro que não. O que existe de "indigno", o que existe de culpável em tal atitude? Como é possível que alguém atribua culpa em qualquer sentido porque os esforços de Lord Darlington eram mal orientados, tolos mesmo? Ao longo de todos os anos em que o servi, foi ele e só ele quem avaliou os argumentos e julgou melhor agir como agiu, enquanto eu apenas me limitava, com toda a propriedade, a assuntos que estavam dentro do meu campo profissional. E, no que me diz respeito, desempenhei minhas funções o melhor que pude, dentro de um padrão que muitos poderão considerar de "primeira classe". Não é culpa minha se a vida e a obra de Lord Darlington hoje parecem, na melhor das hipóteses, um desperdício, e é muito ilógico que eu sinta qualquer pena ou vergonha por mim mesmo.

QUARTO DIA — TARDE

Little Compton, Cornualha

Cheguei finalmente a Little Compton e, neste momento, estou sentado na sala de jantar do Hotel Rose Garden, logo após o almoço. Lá fora, a chuva cai sem parar.

O Hotel Rose Garden, embora longe de luxuoso, é sem dúvida caseiro e confortável, e não há por que reclamar da despesa extra de me acomodar aqui. Está muito convenientemente localizado numa esquina da praça da cidadezinha, um encantador solar coberto de hera capaz de acomodar, acredito, trinta e tantos hóspedes. Esta sala de jantar onde estou sentado agora, porém, é um anexo moderno, construído ao lado do edifício principal; um salão longo, baixo, caracterizado por fileiras de grandes janelas de ambos os lados. De um deles, vê-se a praça da cidade; do outro, o jardim dos fundos, em razão do qual este estabelecimento deve ter recebido seu nome. O jardim, que parece bem protegido do vento, tem algumas mesas arranjadas ao seu redor, e imagino ser um lugar agradável para tomar refeições ou lanches quando o tempo está bom. Na verdade, sei que, algum tempo atrás, alguns hóspedes começaram a almoçar ali fora, sendo interrompidos pelo aparecimento de ameaçadoras nuvens de tempestade. Quando entrei aqui, há mais ou menos uma hora, os empregados estavam desarrumando apressadamente as mesas do jardim — enquanto seus ocupantes, inclusive um cavalheiro com o guardanapo ainda enfiado na camisa, esperavam, parecendo perdidos. Logo depois, a chuva começou a cair com tal ferocidade que, por um momento, todos os hóspedes pararam de comer só para olhar pelas janelas.

Minha mesa está postada do lado que dá para a praça e, portanto, passei boa parte da última hora olhando a chuva cair sobre ela, o Ford e mais um ou dois outros veículos estacionados lá fora. Agora, o temporal amainou-se, mas ainda é suficientemente forte para fazer qualquer um desistir de sair e passear pela cidade. Claro que me ocorreu a possibilidade de partir ao encontro de Miss Kenton, mas em minha carta informei a ela que chegaria às três horas, e não acho razoável surpreendê-la chegando mais cedo. Parece muito provável que, se a chuva não parar logo, ficarei aqui tomando chá até chegar a hora adequada para sair. Apurei com a jovem que serviu o almoço que o endereço onde Miss Kenton está residindo agora fica a uns quinze minutos a pé, o que significa que tenho de esperar pelo menos mais uns quarenta minutos.

Devo dizer, a propósito, que não sou tão tolo a ponto de não estar preparado para uma decepção. Tenho plena consciência de que nunca recebi uma resposta de Miss Kenton confirmando que gostaria de me encontrar. Porém, conhecendo-a como conheço, tendo a pensar que a ausência de uma carta deve ser tomada como concordância. Se um encontro fosse por alguma razão inconveniente, tenho certeza de que ela não hesitaria em me informar. Além disso, contei em minha carta que havia feito reserva neste hotel e que qualquer mensagem de última hora deveria ser deixada para mim aqui; o fato de nenhuma mensagem estar à minha espera pode, acredito, ser interpretado como mais uma razão para supor que tudo está bem.

Esse temporal de agora é algo surpreendente, uma vez que o dia começou com o brilhante sol matinal com que venho sendo abençoado desde que deixei Darlington Hall. Realmente, o dia começou bem no geral, com um café da manhã de ovos frescos de granja e torradas, oferecido por Mrs. Taylor, e com o dr. Carlisle comparecendo às sete e meia, conforme o prometido, o que possibilitou que eu partisse dos Taylor — que continuaram não querendo nem ouvir falar de remuneração — antes que qualquer conversa embaraçosa tivesse a oportunidade de surgir.

"Encontrei uma lata de gasolina para o senhor", anunciou o dr. Carlisle ao abrir para mim a porta do passageiro do seu Rover. Agradeci a ele pela atenção, mas, quando perguntei sobre o pagamento, descobri que tampouco ele queria ouvir falar disso.

"Bobagem, meu amigo. É só um pouquinho que encontrei nos fundos da minha garagem. Mas suficiente para levar o senhor até Crosby Gate, onde vai poder abastecer devidamente."

Ao sol matinal, dava para ver que o centro da aldeia de Moscombe era um grupo de pequenas lojas em torno de uma igreja, cuja torre eu havia visto do morro na noite anterior. Tive, porém, pouca chance de estudar a aldeia, pois o dr. Carlisle virou rapidamente o carro na trilha de uma fazenda.

"Um atalho", disse, enquanto passávamos por celeiros e veículos agrícolas estacionados. Parecia não haver ninguém presente em parte alguma e, a certo ponto, quando deparamos com uma porteira fechada, o doutor disse: "Desculpe, meu amigo, mas poderia fazer as honras?".

Desci, fui até a porteira e, assim que a abri, um furioso coro de latidos irrompeu de um dos celeiros próximos, de forma que foi com algum alívio que me juntei de novo ao dr. Carlisle no banco da frente do Rover.

Trocamos algumas gentilezas enquanto subíamos uma estrada estreita entre árvores altas, ele perguntando como eu havia dormido nos Taylor e coisas assim. Depois, perguntou bem de repente:

"Olhe, espero que não me considere muito rude, mas o senhor não é algum tipo de criado, é?"

Devo confessar que a sensação que me dominou ao ouvir aquilo foi de alívio.

"Sou, sim, senhor. Na verdade, sou o mordomo de Darlington Hall, perto de Oxford."

"Foi o que pensei. Toda aquela história sobre ter encontrado Winston Churchill e tudo o mais. Pensei comigo: bem, ou está mentindo como louco ou... Então, me ocorreu que havia uma explicação simples."

O dr. Carlisle voltou-se para mim com um sorriso e continuou dirigindo pelas curvas da estrada íngreme. Eu disse:

"Não era minha intenção enganar ninguém, meu senhor. Mas..."

"Ah, não precisa explicar nada, meu amigo. Entendo muito bem o que aconteceu. Quero dizer, o senhor é um espécime muito impressionante. As pessoas daqui são bem capazes de tomar o senhor pelo menos por um lorde, ou um duque." O doutor deu uma boa risada. "Deve fazer bem ser confundido com um lorde de vez em quando."

Viajamos em silêncio por alguns momentos. Então o dr. Carlisle me disse: "Bom, espero que tenha gostado de sua breve estada aqui conosco".

"Gostei muito, obrigado, senhor."

"E o que achou dos cidadãos de Moscombe? Não são tão ruins, não é?"

"Muito interessantes, senhor. Mr. e Mrs. Taylor foram extremamente gentis."

"Gostaria que não me chamasse de 'senhor' assim, o tempo inteiro, Mr. Stevens. Não, essa gente daqui não é má. No que me diz respeito, eu passaria com todo o prazer o resto da minha vida aqui."

Achei que tinha ouvido algo ligeiramente estranho na maneira de o dr. Carlisle dizer aquilo. Havia também um tom cortante na maneira como ele perguntou de novo:

"Então achou que eram interessantes, hein?"

"Achei, sim, doutor. Gente muito boa."

"E o que eles lhe contaram ontem à noite? Espero que não tenham deixado o senhor tonto com todas as fofocas da aldeia."

"Nem um pouco, doutor. Na verdade, a conversa foi em tom bastante sério, com alguns pontos de vista bem interessantes."

"Ah, está falando de Harry Smith", disse o doutor com uma risada. "Não devia ligar para ele. É interessante ouvir um pouco, mas, na verdade, ele é muito confuso. Às vezes, parece algum tipo de comunista, mas, depois, diz alguma coisa que o faz parecer um verdadeiro conservador. A verdade é que é muito confuso."

"Ah, é muito interessante ouvir isso."

"Qual foi o discurso dele na noite passada? Sobre o Império? O Sistema Nacional de Saúde?"

"Mr. Smith se limitou a tópicos mais gerais."

"Ah, sim? Por exemplo?"

Tossi. "Mr. Smith tem algumas ideias sobre a natureza da dignidade."

"Sei. Isso parece um tanto filosófico para Harry Smith. Como diabos ele chegou a um assunto desses?"

"Acho que Mr. Smith estava falando da importância do seu trabalho de campanha na aldeia."

"Ah, é?"

"Estava me dizendo com veemência que os residentes de Moscombe têm opiniões firmes sobre todo tipo de assuntos importantes."

"Ah, sei. Isso soa como Harry Smith. Como o senhor deve ter adivinhado, é tudo uma bobagem, claro. Harry está sempre tentando convencer as pessoas sobre alguns assuntos. Mas a verdade é que as pessoas ficam mais contentes quando deixadas em paz."

Fizemos novo silêncio por alguns instantes. Por fim, eu disse: "Desculpe perguntar, senhor. Mas devo concluir que Mr. Smith é considerado uma figura um tanto cômica?".

"Hmmm, eu diria que seria levar as coisas um pouco longe demais. As pessoas realmente têm uma espécie de consciência política por aqui. Acham que *têm* de ter opiniões firmes sobre isto ou aquilo, como Harry insiste que tenham. Mas, na verdade, não são nada diferentes das pessoas de toda parte. Querem uma vida tranquila. Harry tem uma porção de ideias para mudar isto e aquilo, mas, na verdade, ninguém na aldeia quer uma revolução, mesmo que seja para o bem de todos. As pessoas aqui querem ser deixadas em paz para viver sua vidinha tranquila. Não querem ser incomodadas com esta ou aquela questão."

Fiquei surpreso com o tom de desgosto que havia surgido na voz do doutor. Mas ele logo se recuperou e, com uma breve risada, disse:

"Linda vista da aldeia do seu lado."

De fato, a aldeia era visível lá embaixo. O sol da manhã lhe dava um aspecto muito diferente, mas parecia a mesma vista que eu havia encontrado na penumbra da noite, e disso concluí que estávamos agora perto do ponto onde eu havia deixado o Ford.

"Mr. Smith parecia ser da opinião", eu disse, "de que a dignidade de uma pessoa depende dessas coisas. De ter opiniões firmes e coisas assim."

"Ah, sim, a dignidade. Eu estava esquecendo. Então Harry estava tentando lidar com definições filosóficas. Nossa! Garanto que falou uma porção de bobagens."

"As conclusões dele não eram necessariamente do tipo que pede concordância, senhor."

O dr. Carlisle assentiu com a cabeça, mas pareceu mergulhar nos próprios pensamentos. "Sabe, Mr. Stevens", disse, por fim, "quando vim aqui pela primeira vez, era um socialista engajado. Acreditava em melhores serviços para todo o povo e em tudo o mais. Cheguei em 49. O socialismo permitiria que as pessoas vivessem com dignidade. Era o que eu acreditava quando vim para cá. Desculpe, o senhor decerto não quer ouvir toda essa bobagem." Virou-se para mim, alegre. "E o senhor, meu amigo?"

"Pois não, senhor?"

"O que *o senhor* acha que é a dignidade?"

Admito que a pergunta tão direta me pegou de surpresa. "É uma coisa bem difícil de explicar em poucas palavras, senhor", respondi. "Mas acho que se resume a não tirar a roupa em público."

"Desculpe, o senhor se refere a...?"

"À dignidade, senhor."

"Ah." O médico fez que sim com a cabeça, mas pareceu um pouco confuso. Disse então: "Pronto, esta estrada deve lhe parecer familiar. Talvez um pouco diferente à luz do dia. Ah, é aquele ali? Nossa, que beleza de carro!".

O dr. Carlisle parou bem atrás do Ford, desceu e repetiu: "Nossa, que beleza de carro". No momento seguinte, estava com um funil e uma lata de gasolina na mão, e foi muito gentil me ajudando a encher o tanque do Ford. Qualquer temor que eu tivesse de que algum problema maior estivesse atingindo o veículo caiu por terra quando tentei a ignição e ouvi o motor acordar com um murmúrio de saúde. Então, agradeci ao dr. Carlisle e nos separamos, embora eu tenha sido obrigado a seguir atrás do seu Rover pela sinuosa estrada da colina por quase dois quilômetros, antes de nossos caminhos se separarem.

Por volta das nove horas, atravessei a divisa da Cornualha. Isso foi pelo menos três horas antes de a chuva começar, e as nuvens ainda eram todas de um branco brilhante. Na verdade, muitas das paisagens que me saudaram nesta manhã estão entre as mais encantadoras que encontrei até aqui. Foi uma infelicidade, portanto, que por muito tempo eu não pudesse ter dado a elas a atenção que mereciam; pois, cumpre admiti-lo, um certo estado de preocupação acompanhava a ideia de que, a não ser por alguma complicação, haveria um encontro com Miss Kenton antes do final do dia. Pois assim foi que, rodando por vastos campos abertos, sem nenhum ser humano nem veículo à vista por quilômetros, ou atravessando com cuidado maravilhosas aldeiazinhas — algumas, não mais que um punhado de chalés de pedra —, me vi mais uma vez revolvendo certas recordações do passado. E agora, sentado aqui em Little Compton, na sala de jantar deste agradável hotel, com um pouco de tempo nas mãos, olhando a chuva salpicar o calçamento da praça da cidadezinha lá fora, não consigo impedir que minha mente siga vagando por aquelas mesmas trilhas.

Uma lembrança em particular vem me preocupando por toda a manhã, ou melhor, um fragmento de lembrança — um momento que, por alguma razão, permaneceu vivo dentro de mim ao longo dos anos. É a lembrança de estar parado sozinho no corredor dos fundos, diante da porta fechada dos aposentos de Miss Kenton. Eu não estava de fato em frente da porta, e sim com meu corpo voltado parcialmente para ela, trespassado pela indecisão de bater ou não; pois naquele momento, pelo que me lembro, fui tomado pela convicção de que, atrás daquela porta, a poucos metros de mim, Miss Kenton estava de fato chorando. Como disse, esse momento ficou fortemente incrustado em minha mente, assim como a lembrança da sensação peculiar que percebi crescer dentro de mim, parado ali, daquele jeito. Porém, não tenho nenhuma certeza, agora, quanto às exatas circunstâncias que me levaram a deter-me ali, no corredor dos fundos. Ocorre-me que, em outro momento de minha tentativa de reunir estas memórias, posso ter afirmado que tal lembrança provém daqueles minutos imediatamente depois de Miss Kenton ter recebido a notícia da morte da tia; isto é, a ocasião em que, ao deixá-la sozinha com sua tristeza, me dei conta, no corredor, de que não havia oferecido minhas condolências. Mas agora, depois de pensar um pouco mais, acredito que posso ter me confundido quanto a essa questão; que, na verdade, esse fragmento de memória provém de acontecimentos ocorridos numa noite pelo menos alguns meses depois da morte da tia de Miss Kenton, de fato, a noite em que o jovem Mr. Cardinal apareceu em Darlington Hall de modo bastante inesperado.

O pai de Mr. Cardinal, Sir David Cardinal, foi durante muitos anos o mais próximo amigo e colega de Lord Darlington, mas fora tragicamente morto num acidente equestre três ou quatro anos antes da noite que ora recordo. Nesse período, o jovem Mr. Cardinal havia construído para si certo renome como colunista especializado em comentários provocantes sobre assuntos internacionais. É claro que tais colunas raramente agradavam a Lord Darlington, pois me lembro de numerosas ocasiões em que ele levantou os olhos do jornal e disse algo como: "O jovem Reggie escrevendo bobagem de novo. Ainda bem que o pai dele não está vivo para ler isto". Mas os artigos de Mr. Cardinal não o impediram de ser hóspede frequente de Darlington Hall. Na verdade, Lord Darlington nunca esqueceu que o jovem era seu afilhado e sempre o tratou como parente. Ao mesmo tempo, nunca fora costume de Mr. Cardinal aparecer para jantar sem antes avisar, e fiquei portanto um pouco surpreso quando, ao atender a porta naquela noite, o encontrei ali parado, a pasta apertada entre os braços.

"Ah, olá, Stevens, como vai?", disse. "Tive um pequeno contratempo e imaginei se Lord Darlington poderia me acomodar só por uma noite."

"Satisfação ver o senhor de novo. Vou dizer a Lord Darlington que está aqui."

"Eu pretendia ficar na casa de Mr. Roland, mas parece que houve um mal-entendido e eles foram para outro lugar. Espero que não seja um momento inconveniente. Quero dizer, nada de especial hoje, não?"

"Acredito, senhor, que Lord Darlington está esperando alguns cavalheiros para depois do jantar."

"Ah, que azar. Parece que escolhi uma noite ruim. É melhor eu ficar bem quietinho. De qualquer forma, tenho de trabalhar em uns artigos hoje." Mr. Cardinal indicou a pasta.

"Vou comunicar a Lord Darlington que o senhor está aqui. Seja como for, chegou bem a tempo do jantar."

"Ótimo, imaginei que ia chegar mesmo. Mas acho que Mrs. Mortimer não vai ficar muito contente com minha presença."

Deixei Mr. Cardinal na saleta e fui para o estúdio, onde encontrei Lord Darlington trabalhando em algumas páginas com um ar de profunda concentração. Quando lhe contei da chegada de Mr. Cardinal, uma expressão de surpreso desagrado cruzou seu rosto. Ele se recostou na cadeira, como que intrigado.

"Diga a Mr. Cardinal que já vou descer", informou, afinal. "Ele pode se divertir a sós um pouquinho."

Quando voltei para baixo, descobri Mr. Cardinal andando inquieto pela saleta, examinando objetos que devia conhecer bem fazia tempo. Dei o recado de Lord Darlington e perguntei se podia lhe trazer alguma coisa.

"Ah, só um pouco de chá agora, Stevens. Quem é que ele está esperando esta noite?"

"Desculpe, senhor, temo não poder ajudar nesse caso."

"Não faz ideia?"

"Desculpe, senhor."

"Hmm, estranho. Ah, bom, melhor eu ficar quietinho hoje."

Não foi muito depois disso, me lembro, que desci para os aposentos de Miss Kenton. Ela estava sentada à mesa, embora não houvesse nada à sua frente e suas mãos estivessem vazias. Na verdade, algo em seu jeito sugeria que estava sentada ali fazia algum tempo antes de eu bater na porta.

"Mr. Cardinal está aqui, Miss Kenton", eu disse. "Vai precisar do quarto de sempre esta noite."

"Muito bem, Mr. Stevens. Eu cuido disso antes de sair."

"Ah. Vai sair esta noite, Miss Kenton?"

"Vou, sim, Mr. Stevens."

Eu talvez tenha parecido um pouco surpreso, porque ela continuou:

"O senhor há de lembrar, Mr. Stevens, que falamos disso faz quinze dias."

"Claro, Miss Kenton. Sinto muito, me escapou da lembrança por um momento."

"Algum problema, Mr. Stevens?"

"Nenhum, Miss Kenton. Estamos esperando alguns visitantes esta noite, mas não há motivo para que sua presença venha a ser necessária."

"Nós concordamos que eu poderia tirar esta noite de folga faz quinze dias, Mr. Stevens."

"Claro, Miss Kenton. Me desculpe."

Virei-me para sair, mas fui detido na porta pela voz dela:

"Mr. Stevens, tenho uma coisa para dizer ao senhor."

"Pois não, Miss Kenton?"

"Tem a ver com a pessoa com quem vou me encontrar esta noite."

"Pois não, Miss Kenton."

"Ele me pediu em casamento. Achei que o senhor tinha o direito de saber disso."

"De fato, Miss Kenton. Muito interessante."

"Ainda estou pensando no assunto."

"Pois não."

Ela olhou as mãos um segundo; depois, quase de imediato, seu olhar voltou-se para mim.

"Essa pessoa deve começar um trabalho novo na região Oeste no mês que vem."

"Pois não."

"Como eu disse, Mr. Stevens, ainda estou pensando. Porém, achei que o senhor devia ser informado da situação."

Deve ter sido uns vinte minutos depois que encontrei Miss Kenton de novo — e, dessa vez, enquanto estava ocupado com os preparativos do jantar. Na verdade, eu estava no meio da escada dos fundos, levando uma bandeja cheia, quando ouvi o som de passos zangados nas tábuas do assoalho abaixo de mim. Virei-me e a vi olhando furiosa para mim, ao pé da escada.

"Mr. Stevens, devo entender que o senhor quer que eu fique trabalhando esta noite?"

"Absolutamente, Miss Kenton. Conforme me disse, a senhorita me avisou já faz algum tempo."

"Mas estou vendo que o senhor está bem incomodado de eu sair esta noite."

"Ao contrário, Miss Kenton."

"Acha que armando essa confusão na cozinha e indo e voltando na frente do meu quarto o senhor vai conseguir me fazer mudar de ideia?"

"Miss Kenton, a ligeira excitação na cozinha se deve apenas à presença de Mr. Cardinal para jantar na última hora. Não há absolutamente nenhuma razão para que não saia esta noite."

"Pretendo ir com ou sem a sua bênção, Mr. Stevens, que fique bem claro. Combinei isso faz semanas."

"De fato, Miss Kenton. E mais uma vez lhe desejo uma boa noite."

Durante o jantar, parecia pairar no ar uma estranha atmosfera entre os dois cavalheiros. Por longos momentos, os dois comeram em silêncio, e Lord Darlington em particular parecia muito distante. A certo ponto, Mr. Cardinal disse:

"Algo especial esta noite?"

"Hã?"

"As visitas de hoje. Especiais?"

"Sinto não poder dizer, meu rapaz. Estritamente confidencial."

"Ah, bom. Acho que isso quer dizer que não devo estar presente."

"Presente onde, meu rapaz?"

"Em seja o que for que vai acontecer esta noite."

"Ah, não seria de nenhum interesse para você. De qualquer forma, é extremamente confidencial. Não posso ter alguém como você presente. Ah, não, isso não seria possível."

"Bom, parece muito especial."

Mr. Cardinal observava Lord Darlington com muita atenção, mas este último voltou a comer sem dizer mais nada.

Os cavalheiros se retiraram para a sala de fumar, para tomar vinho do Porto e acender charutos. Enquanto arrumava a sala de jantar e preparava a saleta para a chegada dos visitantes da noite, fui obrigado a atravessar repetidas vezes a porta da sala de fumar. Foi, portanto, inevitável que eu notasse que os cavalheiros, ao contrário da calma do jantar, haviam começado a trocar palavras com alguma energia. Um quarto de hora depois, as vozes zangadas se elevaram. Claro que não parei para ouvir, mas não pude evitar de escutar Lord Darlington gritando:

"Mas você não tem nada a ver com isso, meu rapaz! Nada a ver com isso!"

Estava na sala de jantar quando os cavalheiros saíram. Pareciam ter se acalmado, e as únicas palavras que trocaram ao atravessar o hall foram de Lord Darlington:

"Agora lembre bem, meu rapaz. Estou confiando em você."

Ao que Mr. Cardinal resmungou, irritado: "É, é, dei minha palavra". Os passos então se separaram, os de Lord Darlington subindo para seu estúdio, os de Mr. Cardinal para a biblioteca.

Às oito e meia, quase precisamente, veio do jardim o som de carros estacionando. Abri a porta para um chofer e, por cima de seu ombro, pude ver alguns policiais se espalhando por diversos pontos do jardim. No momento seguinte, estava conduzindo para dentro dois cavalheiros muito distintos, que Lord Darlington veio receber no hall e levou rapidamente para a saleta. Uns dez minutos depois, veio o som de mais um carro e abri a porta para Herr Ribbentrop, o embaixador alemão, agora não mais um estranho em Darlington Hall. Lord Darlington apareceu para recebê-lo e os dois cavalheiros pareceram trocar olhares cúmplices antes de desaparecerem juntos na saleta. Quando, minutos depois, fui chamado para providenciar bebidas, os quatro cavalheiros estavam comparando os méritos de diferentes tipos de salsicha, e a atmosfera parecia, pelo menos na superfície, bastante jovial.

Em seguida, assumi minha posição no hall — a posição perto do arco de entrada que em geral assumia durante reuniões importantes — e não tive de me mover dali até umas duas horas depois, quando a campainha da porta dos fundos tocou. Ao descer, descobri um policial ali parado com Miss Kenton, pedindo que eu confirmasse a identidade dela.

"Questão de segurança, apenas, senhorita, não se ofenda", resmungou o policial ao sumir de novo na noite.

Ao trancar a porta, notei que ela esperava por mim e disse-lhe: "Espero que tenha tido uma noite agradável, Miss Kenton". Ela não respondeu, então repeti, quando estávamos atravessando a cozinha escura: "Espero que tenha tido uma noite agradável, Miss Kenton".

"Tive, sim, obrigada, Mr. Stevens."

"Fico contente de saber."

Atrás de mim, os passos dela se detiveram de repente, e eu a ouvi dizer:

"Não tem a menor curiosidade de saber o que aconteceu entre mim e meu amigo esta noite, Mr. Stevens?"

"Não quero ser rude, Miss Kenton, mas realmente tenho de voltar para cima sem demora. O fato é que acontecimentos de importância mundial estão ocorrendo nesta casa neste exato instante."

"Quando não estão, Mr. Stevens? Muito bem, se o senhor tem de sair correndo, vou só contar que aceitei a proposta de meu amigo."

"Como disse, Miss Kenton?"

"A proposta de casamento."

"Ah, é mesmo, Miss Kenton? Então permita que lhe ofereça minhas congratulações."

"Obrigada, Mr. Stevens. Claro que não vou deixar de trabalhar até o fim do aviso prévio. Porém, se o senhor tiver condições de me liberar antes, ficaríamos muito agradecidos. Meu amigo começa em seu novo emprego na região Oeste dentro de duas semanas."

"Vou fazer o possível para providenciar sua substituição o mais breve possível, Miss Kenton. Agora, se me der licença, tenho de subir."

Comecei a subir de novo, mas, quando tinha acabado de chegar à porta do corredor, ouvi Miss Kenton dizer: "Mr. Stevens", e voltei-me ainda uma vez. Ela não havia se mexido e, consequentemente, foi obrigada a levantar ligeiramente a voz para se dirigir a mim, de forma que o som ecoou de um jeito bastante estranho pelos espaços cavernosos da cozinha escura e vazia.

"Devo concluir", disse ela, "que, depois de tantos anos de serviços prestados a esta casa, o senhor não tem mais nem uma palavra a dizer a respeito de minha possível despedida, além dessas que acabou de pronunciar?"

"Miss Kenton, tem as minhas mais cálidas congratulações. Mas, repito, há assuntos de significação mundial ocorrendo no andar de cima e tenho de voltar a meu posto."

"O senhor sabia, Mr. Stevens, que é uma figura muito importante para meu amigo e para mim?"

"É mesmo, Miss Kenton?"

"É, sim, Mr. Stevens. Muitas vezes passamos o tempo nos divertindo com anedotas a seu respeito. Por exemplo, meu amigo sempre me pede para mostrar o jeito como o senhor aperta o nariz ao colocar pimenta na comida. Ele sempre ri com isso."

"Pois não."

"Gosta também dos seus discursos 'preparatórios' para os empregados. Devo confessar que fiquei perita em recriar esses seus discursos. Basta eu falar duas frases e nós dois nos dobramos de rir."

"É mesmo, Miss Kenton? Agora, por favor, me dê licença."

Subi para o hall e assumi de novo minha posição. Porém, cinco minutos depois, Mr. Cardinal apareceu na porta da biblioteca e me chamou.

"Desculpe incomodar, Stevens", disse. "Mas posso lhe pedir para ir buscar um pouco mais de conhaque? A garrafa que você trouxe antes parece ter acabado."

"Pode me pedir a bebida que quiser, senhor. Porém, diante do fato de o senhor ter de concluir sua coluna, imagino se seria razoável beber mais."

"Meu artigo vai muito bem, Stevens. Traga mais um pouco de conhaque, seja bonzinho."

"Muito bem, senhor."

Quando voltei à biblioteca um momento depois, Mr. Cardinal perambulava pelas estantes, examinando as lombadas. Vi papéis espalhados em desordem sobre uma das mesas próximas. Quando me aproximei, Mr. Cardinal produziu um ruído de aprovação e desabou numa das poltronas de couro. Fui até ele, servi um pouco de conhaque e lhe entreguei.

"Sabe, Stevens", disse, "somos amigos já faz algum tempo, não é?"

"Pois não, senhor."

"Eu sempre penso em conversar um pouco com você cada vez que venho aqui."

"Sim, senhor."

"Não quer beber comigo?"

"É muita gentileza sua, senhor, mas não, obrigado."

"Diga, Stevens, você está bem aqui?"

"Perfeitamente bem, senhor, obrigado", respondi com uma risadinha.

"Não está se sentindo mal, está?"

"Um pouco cansado talvez, mas estou perfeitamente bem, obrigado."

"Bom, então, devia se sentar. De qualquer forma, como eu estava dizendo, somos amigos faz algum tempo. Então devo ser sincero com você. Como você sem dúvida adivinhou, não apareci aqui hoje por acaso. Alguém me alertou, entende? Sobre o que está acontecendo. Lá em cima, do outro lado do hall, neste momento."

"Sim, senhor."

"Quero mesmo que se sente, Stevens. Quero conversar como amigo, e você parado aí, de pé, segurando essa bendita bandeja, parece que vai sair da sala a qualquer momento."

"Sinto muito, senhor."

Depositei a bandeja e me sentei, em postura adequada, na poltrona que Mr. Cardinal me indicava.

"Melhor assim", disse ele. "Stevens, não creio que o primeiro-ministro esteja agora na saleta, está?"

"O primeiro-ministro, senhor?"

"Ah, está certo, não precisa me dizer. Entendo que sua posição é delicada." Mr. Cardinal deu um suspiro e olhou desanimado para os papéis espalhados sobre a mesa. E disse:

"Nem preciso lhe dizer, Stevens, o que sinto por Lord Darlington, não é? Quero dizer, ele tem sido como um segundo pai para mim. Nem preciso dizer isso a você, Stevens."

"Não, senhor."

"Gosto muito dele."

"Sim, senhor."

"E sei que você gosta também. Muito. Não gosta, Stevens?"

"Sim, de fato, senhor.

"Bom. Nós dois sabemos onde pisamos. E vamos encarar os fatos. Lord Darlington está em águas profundas. Fiquei olhando enquanto ele ia nadando mais e mais longe, e vou lhe dizer uma coisa: estou ficando muito ansioso. Ele está em águas profundas, entende, Stevens?"

"É mesmo, senhor?"

"Stevens, sabe o que está acontecendo neste exato momento, enquanto estamos aqui sentados, conversando? Lá naquela sala, e não preciso que você confirme, estão reunidos neste momento o primeiro-ministro britânico, o secretário de Relações Exteriores e o embaixador alemão. Lord Darlington fez maravilhas para conseguir realizar esta reunião e ele acredita, acredita piamente, que está fazendo algo de bom e honrado. Sabe por que Lord Darlington trouxe esses cavalheiros aqui hoje? Sabe, Stevens, o que está acontecendo aqui?"

"Temo que não, senhor."

"Você teme que não. Me diga, Stevens, você não se importa com isso? Não tem curiosidade? Meu Deus do céu, homem, algo muito decisivo está acontecendo nesta casa. Você não tem a menor curiosidade?"

"Não estou em posição de ter curiosidade sobre essas questões, senhor."

"Mas você gosta de Lord Darlington. Gosta profundamente, acabou de me dizer isso. Se gosta dele, não deveria se preocupar? Ficar ao menos curioso? O primeiro-ministro britânico e o embaixador alemão são reunidos de noite por seu patrão para conversas secretas, e você não fica nem curioso?"

"Não diria que não fico curioso, senhor. Porém, não estou em posição de demonstrar curiosidade por essas questões."

"Não está em posição? Ah, suponho que você acredita que isso é lealdade. Acredita? Acha que está sendo leal? A Lord Darlington? Ou à Coroa, enfim?"

"Desculpe, senhor, não entendo o que está propondo."

Mr. Cardinal suspirou de novo e sacudiu a cabeça. "Não estou propondo nada, Stevens. Francamente, não sei o que tem de ser feito. Mas você podia pelo menos ficar curioso."

Então, fez silêncio por um momento, durante o qual pareceu olhar o vazio na área do tapete em torno dos meus pés.

"Tem certeza de que não quer tomar um drinque comigo, Stevens?", disse, enfim.

"Não, obrigado, senhor."

"Vou lhe dizer uma coisa, Stevens. Estão fazendo Lord Darlington de bobo. Fiz uma grande investigação, conheço a situação na Alemanha agora tão bem quanto qualquer pessoa deste país, e lhe digo que estão fazendo Lord Darlington de bobo."

Não me manifestei, e Mr. Cardinal continuou com seu olhar vazio para o chão. Depois de um momento, continuou: "Lord Darlington é uma pessoa muito, muito querida. Mas o fato é que está fora do seu terreno. Está sendo manipulado. Está sendo manipulado como um títere pelos nazistas. Você notou isso, Stevens? Notou que é isso que vem acontecendo há três ou quatro anos pelo menos?".

"Desculpe, senhor, mas não notei nenhum desenvolvimento nesse sentido."

"Nem desconfiou? Não teve a menor desconfiança de que, por intermédio de nosso querido amigo Herr Ribbentrop, Herr Hitler vem manipulando Lord Darlington como um títere, com a mesma facilidade com que ele manobra qualquer das suas outras peças em Berlim?"

"Desculpe, senhor, mas temo não ter observado nenhum desenvolvimento nesse sentido."

"Mas acho que você não teria desconfiado, Stevens, porque não é curioso. Você simplesmente deixa tudo isso se passar diante de você e nunca pensa em ver a coisa como é."

Mr. Cardinal acomodou-se na poltrona, de forma a ficar um pouco mais ereto, e, por um momento, pareceu considerar o seu trabalho inacabado em cima da mesa próxima. Depois, disse:

"Lord Darlington é um cavalheiro. É isso que está na raiz de tudo. Ele é um cavalheiro e lutou na guerra contra os alemães; seu instinto é oferecer generosidade e amizade ao inimigo vencido. É o instinto dele. Porque é um cavalheiro, um verdadeiro cavalheiro inglês dos antigos. E você deve ter enxergado isso, Stevens. Como pode não ter enxergado? O jeito como usaram isso, manipularam, transformaram uma coisa fina, nobre, em outra coisa, outra coisa que podem usar para seus próprios fins criminosos? Você deve ter enxergado isso, Stevens."

Mr. Cardinal estava de novo olhando o chão. Ficou em silêncio durante alguns momentos, depois disse:

"Me lembro de ter vindo aqui anos atrás, e havia aquele sujeito americano. Era uma grande conferência, meu pai estava envolvido na organização. Me lembro de esse sujeito americano, mais bêbado do que eu estou agora, se levantar na mesa de jantar diante do grupo todo. Ele apontou Lord Darlington e o chamou de amador, chamou Lord Darlington de amador desastrado e disse que estava fora do seu terreno. Bom, tenho de dizer, Stevens, que aquele americano estava certo. Assim é. O mundo hoje é um lugar muito sujo para instintos finos e nobres. Você enxerga isso por si mesmo, não, Stevens? O jeito como eles manipularam uma coisa nobre e fina. Você enxergou sozinho, não enxergou?"

"Sinto muito, senhor, mas não posso dizer que tenha enxergado."

"Não pode dizer. Bom, não sei quanto a você, mas eu vou fazer algo a respeito. Se meu pai estivesse vivo, ele faria alguma coisa para parar com isso."

Mr. Cardinal calou-se de novo e, por um momento — talvez por haver evocado lembranças de seu finado pai —, pareceu extremamente melancólico.

"Você se contenta, Stevens", disse afinal, "de ver Lord Darlington pulando no precipício desse jeito?"

"Desculpe, senhor, mas não entendo bem a que está se referindo."

"Você não entende, Stevens. Bom, somos amigos, então vou falar francamente. Ao longo dos últimos anos, Lord Darlington foi, neste país, provavelmente a peça individual mais útil para os truques de propaganda de Herr Hitler. Melhor ainda porque é sincero e honrado e não percebe a verdadeira natureza daquilo que está fazendo. Só durante os últimos três anos, Lord Darlington foi um instrumento decisivo no estabelecimento de ligações entre Berlim e mais de sessenta dos cidadãos mais influentes deste país. Funcionou lindamente para eles. Herr Ribbentrop está podendo praticamente ignorar por completo o nosso Departamento de Relações Exteriores. E como se o seu maldito Congresso e seus malditos Jogos Olímpicos não bastassem, sabe no que estão fazendo Lord Darlington trabalhar agora? Tem ideia do que está sendo discutido neste instante?"

"Temo que não, senhor."

"Lord Darlington está tentando convencer o próprio primeiro-ministro a aceitar o convite para visitar Herr Hitler. Ele realmente acredita que existe um terrível mal-entendido da parte do primeiro-ministro quanto ao atual regime alemão."

"Não consigo ver o que há para se objetar nisso, senhor. Lord Darlington sempre lutou por um melhor entendimento entre as nações."

"E isso não é tudo, Stevens. Neste exato momento, a menos que eu esteja muito enganado, neste exato momento, ele está discutindo a ideia de Sua Majestade em pessoa visitar Herr Hitler. Não é segredo nenhum que nosso novo rei sempre foi entusiasta dos nazistas. Bom, ao que parece, ele agora está disposto a aceitar o convite de Herr Hitler. Neste exato momento, Stevens, Lord Darlington está fazendo o que pode para remover as objeções das Relações Exteriores a essa ideia horrenda."

"Desculpe, senhor, mas não consigo ver Lord Darlington fazendo nada que não seja o mais elevado e o mais nobre. Está fazendo o que pode, afinal, para garantir que a paz continue prevalecendo na Europa."

"Me diga, Stevens, você não se espanta com a remota possibilidade de eu estar certo? Não fica pelo menos *curioso* a respeito do que estou dizendo?"

"Desculpe, senhor, mas tenho de dizer que deposito toda a confiança no bom discernimento de Lord Darlington."

"Ninguém com bom discernimento pode continuar acreditando em nada do que diz Herr Hitler depois da marcha sobre a Renânia, Stevens. Lord Darlington está fora do seu terreno. Ah, Deus, agora eu realmente ofendi você."

"Absolutamente, senhor", assegurei-lhe, pois havia me levantado ao ouvir a campainha da saleta. "Parece que estou sendo chamado pelos cavalheiros. Com sua licença, senhor."

Na saleta, o ar estava denso de fumaça de tabaco. De fato, os distintos cavalheiros continuavam fumando seus charutos, com expressões solenes nos rostos, sem dizer uma palavra, enquanto Lord Darlington me instruía a trazer da adega uma garrafa de certo vinho do Porto de excepcional qualidade.

Àquela hora da noite, passos descendo a escada dos fundos certamente seriam notados e, sem dúvida, foram responsáveis por despertar Miss Kenton. Pois quando eu avançava pela escuridão do corredor, a porta de sua saleta se abriu e ela apareceu no batente, iluminada pela luz de dentro.

"Fico surpreso de ver a senhorita ainda aqui, Miss Kenton", disse, ao me aproximar.

"Mr. Stevens, fui muito boba agora há pouco."

"Desculpe, Miss Kenton, mas não tenho tempo para conversar agora."

"Mr. Stevens, não deve levar a sério nada do que eu disse antes. Foi simplesmente uma bobagem minha."

"Não levei nada a sério, Miss Kenton. Na verdade, não me lembro a que a senhorita possa estar se referindo. Está se desenrolando um acontecimento de grande importância lá em cima, e não posso parar para trocar gentilezas com a senhorita. Sugiro que se retire para a noite."

Com isso, apressei-me, e não foi senão ao chegar à entrada da cozinha que a escuridão dominou o corredor, me revelando que Miss Kenton havia fechado sua porta.

Não demorei muito para localizar a garrafa em questão na adega e fazer os preparativos necessários para servi-la. Foi, portanto, apenas alguns minutos depois de meu breve encontro com Miss Kenton que me vi retornando pelo corredor, dessa vez levando uma bandeja. Ao me aproximar da porta de Miss Kenton, vi pela luz que vazava das frestas que ainda estava ali dentro. E foi esse o momento, tenho certeza agora, que ficou tão persistentemente alojado em minha memória; aquele momento em que me detive na penumbra do corredor, a bandeja na mão, uma convicção cada vez maior dentro de mim de que a poucos metros, do outro lado daquela porta, Miss Kenton estava chorando. Pelo que me lembro, não há nenhuma prova real dessa convicção — eu certamente não ouvi sons de choro — e, no entanto, me lembro de ter plena certeza de que, se batesse e entrasse, eu a descobriria em prantos. Não sei quanto tempo fiquei parado ali; na época, pareceu-me um período significativo, mas, na realidade, desconfio que foi apenas questão de alguns segundos. Pois, evidentemente, tinha de correr para cima e servir os cavalheiros mais distintos da Terra, e não posso imaginar que fosse me atrasar indevidamente.

Quando voltei à saleta, vi que os cavalheiros ainda estavam num clima bastante sério. Além disso, porém, tive poucas oportunidades de obter uma impressão do clima porque, assim que entrei, Lord Darlington pegou a bandeja de minhas mãos, dizendo: "Obrigado, Stevens, eu cuido disso. É tudo".

Atravessando o hall de novo, retomei minha posição usual, debaixo do arco, e durante a hora seguinte — ou seja, até os cavalheiros finalmente irem embora — não aconteceu nada que me obrigasse a deixar meu posto. Mesmo assim, aquela hora que passei parado ali ficou viva em minha mente ao longo dos anos. Primeiro, meu espírito estava — não me importa admitir — um tanto abatido. Mas, permanecendo ali parado, uma coisa curiosa começou a acontecer; isto é, uma profunda sensação de triunfo começou a brotar dentro de mim. Não consigo me lembrar de até que ponto analisei aquele sentimento à época, mas hoje, olhando para trás, não me parece difícil de entender. Eu havia, afinal de contas, encerrado uma noite extremamente exigente, ao longo da qual havia conseguido preservar uma "dignidade condizente com minha posição", e o fizera, além disso, de um jeito que teria deixado meu pai orgulhoso. E ali, do outro lado do hall, atrás daquelas portas sobre as quais pousava meu olhar, dentro da sala onde eu havia acabado de executar minhas tarefas, os cavalheiros mais poderosos da Europa estavam conferenciando sobre o destino de nosso continente. Quem haveria de duvidar, naquele momento, que eu de fato chegara tão perto do eixo das coisas quanto um mordomo poderia desejar? Acho, portanto, que ali parado, ponderando sobre os acontecimentos da noite — os que haviam se desenrolado e os que ainda estavam por acontecer —, eles me pareceram uma espécie de resumo de tudo o que eu havia conquistado até então em minha vida. Não encontro outras explicações para a sensação de triunfo que me elevou naquela noite.

SEXTO DIA — NOITE

Weymouth

Esta cidade costeira é um lugar que pensei visitar durante muitos anos. Ouvi várias pessoas dizerem que haviam passado aqui férias agradáveis, e Mrs. Symons também, em *The Wonder of England*, diz que a "cidade pode manter plenamente entretido um visitante durante dias sem fim". Realmente, ela faz especial menção a este píer onde estive passeando pela última meia hora, e recomenda que seja visitado especialmente à noite, quando é iluminado por lâmpadas de diversas cores. Há pouco, soube por um funcionário que as luzes serão acesas "logo, logo", então decidi sentar-me aqui neste banco e esperar pelo acontecimento. Daqui, tenho uma boa visão do sol se pondo sobre o mar, e, embora ainda haja muita luz, pois foi um dia esplêndido, vejo aqui e ali luzes começando a aparecer ao longo de toda a costa. O píer continua cheio de gente; atrás de mim, o bater de muitos passos sobre as pranchas continua ininterrupto.

Cheguei a esta cidade ontem à tarde e resolvi ficar uma segunda noite para me permitir passar o dia inteiro bem relaxado. E devo dizer que está sendo um alívio não dirigir, pois, por mais divertida que seja a atividade, ela se torna cansativa depois de algum tempo. De qualquer forma, posso me permitir ficar mais este dia aqui; saindo cedo amanhã, com certeza estarei de volta a Darlington Hall à hora do chá.

Passaram-se agora dois dias inteiros depois de meu encontro com Miss Kenton no salão de chá do Hotel Rose Garden em Little Compton. De fato, foi ali que nos encontramos; Miss Kenton surpreendeu-me vindo ao hotel. Eu passava o tempo depois de terminar o almoço; acredito que simplesmente olhava a chuva através da janela ao lado de minha mesa, quando um funcionário do hotel veio me informar que uma senhora queria falar comigo na recepção. Levantei-me e saí para o lobby, onde não vi ninguém que conhecesse. Mas, então, a recepcionista disse, detrás do balcão: "A senhora está esperando no salão de chá, senhor".

Entrando pela porta indicada, descobri uma sala cheia de poltronas descombinadas e uma ou outra mesa. Não havia ali mais ninguém além de Miss Kenton, que se levantou quando entrei, sorriu e me estendeu a mão.

"Ah, Mr. Stevens. Que bom ver o senhor de novo."

"Mrs. Benn, que alegria."

A luz na sala fizera-se sombria por causa da chuva, então mudamos nossas poltronas para perto da janela. E foi assim que Miss Kenton e eu ficamos conversando pelas duas horas seguintes, ali naquela poça de luz cinzenta, enquanto a chuva continuava a cair com constância na praça lá fora.

Naturalmente, ela havia envelhecido um pouco, mas, aos meus olhos pelo menos, isso parecia ter acontecido com muita graça. Continuava com a silhueta esguia, a postura ereta de sempre. Mantinha também seu velho hábito de sustentar a cabeça de um jeito que beirava o desafio. Evidentemente, com aquela luz fria iluminando seu rosto, não pude deixar de notar as rugas que haviam aparecido aqui e ali. Mas, no geral, a Miss Kenton que via diante de mim parecia surpreendentemente semelhante à pessoa que havia habitado minha memória durante esses anos. Isso quer dizer que, no geral, foi extremamente agradável vê-la de novo.

Nos primeiros vinte minutos, mais ou menos, diria que trocamos o tipo de frases que estranhos trocariam; ela perguntou polidamente de minha viagem até ali, se estava gostando de minhas férias, que cidades e locais eu havia visitado e assim por diante. À medida que continuamos a conversa, devo dizer que pensei começar a perceber outras mudanças, mais sutis, que os anos haviam obrado nela. Por exemplo, Miss Kenton parecia de alguma forma *mais lenta*. É possível que isso fosse simplesmente a calma que vem com a idade, e me esforcei durante algum tempo para encarar dessa forma aquela mudança. Mas não podia evitar a sensação de que o que estava vendo era um cansaço da vida; a fagulha que havia feito dela uma pessoa tão viva, às vezes inflamável, parecia haver desaparecido. Realmente, em alguns momentos, quando ela não estava falando e seu rosto estava em repouso, penso ter vislumbrado algo como tristeza em sua expressão. Mas é claro que posso muito bem ter me enganado.

Depois de algum tempo, a ligeira estranheza que podia ter existido nos minutos iniciais de nosso encontro havia se dissipado por completo, e a conversa assumiu um tom mais pessoal. Passamos algum tempo relembrando diversas pessoas do passado ou trocando qualquer notícia que tínhamos delas — e isso, devo dizer, foi muito agradável. Mas não foi tanto o conteúdo de nossa conversa, e sim os pequenos sorrisos que ela dava ao fim de suas frases, as pequenas inflexões irônicas aqui e ali, certos gestos de seus ombros e mãos, que começaram a evocar inconfundivelmente os ritmos e hábitos de nossas conversas por todos aqueles anos passados.

Foi nesse ponto que também pude estabelecer alguns fatos relativos às suas condições atuais. Por exemplo, soube que seu casamento não estava em estado tão desastroso quanto se poderia depreender de sua carta; que, embora ela tivesse realmente saído de casa por um período de quatro ou cinco dias, durante os quais foi composta a carta que recebi, voltara para casa — e Mr. Benn havia ficado muito feliz em recebê-la de volta. "Ainda bem que pelo menos um de nós é sensato nessas coisas", disse ela, sorrindo.

Entendo, claro, que tal assunto não me dizia respeito, e quero esclarecer que nem sonharia em me intrometer nessa questão, não tivesse, como você deve se lembrar, importantes razões profissionais para fazê-lo: os atuais problemas de pessoal em Darlington Hall. De qualquer forma, Miss Kenton não pareceu se importar de confiar a mim tais informações, o que tomei como um gentil testemunho da forte proximidade que nossa relação de trabalho um dia teve.

Pois um pouco depois disso, me lembro, Miss Kenton pôs-se a falar em termos mais gerais sobre o marido, que deve se aposentar em breve — um pouco prematuramente, em virtude da falta de saúde —, e a filha, que agora está casada e esperando um bebê para o outono. Na verdade, Miss Kenton me deu o endereço da filha em Dorset, e devo dizer que fiquei muito lisonjeado com sua insistência para que eu a visitasse na minha viagem de volta. Embora eu explicasse que dificilmente passaria por aquela parte de Dorset, Miss Kenton continuou insistindo:

"Catherine sabe tudo a seu respeito, Mr. Stevens. Vai ficar encantada de conhecer o senhor."

De minha parte, tentei lhe descrever o melhor possível como era Darlington Hall hoje. Tentei lhe passar a ideia de como Mr. Farraday é um patrão camarada e descrevi as mudanças na própria casa, as alterações e as capas guarda-pó, além dos atuais arranjos de pessoal. Miss Kenton, achei, ficou visivelmente mais contente quando falei da casa, e logo estávamos evocando diversas lembranças antigas, muitas vezes rindo delas.

Só me lembro de termos tocado no nome de Lord Darlington uma única vez. Estávamos nos divertindo com alguma lembrança ou outra referente ao jovem Mr. Cardinal, então tive de informar a Miss Kenton que o cavalheiro fora morto na Bélgica durante a guerra. E continuei, dizendo:

"Claro, Lord Darlington gostava muito de Mr. Cardinal e reagiu muito mal."

Não queria estragar a atmosfera agradável com assuntos tristes, de forma que tentei abandonar o tema quase que de imediato. Mas, como eu temia, Miss Kenton havia lido sobre o malsucedido processo por difamação e, inevitavelmente, aproveitou a oportunidade para me sondar um pouco. Pelo que me lembro, resisti bastante, embora no fim tenha realmente dito a ela:

"O fato, Mrs. Benn, é que, ao longo de toda a guerra, disseram coisas realmente terríveis a respeito de Lord Darlington — *aquele* jornal em particular. Ele aguentou tudo enquanto o país estava em perigo, mas, assim que a guerra acabou, e as insinuações simplesmente continuaram, bem, Lord Darlington não viu razão para seguir sofrendo em silêncio. Hoje talvez seja muito fácil perceber todos os perigos de uma ida aos tribunais naquela época, com o clima que havia. Mas assim foi. Lord Darlington acreditava sinceramente que lhe seria feita justiça. Em vez disso, claro, os jornais simplesmente aumentaram sua circulação. E o bom nome de Lord Darlington foi destruído para sempre. De fato, Mrs. Benn, depois disso, enfim, Lord Darlington virou praticamente um inválido. E a casa ficou muito sossegada. Eu levava o chá para ele na saleta e... bem... Era trágico de ver."

"Sinto muito, Mr. Stevens. Não fazia ideia de que as coisas tivessem sido tão ruins."

"Ah, sim, Mrs. Benn. Mas basta desse assunto. Sei que se lembra de Darlington Hall nos dias em que havia grandes reuniões, quando estava cheia de visitantes distintos. É assim que Lord Darlington merece ser lembrado."

Como disse, foi a única vez que mencionei Lord Darlington. Nos ocupamos predominantemente de lembranças muito alegres, e aquelas duas horas que passamos juntos no salão de chá foram, eu diria, extremamente agradáveis. Parece que me lembro de vários outros hóspedes entrando enquanto estávamos ali conversando, que se sentavam por alguns momentos e voltavam a sair, mas eles não nos distraíram de maneira nenhuma. Realmente, nem dava para acreditar que duas horas inteiras haviam se passado quando Miss Kenton olhou para o relógio sobre a lareira e disse que tinha de voltar para casa. Quando informou que teria de andar na chuva até um ponto de ônibus um pouco fora da cidade, insisti em levá-la no Ford, e assim foi que, depois de conseguir um guarda-chuva na recepção, saímos juntos.

Grandes poças de água haviam se formado em torno do local onde deixara o Ford, me obrigando a prestar algum auxílio para que Miss Kenton chegasse à porta do passageiro. Logo, porém, estávamos rodando pela rua principal e, quando as lojas terminaram, nos vimos em campo aberto. Miss Kenton, que estava olhando calada a paisagem passar, virou-se então para mim e disse:

"Por que está sorrindo para si mesmo desse jeito, Mr. Stevens?"

"Ah... Desculpe, Mrs. Benn, mas estava me lembrando de certas coisas que escreveu em sua carta. Fiquei um pouco preocupado quando li, mas agora vejo que não havia razão para isso."

"Ah? E a que o senhor se refere em particular, Mr. Stevens?"

"Ah, nada em particular, Mrs. Benn."

"Ah, Mr. Stevens, tem de me dizer."

"Bom, por exemplo, Mrs. Benn", eu disse, rindo, "em certo ponto da carta, a senhora escreveu, deixe-me ver, 'o resto da minha vida se estende como um vazio diante de mim'. Algo assim."

"Francamente, Mr. Stevens", disse ela, também rindo um pouco. "Não posso ter escrito uma coisa dessas."

"Ah, garanto que sim, Mrs. Benn. Me lembro com toda a clareza."

"Ah, meu Deus. Bom, talvez eu me sinta assim alguns dias. Mas passa rápido. Posso lhe garantir, Mr. Stevens, que minha vida *não* se estende vazia à minha frente. Primeiro, porque estamos esperando um neto. O primeiro de vários, talvez."

"É verdade. Vai ser esplêndido para a senhora."

Rodamos em silêncio mais alguns momentos. Então, Miss Kenton disse:

"E o senhor, Mr. Stevens? O que o futuro lhe reserva, de volta a Darlington Hall?"

"Bom, seja o que for, Mrs. Benn, sei que não é o vazio que me espera. Quem dera que fosse. Mas não, é trabalho, trabalho e mais trabalho."

Ambos demos risada disso. Então, Miss Kenton apontou um abrigo um pouco adiante na estrada. Quando nos aproximamos, ela disse:

"Poderia esperar comigo, Mr. Stevens? O ônibus só demora uns minutos."

Ainda chovia bastante quando saímos do carro e corremos para o abrigo. Este último, uma construção inteira de pedra, coberta de telhas, parecia muito sólido, como de fato precisava ser, localizado ali em posição altamente exposta contra um fundo de campos vazios. Dentro, a pintura descascava por toda parte, mas era bem limpo. Miss Kenton sentou-se no banco, enquanto fiquei de pé onde podia ver a chegada do ônibus. Do outro lado da estrada, tudo o que se via eram mais campos de fazenda. Uma linha de postes de telégrafo guiava o olhar por eles.

Depois de esperarmos em silêncio durante alguns minutos, eu enfim lhe disse:

"Desculpe, Mrs. Benn, mas o fato é que podemos não nos encontrar de novo por um longo tempo. Imagino se me permitiria lhe perguntar uma coisa de natureza bastante pessoal. É uma coisa que vem me incomodando faz algum tempo."

"Claro, Mr. Stevens, Afinal, somos velhos amigos."

"Realmente, como a senhora diz, somos velhos amigos. É apenas uma pergunta, Mrs. Benn. Por favor, não responda se achar que não deve. Mas o fato é que as cartas que recebi ao longo dos anos, e particularmente a última, tendiam a sugerir... como dizer?... infelicidade. Fico pensando se a senhora está sendo maltratada de alguma forma. Desculpe, mas, como disse, é uma coisa que me preocupa faz algum tempo. Iria me sentir um bobo se tivesse vindo até aqui, encontrado a senhora e não tivesse ao menos feito a pergunta."

"Mr. Stevens, não há por que ficar envergonhado. Somos velhos amigos afinal, não somos? Na verdade, fico muito tocada por se preocupar. O senhor pode ficar absolutamente tranquilo a esse respeito. Meu marido não me maltrata de forma nenhuma. Não é um homem cruel nem mal-humorado em absoluto."

"Confesso, Mrs. Benn, que isso me deixa bastante aliviado."

Inclinei-me para fora, na chuva, para ver se havia sinal do ônibus.

"Vejo que não ficou muito satisfeito, Mr. Stevens", disse Miss Kenton. "Não acredita em mim?"

"Ah, não é isso, Mrs. Benn, absolutamente. É só que o fato permanece: não parece ter sido feliz ao longo desses anos. Quero dizer, me desculpe, a senhora deixou seu marido diversas vezes. Se ele não a maltrata, então... não entendo a causa de sua infelicidade."

Tornei a olhar a chuva. Por fim, ouvi Miss Kenton dizer, atrás de mim: "Mr. Stevens, como posso explicar? Eu própria não sei por que faço essas coisas. Mas é verdade, eu fui embora três vezes já". Fez uma pausa momentânea, durante a qual continuei olhando para os campos do outro lado da estrada. Ela disse então: "Acho, Mr. Stevens, que está me perguntando se amo ou não o meu marido".

"Na verdade, Mrs. Benn, eu não poderia pretender..."

"Sinto que tenho de responder para o senhor, Mr. Stevens. Como disse, pode ser que a gente não se encontre de novo por muitos anos. Sim, eu amo meu marido. Não amava no começo. Não o amei por um longo tempo. Quando saí de Darlington Hall, faz tantos anos, nunca me dei conta de que estava saindo de fato, de verdade. Acho que pensei que era simplesmente mais um estratagema, Mr. Stevens, para amolar o senhor. Foi um choque chegar aqui e me ver casada. Durante um longo tempo, fui muito infeliz, muito infeliz mesmo. Mas depois, com o passar dos anos, veio a guerra, Catherine cresceu e, um dia, entendi que amava meu marido. A gente passa tanto tempo com uma pessoa que acaba se acostumando com ela. É um homem bom, constante — e, sim, Mr. Stevens, aprendi a amá-lo."

Miss Kenton voltou a se calar por um momento. Depois, continuou:

"Mas isso não quer dizer, evidentemente, que não haja uma ou outra ocasião extremamente desoladora, em que a gente pensa consigo mesma: 'Que erro terrível eu cometi na minha vida'. E se pensa numa vida diferente, numa vida *melhor* que se poderia ter levado. Por exemplo, penso na vida que poderia ter levado com o senhor, Mr. Stevens. Acho que é nesses momentos que fico zangada com alguma coisa trivial e vou embora. Mas cada vez que faço isso, entendo logo depois que meu lugar é ao lado do meu marido. Enfim, não tem como voltar o relógio agora. Não se pode ficar pensando no que poderia ter sido. Tem-se de entender que esta vida é boa, talvez melhor que a de muita gente, e agradecer."

Acho que não respondi de imediato, porque levei um ou dois momentos para digerir totalmente aquelas palavras de Miss Kenton. Além disso, como você pode avaliar, o sentido nelas implícito era tal que provocava certo grau de tristeza dentro de mim. Realmente — por que não haveria de admitir? —, naquele momento, meu coração estava partido. Logo, porém, voltei-me para ela e disse com um sorriso:

"A senhora está muito certa, Mrs. Benn. Como disse, é tarde demais para voltar o relógio. Na verdade, eu não ia conseguir dormir se soubesse que essas ideias seriam causa de infelicidade para a senhora e seu marido. Cada um de nós, conforme disse, tem de agradecer por aquilo que *efetivamente* tem. E pelo que me diz, Mrs. Benn, tem toda razão para estar contente. Na verdade, eu arriscaria dizer que, com Mr. Benn se aposentando e os netos a caminho, a senhora e ele têm pela frente alguns anos extremamente felizes. Não deve deixar que mais nenhuma ideia boba se coloque entre a senhora e a felicidade que merece."

"Claro, tem razão, Mr. Stevens. Muita gentileza sua."

"Ah, Mrs. Benn, parece que é o seu ônibus chegando."

Dei um passo para fora e acenei, enquanto Miss Kenton se levantava e vinha até a beirada do abrigo. Só quando o ônibus parou foi que olhei para ela e percebi que seus olhos tinham se enchido de lágrimas. Sorri e disse:

"Agora, Mrs. Benn, tem de se cuidar bem. Muita gente diz que a aposentadoria é a melhor parte da vida de um casal. Tem de fazer todo o possível para que esses anos sejam felizes para a senhora e seu marido. Talvez a gente nunca mais se encontre, Mrs. Benn, então quero que preste bastante atenção ao que estou dizendo."

"Vou, sim, Mr. Stevens, obrigada. E muito obrigada pela carona. Foi muita gentileza sua. Foi muito bom ver o senhor de novo."

"Foi um grande prazer reencontrá-la, Mrs. Benn."

* * *

As luzes do píer se acenderam e, atrás de mim, uma multidão acaba de dar um grande viva por isso. Ainda resta bastante luz do dia, o céu sobre o mar ficou de um vermelho pálido, mas parece que toda a gente que foi se reunindo no píer ao longo da última meia hora agora deseja que a noite caia. Isso confirma, acho, o que disse o homem que, até um minuto atrás, estava sentado a meu lado neste banco, e com quem tive minha curiosa discussão. O que ele dizia é que, para muita gente, a noite é a melhor parte do dia, a parte que quase todos ficam esperando. E como eu disse, parece haver alguma verdade nisso — senão, por que toda essa gente haveria de dar um viva espontâneo apenas porque as luzes do píer se acenderam?

Claro que o homem estava falando figurativamente, mas é muito interessante ver suas palavras se comprovarem ao pé da letra de maneira tão imediata. Acho que ele estava sentado aqui a meu lado fazia alguns minutos, sem que eu o tivesse notado, tão absorto fiquei com minhas lembranças do encontro com Miss Kenton faz dois dias. Realmente, não acho que houvesse registrado sua presença no banco até ele declarar em voz alta:

"O ar marinho faz muito bem à saúde."

Levantei os olhos e vi um homem grande, talvez beirando os setenta anos, vestindo um casaco de tweed bastante usado, a camisa aberta no colarinho. Estava olhando a água, talvez as gaivotas ao longe, e não estava nada claro se falava comigo. Como ninguém respondeu e como não vi ninguém por perto que pudesse responder, acabei dizendo:

"É, tenho certeza de que sim."

"O médico disse que faz bem. Então venho aqui sempre que o tempo permite."

O homem prosseguiu, me contando sobre suas várias aflições, só ocasionalmente desviando os olhos do pôr do sol para sacudir a cabeça ou sorrir para mim. Só comecei realmente a prestar atenção quando ele mencionou que, até se aposentar, três anos antes, havia sido mordomo em uma casa próxima. Perguntando mais, descobri que a casa era muito pequena e ele era, ali, o único empregado em tempo integral. Quando perguntei se algum dia ele havia trabalhado com mais empregados sob suas ordens, talvez antes da guerra, ele respondeu:

"Ah, naquele tempo eu era só lacaio. Não teria conhecimento para ser mordomo *naquela* época. O senhor nem imagina o que envolvia ter uma daquelas grandes casas sob sua responsabilidade."

Nesse ponto, achei adequado revelar minha identidade e, embora não tenha certeza de que "Darlington Hall" significasse alguma coisa para ele, meu companheiro pareceu ficar impressionado.

"E eu aqui, querendo explicar tudo para o senhor", disse, com uma risada. "Ainda bem que me contou antes que eu fizesse papel de bobo. Isso prova que nunca se sabe com quem a gente está falando quando puxa conversa com um estranho. Então, o senhor tinha uma grande equipe, acredito. Antes da guerra, quero dizer."

Era um sujeito alegre e parecia sinceramente interessado, por isso confesso que passei algum tempo contando a ele sobre a Darlington Hall de antigamente. No geral, tentei comunicar parte do "conhecimento", como ele dissera, necessário para supervisionar grandes acontecimentos do tipo que costumávamos ter sempre. Realmente, acredito que cheguei a revelar-lhe vários dos meus "segredos" profissionais, criados para obter aquele tantinho extra dos empregados, além dos vários "gestos", equivalentes aos de um mágico, com que um mordomo pode fazer uma coisa acontecer no momento e no lugar exatos, sem que os convidados nem desconfiem das manobras às vezes grandes e complicadas por trás da operação. Como eu disse, meu companheiro ficou sinceramente interessado, mas, depois de algum tempo, senti que havia revelado o suficiente e concluí, dizendo:

"Claro, as coisas são muito diferentes hoje, com o meu atual patrão. Um cavalheiro americano."

"Americano, é? Bom, são os únicos que têm dinheiro hoje. Então o senhor ficou junto com a casa. Parte do pacote." Ele se virou e me deu um sorriso.

"É", respondi, rindo um pouco. "Como bem diz o senhor, parte do pacote."

O homem tornou a olhar o mar, respirou fundo e suspirou, contente. Então, ficamos ali sentados, quietos durante longos minutos.

"O fato é, claro", eu disse, depois de um tempo, "que dei o melhor de mim para Lord Darlington. Dei-lhe o melhor que podia dar e agora, bem, acho que não tenho muito mais para dar."

O homem nada disse, mas assentiu com a cabeça e eu continuei:

"Desde que chegou Mr. Farraday, meu novo patrão, tentei muito, muito mesmo, prover o tipo de serviço que gostaria que ele tivesse. Tentei e tentei, mas, por mais que faça, sinto que estou longe de atingir o padrão que estabeleci. Mais e mais erros aparecem no meu trabalho. Triviais em si mesmos, pelo menos até agora. Mas são do tipo que eu nunca teria cometido antes, e sei o que significam. Deus sabe que tentei e tentei, mas não adianta. Já dei o que tinha para dar. Dei tudo para Lord Darlington."

"Ai, ai, parceiro. Quer um lenço? Tenho um aqui em algum lugar. Pronto. Está limpo. Só assoei o nariz uma vez hoje de manhã, só isso. Agora é sua vez, parceiro."

"Ah, nossa, não, obrigado, está tudo bem. Desculpe, acho que a viagem me cansou. Sinto muito."

"O senhor deve ter sido muito ligado a esse Lord não-sei-o-quê. E faz três anos que ele morreu, o senhor disse? Dá para perceber que era muito ligado a ele, parceiro."

"Lord Darlington não era um mau homem. Não era um mau homem, não. E ele pelo menos teve o privilégio de poder dizer, no fim da vida, que cometeu seus erros. Era um homem corajoso. Escolheu um determinado caminho na vida, que se mostrou equivocado, mas e daí? Ele escolheu, isso ele pode dizer ao menos. Quanto a mim, nem isso posso dizer. Eu *confiava*, entende? Confiava na sabedoria de Lord Darlington. Em todos aqueles anos de serviço a ele, confiei que estava fazendo alguma coisa que valia a pena. Não posso nem dizer que cometi os meus erros. De fato, o sujeito tem de perguntar a si mesmo: que dignidade existe nisso?"

"Olhe aqui, parceiro, não sei se estou entendendo tudo o que está dizendo. Mas, se quer saber, sua atitude está toda errada, entende? Não fique olhando para trás o tempo todo, senão acaba deprimido. E, está certo, não consegue fazer seu trabalho tão bem como antes, mas é assim com todo mundo, compreende? Todo mundo tem de botar as pernas para o ar algum dia. Olhe para mim. Feliz feito um passarinho desde que me aposentei. Está certo, nenhum de nós está no vigor da juventude, mas tem de olhar para a frente." E acho que foi então que ele disse: "Tem de se divertir. A noite é a melhor parte do dia. Você já fez o seu trabalho do dia. Agora ponha as pernas para cima e aproveite. É isso que eu penso. Pergunte a qualquer um e vai ver só. A noite é a melhor parte do dia".

"Sem dúvida, deve ter razão", eu disse. "Desculpe, isso é tão impróprio. Acho que estou esgotado. Tenho viajado muito, sabe?"

Faz agora uns vinte minutos que o homem foi embora, mas fiquei aqui neste banco, esperando o acontecimento que acabou de ocorrer, ou seja, as luzes do píer se acenderem. Como disse, a felicidade com que os que buscam o prazer reunidos neste píer saudaram o pequeno acontecimento parece confirmar o acerto das palavras de meu companheiro. Para muita gente, a noite é a parte mais prazerosa do dia. Talvez exista, portanto, algo de verdade no conselho dele de que não devo olhar tanto para trás, que devo adotar uma postura mais positiva e tentar tirar o melhor proveito do que resta do meu dia. Afinal, o que se ganha olhando sempre para trás e se culpando pela vida não ter saído exatamente como se desejava? A dura realidade é que, para gente como você e eu, sem dúvida não há muita escolha além de deixar o destino, em última análise, nas mãos daqueles grandes cavalheiros que estão no eixo do mundo e empregam nossos serviços. Para que se preocupar tanto com o que se poderia ou não fazer para controlar o curso que tomou a vida? Sem dúvida, já é o bastante gente como você e eu pelo menos *tentar* fazer sua pequena contribuição contar para algo verdadeiro e digno. E, se alguns de nós estão preparados para sacrificar muito da vida para perseguir essas aspirações, isso em si é, sem dúvida — seja qual for o resultado —, motivo de orgulho e contentamento.

A propósito, minutos atrás, pouco antes de as luzes se acenderem, eu me voltei no banco um momento para estudar mais de perto esses batalhões de pessoas que riem e conversam atrás de mim. É gente de todas as idades que passeia pelo píer: famílias com filhos, casais, jovens e velhos, andando de braços dados. Há um grupo de seis ou sete pessoas pertinho de mim que me despertou um pouco a curiosidade. Naturalmente, concluí que era um grupo de amigos que se reuniu para a noite. Mas, ao ouvir sua conversa, ficou claro que eram estranhos que haviam acabado de se cruzar nesse ponto atrás de mim. Evidentemente, todos fizeram uma pausa quando as luzes se acenderam, e continuaram a conversar uns com os outros. Olhando para eles agora, vejo que estão rindo alegremente. É curioso como as pessoas conseguem construir tal calor entre elas tão depressa. É possível que essas pessoas em particular tenham se juntado simplesmente na expectativa da noite que vem. Mas aí, acho, tem mais a ver com a capacidade de brincar. Olhando o grupo agora, posso ouvir que fazem uma brincadeira atrás da outra. Acho que é assim que muita gente gosta de proceder. Na realidade, é possível que meu companheiro de banco de agora há pouco estivesse esperando que eu fizesse algum gracejo. E, nesse caso, acho que fui uma decepção. Talvez esteja realmente na hora de eu começar a me dedicar a essa questão dos gracejos com mais entusiasmo. Afinal de contas, pensando bem, não é uma coisa tão boba de se fazer, principalmente se é no gracejo que está a chave do calor humano.

Ocorre-me, além disso, que não é absurdo, da parte de um patrão, esperar que um profissional seja capaz de brincar. Claro que já dediquei muito tempo a desenvolver minha capacidade de gracejar, mas é possível que nunca antes tenha abordado a tarefa com o empenho que poderia lhe dedicar. Talvez, portanto, quando voltar para Darlington Hall amanhã — Mr. Farraday só volta dentro de mais uma semana —, eu comece a praticar com redobrado esforço. E, quando meu patrão voltar, espero estar em posição de lhe fazer uma agradável surpresa.

Depois do anoitecer*

---

* Este conto, publicado na revista *The New Yorker* de 21 de maio de 2001, é inédito em livro.

Houve tempo em que eu podia viajar semanas sem fim pela Inglaterra e continuar muito alerta, em que o efeito da viagem sobre mim era, no máximo, o de me deixar mais afiado. Agora, porém, que estou mais velho, fico desorientado com maior facilidade. Assim foi que, ao chegar à aldeia, logo depois do escurecer, não consegui absolutamente me localizar. Não dava nem para acreditar que estava na mesma aldeia onde eu vivera não muito tempo antes e onde chegara a exercer tamanha influência.

Não reconhecia nada, e me vi andando por eternas ruas curvas e mal iluminadas, orladas de ambos os lados pelas casinhas de pedra típicas da região. As ruas às vezes ficavam tão estreitas que não dava para seguir sem raspar a mala ou o cotovelo em alguma parede áspera. Mesmo assim prossegui, tropeçando no escuro, na esperança de chegar à praça da aldeia, onde pelo menos poderia me orientar ou então encontrar algum morador. Depois de algum tempo, não tendo conseguido nem uma coisa nem outra, baixou-me um desânimo e resolvi que o melhor a fazer era simplesmente escolher qualquer casa ao acaso, bater na porta e torcer para que ela fosse aberta por alguém que se lembrasse de mim.

Parei em uma porta de aparência particularmente frágil, com a trave superior tão baixa que era evidente que, para entrar, teria de me encolher. Pelas beiradas da porta vazava uma luz fraca e dava para ouvir vozes e risos. Bati forte para garantir que os ocupantes me ouvissem por cima da conversa. Mas alguém atrás de mim disse: "Olá".

Virei e vi uma jovem de uns vinte anos, vestindo jeans em farrapos e agasalho rasgado, parada no escuro, logo adiante.

"Você passou direto por mim ainda há pouco", disse ela, "apesar de eu ter chamado."

"É mesmo? Bom, desculpe. Não pretendia ser indelicado."

"Você é o Fletcher, não é?"

"Sou", respondi, um tanto lisonjeado.

"Wendy achou mesmo que era você, quando passou pela nossa casa. Ficamos todos muito animados. Você era da turma, não era? Junto com David Maggis e os outros todos."

"Era", respondi, "mas Maggis não era o mais importante, não. Me surpreende você falar dele assim. Havia outras figuras bem mais importantes." Citei uma porção de nomes e achei curioso ver a moça balançar a cabeça, reconhecendo cada um. "Mas isso tudo deve ter sido antes da sua época", falei. "É surpreendente você saber essas coisas."

"Foi antes da nossa época, mas nós somos peritos na sua turma. Sabemos mais sobre essa coisa toda do que a maioria dos mais velhos que estavam aqui na época. Wendy reconheceu você na hora, só pelas fotos."

"Eu não fazia ideia de que vocês, jovens, tinham tanto interesse na gente. Mas, como você está vendo, agora que estou mais velho fico um pouco desorientado quando viajo."

Dava para ouvir a conversa barulhenta atrás da porta. Bati forte de novo, dessa vez bem impaciente, embora não estivesse tão ansioso assim para encerrar o encontro com a menina.

Ela ficou olhando para mim um momento, depois disse: "Vocês todos daquela época são assim. David Maggis veio aqui faz alguns anos. Em 93, talvez em 94. Era assim também. Meio indeciso. Deve ter suas consequências, depois de algum tempo, passar o tempo inteiro viajando".

"Então Maggis esteve aqui, é? Que interessante. Sabe, ele não estava entre os sujeitos realmente importantes. Não se deixe levar por essa ideia. A propósito, talvez você possa me dizer quem mora nesta casa." Esmurrei a porta de novo.

"Os Peterson", disse a moça. "Uma família antiga. É provável que se lembrem de você."

"Os Peterson", repeti, mas o nome não me dizia nada.

"Por que não vem até a nossa casa? Wendy ficou no maior entusiasmo. E nós todos também ficamos. Para nós, é realmente uma sorte ter a oportunidade de conhecer alguém daquela época."

"Eu gostaria muito. Mas antes seria melhor me instalar. Os Peterson, você disse."

Bati na porta de novo, dessa vez com bastante ferocidade. Por fim ela se abriu, lançando luz e calor para a rua. Um velho parou no batente. Olhou para mim com cuidado, depois perguntou: "Não é o Fletcher, é?".

"Sou, sim. Acabo de chegar à aldeia. Estou viajando faz vários dias."

Ele pensou sobre isso um momento, e em seguida disse: "Bom, melhor entrar".

Me vi numa sala pouco espaçosa e desarrumada, cheia de madeira bruta e mobília quebrada. Um tronco queimando na lareira era a única fonte de luz, com a qual consegui divisar um grupo de personagens encurvados sentados em torno da sala. O velho me levou para uma cadeira ao lado do fogo com uma má vontade que dava a entender que aquele era exatamente o lugar de onde ele acabara de se levantar. Assim que me sentei, descobri que não conseguia virar a cabeça com facilidade para olhar o ambiente ou os outros na sala. Mas o calor do fogo era muito bem-vindo, e durante um momento fiquei só olhando as chamas, um agradável torpor baixando sobre mim. Ouvi vozes por trás de mim, perguntando se eu estava bem, se vinha de longe, se estava com fome, e respondi o melhor que pude, embora tivesse consciência de que minhas respostas mal faziam sentido. As perguntas acabaram cessando e me ocorreu que minha presença estava criando uma pesada estranheza, porém senti tal gratidão pelo calor e pela oportunidade de descansar que nem me importei.

Mesmo assim, quando o silêncio atrás de mim se estendeu por alguns minutos, resolvi dirigir-me aos meus hospedeiros com um pouco mais de civilidade e voltei-me na cadeira. Foi aí, ao girar o corpo, que fui tomado por uma intensa sensação de reconhecimento. Eu escolhera o chalé ao acaso, mas agora percebia que ele era, nem mais nem menos, exatamente aquele em que vivera os anos passados naquela aldeia. Meu olhar se deslocou imediatamente para o canto extremo, naquele momento mergulhado em escuridão, o ponto que fora o *meu* canto, onde antes ficava o meu colchão e onde eu passara muitas horas tranquilas folheando livros ou conversando com qualquer um que o acaso trouxesse até ali. Nos dias de verão, as janelas, e muitas vezes a porta, eram deixadas abertas para que uma brisa refrescante atravessasse a casa. Eram os dias em que o chalé ficava cercado pelo campo aberto e de fora vinham as vozes de meus amigos, preguiçando na relva alta, discutindo poesia ou filosofia. Esses preciosos fragmentos do passado me voltaram com tanta intensidade que mal pude conter o impulso de dirigir-me na mesma hora para o meu velho canto.

Alguém estava falando comigo de novo, talvez fazendo outra pergunta, mas eu mal escutava. Levantei, espiando o escuro do meu canto, e acabei conseguindo discernir uma cama estreita coberta por uma cortina velha e que ocupava mais ou menos o mesmo espaço em que ficava o meu colchão. A cama parecia extremamente convidativa, e vi-me interrompendo alguma coisa que o velho me dizia.

"Olhe", eu disse, "sei que é um pouco grosseiro, mas sabe, viajei tanto hoje... Preciso mesmo deitar, fechar os olhos, nem que seja só uns minutinhos. Depois, vou gostar de conversar sobre o que você quiser."

Podia ver uns vultos se mexendo inquietos à minha volta. Então, uma nova voz disse, bastante mal-humorada: "Tudo bem, então. Tire uma soneca. Não ligue para a gente".

Mas eu já estava avançando no meio da bagunça, na direção do meu canto. A cama estava úmida e as molas rangeram com o meu peso, mas assim que me encolhi de costas para a sala, minhas muitas horas de viagem me alcançaram. Quando já estava apagando, ouvi o velho dizer: "É mesmo o Fletcher. Nossa, como envelheceu".

Uma voz de mulher disse: "Será que era bom deixar ele dormir assim? Pode levantar daqui a umas horas, e aí vamos ter de ficar acordados junto com ele".

"Deixe ele dormir uma horinha", alguém disse. "Se continuar dormindo daqui a uma hora, a gente acorda."

Nesse ponto fui tomado pela total exaustão.

Não foi um sono contínuo ou reconfortante. Eu flutuava entre o sono e a vigília, sempre consciente de vozes atrás de mim na sala. Em algum momento, percebi uma mulher dizendo: "Não sei como pude me encantar com ele. Agora, parece só um maltrapilho".

Em meu estado de semissono, debati comigo mesmo se aquelas palavras se aplicavam a mim ou quem sabe a David Maggis, mas o sono logo me envolveu novamente.

Quando acordei outra vez, a sala parecia ter ficado mais escura e mais fria. As vozes continuavam atrás de mim, em tom baixo, mas eu não conseguia entender a conversa. Fiquei envergonhado de ter dormido do jeito que dormi e permaneci imóvel mais alguns minutos, virado para a parede. Alguma coisa em mim, porém, deve ter revelado que eu estava desperto, porque uma voz de mulher, destacando-se da conversa geral, disse: "Ah, olhe, olhe". Trocaram alguns sussurros, e então ouvi o som de alguém se aproximando do meu canto. Senti uma mão pousar suavemente em meu ombro e vi uma mulher se ajoelhando junto de mim. Não virei o corpo o suficiente para ver a sala, mas tive a impressão de que ela estava iluminada pelas brasas e o rosto da mulher só era visível como sombra.

"Então, Fletcher", ela disse, "está na hora de ter uma conversa. Esperei um longo tempo você voltar. Pensei muitas vezes em você."

Fiz um esforço para enxergar a mulher com mais clareza. Tinha seus quarenta e poucos anos, e mesmo na penumbra notei uma sonolenta tristeza em seus olhos. Seu rosto, porém, não conseguia despertar em mim nem a mais vaga lembrança.

"Sinto muito", eu disse, "mas não me lembro de você. Por favor, me desculpe se nos conhecemos no passado. Tenho andado muito desorientado estes dias."

"Fletcher", disse ela, "quando nós nos conhecemos, eu era moça e bonita. Idolatrava você e tudo o que dizia me parecia uma resposta. Agora, aí está você, de volta. Durante muitos anos eu quis lhe dizer que você arruinou a minha vida."

"Está sendo injusta. Tudo bem, posso ter errado numa porção de coisas. Mas nunca disse que tinha resposta para nada. Tudo o que eu dizia naquela época era que o nosso dever, de todos nós, era contribuir para o debate. Nós sabíamos muito mais sobre as coisas do que as pessoas comuns daqui. Se gente como a gente não fizesse nada, dizendo que não sabia o suficiente, quem é que ia agir? Mas nunca disse que tinha as respostas. Não, você está sendo injusta."

"Fletcher", ela disse, e sua voz era estranhamente suave, "você fazia amor comigo quase toda vez que eu entrava aqui no seu quarto. Neste canto, nós dois fizemos as mais lindas sacanagens. Estranho pensar como eu pude um dia sentir tanta excitação física por você. E agora você não passa de um monte de trapos malcheirosos. Mas olhe para mim: eu ainda sou atraente. Meu rosto está um pouco enrugado, mas quando ando pelas ruas da aldeia, uso vestidos feitos especialmente para revelar o meu corpo. Uma porção de homens ainda me deseja. Mas você, nenhuma mulher vai olhar para você agora. Um monte de trapos fedorentos e carne."

"Não me lembro de você", eu disse. "E não tenho tempo para sexo hoje em dia. Tem outras coisas que me preocupam. Coisas mais sérias. Tudo bem, errei em muita coisa naquela época. Mas fiz mais do que a maioria para tentar consertar. Sabe, estou viajando até hoje. Não parei nunca. Só viajo, viajo, tentando desmanchar o dano que eu possa ter causado. É mais do que se pode dizer de alguns daquela época. Aposto que Maggis, por exemplo, não fez nem metade do que eu fiz para endireitar as coisas."

A mulher estava acariciando meu cabelo.

"Olhe só você. Eu fazia sempre assim, passava a mão no seu cabelo. Olhe essa sujeira. Você deve estar infestado com tudo quanto é parasita." Mas continuou a passar os dedos lentamente pelo emaranhado sujo. Não senti nenhum erotismo naquilo, como ela talvez quisesse que eu sentisse. O carinho dela parecia mais maternal. Na verdade, por um momento foi como se eu tivesse finalmente chegado à proteção de um casulo, e comecei mais uma vez a sentir sono. Só que ela parou de repente e me deu um tapa forte na testa.

"Por que não vem ficar com os outros agora? Já dormiu. Tem de dar um monte de explicações." E com isso levantou-se e foi embora.

Pela primeira vez virei o corpo o bastante para avaliar o ambiente. Vi a mulher passando pela bagunça da sala, indo se sentar em uma cadeira de balanço ao lado da lareira. Vi três outras figuras curvadas em torno do fogo que morria. Reconheci numa delas o velho que abrira a porta. As outras duas, sentadas juntas no que dava a impressão de ser um tronco de madeira, pareciam mulheres mais ou menos da idade da que havia falado comigo.

O velho percebeu quando me virei e indicou aos outros que eu estava olhando. Os quatro ficaram sentados, rígidos, sem falar. Pelo jeito que faziam isso, ficava claro que tinham estado discutindo profundamente a meu respeito enquanto eu dormia. Realmente, ao olhar para eles, conseguia adivinhar mais ou menos a forma da conversa toda. Dava para perceber, por exemplo, que tinham passado algum tempo expressando sua preocupação pela moça que havia me encontrado lá fora, e sobre o efeito que eu podia exercer sobre seus pares.

"São tão impressionáveis", devia ter dito o velho. "E ouvi a moça convidando o Fletcher para uma visita."

Ao que, sem dúvida, uma das mulheres do tronco teria respondido: "Mas ele agora não pode mais fazer nenhum mal. Na nossa época, nós todos embarcamos porque toda a turma dele... eles eram jovens, fascinantes. Mas hoje em dia, um ou outro que passa por aqui de vez em quando, assim todo decrépito e acabado, o que consegue, no máximo, é desmistificar toda essa conversa sobre os velhos tempos. De qualquer jeito, gente como ele mudou tanto de posição hoje em dia. Nem eles mesmos sabem mais no que acreditam".

O velho teria sacudido a cabeça. "Eu vi o jeito como aquela menina estava olhando para ele. Tudo bem, ele está esse lixo que dá dó agora. Mas assim que alimentar um pouco o ego, assim que receber os elogios dos jovens, que perceber que querem ouvir suas ideias, nada segura esse sujeito. Vai ser a mesma coisa de antes. Ele vai botar todo mundo trabalhando para a sua causa. Meninas como essa têm tão pouco no que acreditar hoje em dia. Até um vagabundo fedorento como esse é capaz de dar alguma coisa para elas."

A conversa deles enquanto eu dormia devia ter sido por aí. Mas agora, enquanto eu os observava do meu canto, continuavam sentados em silêncio culpado, olhando o finzinho do fogo. Depois de algum tempo, me pus de pé. Absurdamente, os quatro evitaram olhar para mim. Esperei uns momentos para ver se algum deles diria alguma coisa. Por fim, falei: "Tudo bem, eu dormi, mas sou capaz de adivinhar o que vocês estavam dizendo. Bom, vão gostar de saber que vou fazer exatamente o que vocês temiam. Neste exato momento, estou indo para a casa dos jovens. Vou dizer a eles o que fazer com toda a sua energia, com todos os seus sonhos, com sua urgência de alcançar algo bom e durável neste mundo. Olhem só para vocês, que bando de gente patética. Encolhidos dentro de casa, com medo de fazer qualquer coisa, com medo de mim, de Maggis, de qualquer outro daquela época. Com medo de fazer qualquer coisa no mundo lá fora, só porque um dia nós cometemos alguns erros. Bom, esses jovens não caíram tão baixo, apesar de toda a letargia que vocês ficaram pregando para eles ao longo dos anos. Vou falar com eles. Em meia hora eu desmancho o triste empenho de vocês".

"Estão vendo", disse o velho para os outros, "eu sabia que ia ser desse jeito. Devíamos ter impedido esse aí, mas o que podemos fazer?"

Atravessei a sala me batendo nos móveis, peguei minha mala e saí para a noite.

* * *

A menina ainda estava parada lá fora quando saí. Parecia estar me esperando e, balançando a cabeça, mostrou o caminho. Estava escuro e garoava. Viramos e rodamos pelos estreitos caminhos entre as casas. Algumas que passamos pareciam tão estragadas e caindo aos pedaços que senti que bastava jogar o peso do corpo em cima para destruir qualquer uma.

A menina seguia uns passos à frente, olhando para mim por cima do ombro algumas vezes. Disse: "Wendy vai ficar contente. Ela tinha certeza de que era você quando passou. Agora já deve ter adivinhado que estava certa, porque eu demorei esse tempo todo, e deve ter reunido a turma inteira. Vão estar todos esperando".

"Fizeram uma recepção dessas para David Maggis também?"

"Ah, fizemos. Ficamos muito excitados quando ele veio."

"Ele, claro, deve ter achado isso muito gratificante. Sempre teve um sentido muito exagerado da própria importância."

"Wendy disse que Maggis foi um dos mais interessantes, mas que você era, bom, importante. Ela acha que você era importante mesmo."

Pensei sobre isso um momento.

"Sabe", disse, "mudei de opinião sobre muitas, muitas coisas. Se Wendy está esperando que eu vá dizer todas as coisas que dizia anos atrás, bom, ela vai ficar decepcionada."

A menina pareceu não ouvir isso, mas continuou me levando decidida pelo amontoado de casinhas.

Depois de um breve instante, me dei conta do som de pés nos seguindo uns dez passos atrás. Primeiro, achei que era apenas algum morador local passando e evitei virar. Mas a menina parou debaixo de um poste de luz e olhou para trás de nós. Fui então obrigado a parar e me voltar. Um homem de meia-idade, de sobretudo escuro, estava vindo em nossa direção. Quando chegou perto, estendeu a mão e apertou a minha, embora sem sorrir.

"Então você está aqui", disse ele.

Percebi de repente que conhecia aquele homem. Não nos víamos desde que tínhamos dez anos de idade. Seu nome era Roger Button, e durante dois anos frequentou a mesma classe que eu na escola no Canadá, antes de minha família voltar para a Inglaterra. Roger Button e eu não tínhamos sido especialmente próximos, mas como era um menino tímido, e como também era da Inglaterra, durante algum tempo andou atrás de mim. Eu não o via nem ouvia falar dele desde essa época. Agora, estudando sua aparência debaixo da luz da rua, vi que os anos não haviam sido carinhosos com ele. Estava careca, com o rosto marcado e enrugado, e um peso de cansaço em toda a sua postura. Apesar disso tudo, não havia como não reconhecer meu velho colega de classe.

"Roger", eu disse, "estou indo visitar os amigos desta moça. Eles se reuniram para me receber. Senão teria ido procurar você direto. Tinha em mente que isso seria a próxima coisa a fazer, antes até de dormir hoje à noite. Estava pensando assim comigo mesmo: 'Por mais tarde que a coisa termine na casa dos jovens, vou bater na porta de Roger depois'."

"Não se preocupe", disse Roger Button quando começamos todos a andar de novo. "Sei o quanto você é ocupado. Mas temos de conversar. Lembrar os velhos tempos. A última vez que vi você, na escola, quero dizer, acho que eu era um cara muito fraco. Mas, sabe de uma coisa?, aquilo tudo mudou quando eu fiz catorze, quinze anos. Eu realmente ganhei força. Virei um líder. Mas você já tinha ido embora do Canadá fazia tempo. Sempre imaginava o que aconteceria se a gente se encontrasse quando eu tinha quinze anos. As coisas entre nós teriam sido bem diferentes, garanto para você."

Quando ele disse isso, as lembranças voltaram numa torrente. Naquela época, Roger Button tinha me idolatrado, e eu, em troca, o intimidava sem cessar. Porém, havia entre nós um curioso entendimento de que minhas intimidações eram para o bem dele; que quando eu lhe dava um soco no estômago sem avisar, no meio do recreio, ou quando, passando no corredor, torcia seu braço atrás das costas até ele chorar, fazia isso tudo para ajudá-lo a ficar forte. Condizentemente, o efeito principal que esses ataques exerciam sobre o nosso relacionamento era mantê-lo deslumbrado comigo. Isso tudo me voltou enquanto ouvia o homem de ar cansado que andava ao meu lado.

"Claro", prosseguiu Roger Button, talvez adivinhando a linha dos meus pensamentos, "pode muito bem ser que se você não tivesse me tratado do jeito que tratou eu não tivesse virado o que virei aos quinze anos. Em todo caso, sempre imaginei como seria se tivéssemos nos encontrado uns anos mais tarde. Aí eu era mesmo alguém que valia a pena enfrentar."

Estávamos de novo caminhando pelas estreitas passagens tortuosas entre as casinhas. A menina ia mostrando o caminho, mas agora estava andando muito mais depressa. Muitas vezes, só conseguíamos vê-la de relance, virando alguma esquina à nossa frente, e me ocorreu que tínhamos de ficar alertas se não quiséssemos nos perder dela.

"Hoje, é claro", estava dizendo Roger Button, "relaxei um pouco. Mas tenho de dizer, velho, que você parece muito pior. Comparado com você, eu sou um atleta. Sem grandes cerimônias, você agora é só um vagabundo velho e sujo, não é mesmo? Mas, sabe, durante um longo tempo depois que você foi embora, eu continuei te idolatrando. Será que Fletcher faria isto? O que Fletcher iria dizer se me visse fazendo aquilo? Ah, é, sim. Foi só quando eu fiz quinze anos que olhei para trás e consegui perceber como você era. Então fiquei muito bravo, claro. Até agora ainda penso nisso às vezes. Olho para trás e penso: 'Bom, ele era só um cara absolutamente maldoso. Tinha um pouco mais de peso e de músculos do que eu naquela idade, um pouco mais de segurança, e tirava a maior vantagem disso'. É, quando olho para trás, fica muito claro que você era uma pessoa miúda, desprezível. Claro, não estou insinuando que ainda seja. Nós todos mudamos. Estou pronto para admitir isso."

"Faz tempo que mora aqui?", perguntei, tentando mudar de assunto.

"Ah, uns sete anos e pouco. Claro, falam muito de você por aqui. Às vezes conto para eles sobre o nosso relacionamento anterior. 'Mas ele não vai lembrar de mim', eu digo sempre. 'Por que haveria de lembrar daquele menino magrinho que estava sempre humilhando, que mantinha sempre ao seu dispor?' Seja como for, os jovens daqui andam falando cada vez mais de você. Claro que aqueles que nunca te viram são os que mais tendem a idealizar a sua figura. Você deve ter voltado para capitalizar isso. Mesmo assim, não te censuro. Tem todo o direito de tentar manter algum respeito."

De repente, nos vimos diante de um campo aberto e paramos os dois. Olhando para trás, vi que tínhamos andado para fora da aldeia; a última casinha estava a certa distância de nós. Exatamente como eu temia, havíamos perdido a menina; na verdade, me dei conta de que já não a seguíamos fazia algum tempo.

Nesse momento, a lua surgiu e vi que estávamos parados à beira de um vasto campo de capim, que devia se estender muito além do que dava para ver com o luar.

Roger Button virou-se para mim. Seu rosto ao luar parecia gentil, quase afetivo.

"Mesmo assim", disse, "é hora de perdoar. Eu não devia me preocupar tanto. Como vê, certas coisas do passado acabam voltando para a gente. Mas claro que não se pode ser cobrado pelo que se fez quando muito jovem."

"Você tem toda a razão", eu disse. Virei-me e olhei o escuro em torno. "Mas agora não sei bem para onde ir. Sabe, tinha um pessoal jovem me esperando na casa deles. Devem estar com um bom fogo aceso e um chá quentinho prontos para mim. E um bolo feito em casa, talvez até um bom guisado. E no momento em que eu entrar, levado por aquela mocinha que a gente estava seguindo até agora, eles vão explodir em aplauso. Haverá rostos sorridentes, reverentes, à minha volta. É isso que me espera em algum lugar. Só que não sei direito para onde ir."

Roger Button deu de ombros. "Não se preocupe, vai chegar lá, fácil. Só que, veja bem, aquela menina estava enrolando um pouco se disse que dava para chegar a pé à casa de Wendy. É longe demais. Precisa pegar um ônibus. Mesmo assim, é uma viagem bem longa. Umas duas horas, eu diria. Mas não se preocupe, eu mostro onde você pode pegar o ônibus."

E assim começamos a voltar para as casinhas. Enquanto o seguia, senti que tinha ficado muito tarde e que meu acompanhante estava ansioso para dormir. Passamos longos minutos andando em volta das casinhas de novo, e ele então nos conduziu até a praça da aldeia. Na verdade, era tão pequena e sem graça que nem merecia ser chamada de praça; era pouco mais que um retalho de verde ao lado de um poste de luz solitário. Pouco visíveis além da poça de luz projetada pelo poste, havia umas lojas, todas fechadas para a noite. O silêncio era completo, nada se mexia. Uma leve neblina pairava acima do chão.

Roger Button parou antes de chegarmos ao canteiro e apontou. "Ali", disse. "Se ficar parado ali, o ônibus vem. Como eu disse, não é uma viagem curta. Umas duas horas. Mas não se preocupe, tenho certeza de que os seus jovens vão esperar. Eles têm tão pouco em que acreditar hoje em dia, sabe."

"É muito tarde", eu disse. "Tem certeza de que o ônibus vai passar?"

"Ah, vai. Claro que você talvez tenha de esperar. Mas algum ônibus acaba passando." Ele então me deu um toque consolador no ombro. "Sei que pode ser um pouco solitário ficar parado aqui. Mas assim que o ônibus chegar você vai se animar, pode crer. Ah, é, sim. Esse ônibus é sempre uma alegria. Vai estar todo iluminado, e está sempre cheio de gente alegre, rindo, brincando, apontando para fora da janela. Assim que você subir, vai se sentir quente e confortável, e os outros passageiros vão conversar com você, talvez oferecer coisas para comer e beber. Pode ter até cantoria, depende do motorista. Alguns motoristas gostam, outros não. Bom, Fletcher, foi bom te ver."

Apertamos as mãos, e ele se virou, foi embora. Fiquei olhando enquanto desaparecia no escuro entre duas casas.

Fui até o canteiro e pousei a mala ao pé do poste de luz. Fiquei esperando ouvir o som de um veículo à distância, mas a noite estava absolutamente quieta. Mesmo assim, me sentia animado pela descrição que Roger Button fez do ônibus. Pensei também na recepção que me esperava ao fim da jornada, os rostos reverentes dos jovens, e senti o otimismo mexer em algum lugar lá no fundo de mim.

1ª EDIÇÃO [2003]
2ª EDIÇÃO [2016] 8 reimpressões

ESTA OBRA FOI COMPOSTA EM ELECTRA PELA SPRESS E
IMPRESSA PELA GEOGRÁFICA EM OFSETE SOBRE PAPEL PÓLEN DA
SUZANO S.A. PARA A EDITORA SCHWARCZ EM FEVEREIRO DE 2025.

A marca FSC® é a garantia de que a madeira utilizada na fabricação do papel deste livro provém de florestas que foram gerenciadas de maneira ambientalmente correta, socialmente justa e economicamente viável, além de outras fontes de origem controlada.